KB118258

구
달

구달

최영희 장편소설

문학동네

차례

1장
신입 요원 구달

1

투둑. 사거리 건너 세란약국 앞 가로수에서 눈덩이가 떨어진다. 새벽에 눈을 치운 인도 위를 낡은 유모차가 지나간다. 바퀴 축이 휘어졌는지 바퀴 소리가 불균형하다. 그 뒤로 조심스레 내딛는 털신 소리. 웬 노인이 낡은 유모차를 밀며 세란약국 앞을 지나가는 모양이다.

세란약국 2층 가정집의 도로 쪽 방이 재현이의 방이었다. 달이는 침을 꿀꺽 삼키고 최대한 귀를 기울였다. 그러나 밤사이 기온이 올라가는 바람에 눈이 녹고 대기가 축축해지면서 거리의 반향음이 커져 버렸다. 이런 날에는 재현이의 여린 기척을 구별하기가 쉽지 않았다. 달이는 한숨을 내쉬며 눈을 떴다.

눈을 뜨자 세란약국 근처 소리풍경이 순식간에 물러났다. 눈을 감으면 들리는 소리들이 눈을 뜨는 순간 자취를 감추어 버리는 것이다. 인간은 시각 중심 존재여서 자신의 시선이 닿는 곳의 소리를 중심으로 듣는다. 달이의 옥탑에서는 세란약국이 보이지 않았다. 럭키맨션 옥탑에서 세란약국까지는 직선거리로 1.5킬로미터쯤 되었고, 그 사이에 상가 건물과 다세대 주택들이 늘어서 있다. 지금 달이의 시야에 들어찬 풍경은 옥탑을 둘러싼 흔전동 재개발 2구역 거리다.

차르릉 365마트 유리문 열리는 소리, 바닥이 닳은 하이힐을 신고 급하게 마트로 뛰어드는 발소리, 마트 옆 궁전빌라 4층 아기가 꿀떡꿀떡 젖을 삼키는 소리……. 마구 몰아치는 소음들 중에 달이가 궁금해하는 소리는 없었다. 달이는 낡은 손목시계로 시간을 확인했다. 07시 46분.

점퍼를 걸칠 시간도 없었다. 달이는 얄팍한 트레이닝복에 슬리퍼 차림으로 뛰어나갔다. 재현이의 목소리라도 들으려면 서둘러야 했다. 몹시 가팔라서 엄동설한에 과부 여럿 만들었다는 흔전동 내리막 골목이었다. 그러나 달이는 질척한 눈길과 내리막 경사로를 성큼성큼 달려 내려갔다. 달이가 누군가. 젖먹이 시절부터 이 비탈길 구석구석을 굴러다니며 자란, 거의 지박령 수준의 주민 아니던가.

장미맨션 옆을 지날 무렵에는 가속이 심하게 붙어서 몸이 고꾸라지기 일보 직전이었다. 달이는 써니헤어 미용실 쪽으로 살짝 방향을 틀었다. 미용실 근처 전봇대를 팔로 껴안으며 1차 감속을 하고, 써니헤어 앞에서 2차 감속을 하자 다시 몸을 가눌 수 있게 되었다. 오늘처럼 골목길이 미끄러울 때면 원장 아줌마가 가게 앞에 흙을 뿌려 둔다는 걸 알고 있었던 것이다.

골목길 끄트머리 천막 가게 옆에서 버스 정류장 쪽으로 꺾어진 다음 내처 달렸다. 슬리퍼 안으로 젖은 눈덩이가 튀어 들어왔지만 달이는 속도를 줄이지 않았다. 평지를 달리는 것쯤은 일도 아니었다. 재현이만 볼 수 있다면. 아니 재현이의 소리만 들을 수 있다면……

드디어 세란약국 앞. 달이는 은행나무 옆 종량제 쓰레기봉투들 사이에 자리를 잡았다. 재현이 방 쪽으로 턱을 돌우고 눈을 감자 세상은 다시 소리풍경으로 변했다. 주방에서 들리는 높은 주파수의 마찰음들과 아기방 침대 삐걱거리는 소리…… 그리고 이불을 바스락거리며 연거푸 돌아눕는 기척.

누가 상습 지각생 아니랄까 봐 재현이는 여태 이불 속에 있었다. 잠에서 깨 휴대폰을 찾는지 재현이는 침대 시트 위를 더듬거렸다. 그제야 달이는 한숨이 톡 터져 나왔다. 맘이 놓이자 추위가 느껴지기 시작했다. 발도 얼어붙는 것 같았고 몸도 오들오들 떨렸다.

달이는 얼른 에이스부동산 앞으로 가서 홍보 전단을 꺼냈다. 전단지를 죽 찢은 다음 직사각형으로 접어서 슬리퍼 바닥에 깔았다.

"잘한다! 아침부터 그게 무슨 꼴이야? 머리에 피도 안 마른 게 남자애 꽁무니나 쫓아다니고, 쯧쯧."

에이스부동산 옆 은혜점집 보살 아줌마였다. 입시철이라 학생들 등교 시간에 맞춰 점집 문을 여는 모양이었다. '분식점처럼 친근한 점집'이라는 경영 마인드를 추구하는 아줌마는 이 일대에 흔치 않은 학생 상담 전문 보살이었다.

"쫓아다니는 거 아니에요. 아침이라 걱정돼서 와 본 거예요."

"아주 그냥 삼시세끼 다 걱정된다 그러지 왜?"

아줌마가 커다란 앞니를 드러내며 웃었다. 달이는 그 웃는 낯이 보기 싫었다. 아줌마는 한때 아빠랑 사귀던 사이다. 둘이 좋아서 난리를 칠 때는 외려 무덤덤했던 달이였다. 그러나 아빠 구종대 씨가 자취를 감춘 뒤에는 한때나마 아빠의 눈길이 머물렀던 모든 게 짜증스러웠다.

아줌마는 '인생상담 / 학생할인'이라 쓰여 있는 유리문을 공들여 닦았다. 달이는 건성으로 인사를 하고는 돌아섰다. 인생에 거는 기대치가 워낙 낮다 보니 상담 같은 건 받을 필요도 없거니와, 학교를 그만둔 터라 학생할인도 남 얘기였다. 게다가 보살 아줌마가 그다지 인생을 잘 아는 것 같지도 않았다.

누군가를 좋아하면 걱정되게 마련이고, 그러면 그 사람의 아침이 어떤지 살펴야 한다. 진짜 슬프고 외로운 사람은 아침에 티가 나는 법이니까. 밤은 인간의 감정을 과장하고 왜곡한다. 괜한 밤바람에 서러워지기도 하고, 축축한 도로를 지나는 자동차 소리가 서글픈 조짐으로 다가오기도 하니까. 그 기분들은 반쯤은 가짜다. 감정을 쥐어짜고 부추긴 결과물들이다. 그러나 자고 일어난 아침은 모든 감정이 민낯 그대로다. 무방비 상태로 솟아오른 욕망과 생각들…… 그 속에서 흐느끼는 사람이 있다면 그 사람은 진짜 슬픈 거다. 가끔씩 재현이가 그랬다. 잠에서 깨자마자 이불을 뒤집어쓰고 울 때가 있었다.

이른 아침 열일곱 살짜리 남자애가 침대에 엎드려 우는 울음. 달이는 그 소리에 맘이 아렸다. 물론 달이가 할 수 있는 일은 없었다. 재현이를 달래 줄 수도 없었고, 네 우는 소리를 들었다고 말할 수도 없는 노릇이었다. 그저 종량제봉투들 사이에 어정쩡하게 서서 재현이가 울음을 그칠 때까지 가만 있다가 돌아가는 게 전부였다. 그래도 오늘처럼 재현이가 울지 않고 하루를 시작하면 달이도 기분이 좋았다. 얼어 죽을 것처럼 추웠지만 얼른 돌아가서 달력에다 동그라미를 그릴 생각을 하면 힘이 났다. 달력의 동그라미는 재현이가 아침에 울지 않은 날이라는 표시였다.

"운동화 신고 올걸. 아, 젠장."

스카이베라 웰컴라운지와 천막 가게 사이 오르막길로 접어들 무렵엔 늘 욕이 나왔다. 그러나 내일 아침에도 옥탑에서 재현이의 소리가 들리지 않으면 달이는 또 슬리퍼 차림으로 세란약국까지 내달릴 터였다. 몸을 잔뜩 움츠리고 팔짱을 낀 채 걸었지만 몸에서 빠져나가는 열을 막을 수는 없었다.

써니헤어 미용실을 막 지나는데 저 위쪽에서 승율이의 발소리가 들려왔다. 사시사철 운동화를 꺾어 신고 발을 끄는 탓에, 승율이의 기척은 구분하기 쉬웠다. 아니나 다를까, 약 10초 후 승율이가 장미맨션 쪽 골목을 돌아 나왔다. 재개발 2구역 언덕마루 너머 쪽방촌에 사는 승율이는 늘 일정한 시간에 등교하는 편이었다.

"승율아, 학교 가?"

달이가 헤벌쭉 웃으며 먼저 알은척했다.

얄팍한 점퍼에 다리지 않은 교복 바지, 덥수룩하게 자란 머리에 폐교 유리창처럼 뿌연 안경 렌즈. 사실 승율이는 학교에 빠진다 해도 전혀 이상할 게 없는 아이였다. 나라에서 무단결석 학생을 전수조사하라는 지시를 내리지 않는 한, 아무도 찾지 않을 아이였다. 흔전동에 산다는 건 그런 것이었다. 사채업자를 피해 야반도주하는 부모를 따라 전학 수속도 못 하고 사라진다거나, 아니면 부모가 이 마을에 아이만 데려다 놓고 종적을 감춰 버린다거나. 흔전동은 누군가의 증발이 일상적인 곳이었다. 재개발이 시작된 뒤로는 증발이 아예 최후의 과업으로 자리 잡은 동네였다. 벌써 많은 사람들이 떠나갔다. 선녀탕과 부라더미싱이 문을 닫았고, 달이가 세 들어 사는 럭키맨션만 해도 2층과 3층이 비어 있었다.

하지만 승율이는 아침 8시 15분을 전후해서 흔전동 골목 어딘가에 반드시 존재했다. 뭐 하러 그리 꾸역꾸역 학교에 가느냐고 언젠가 달이가 물었을 때, 승율이는 꽤나 명쾌한 이유를 댔다.

"졸업장 받아야지. 내 인생의 마지막 졸업장일지도 모르니까."

그 뒤로 달이는 교복 차림의 승율이를 마주할 때마다 괜스레 흐뭇해지곤 했다. 뉘 집 자식인지 참 잘 컸네, 뭐 그런 학부모스러운 감상에 빠지는 것이었다.

"안경 꼬라지 하고는……."

달이는 승율이의 안경을 벗긴 다음, 제 티셔츠 자락으로 렌즈를 닦았다. 입김을 불어 안경 테두리까지 꼼꼼하게 문질렀다. 표면에 긁힌 자국이 워낙 많아서 렌즈는 기대만큼 말끔해지지 않았다. 그래도 폐교 유리창 같던 몰골은 벗어난 듯했다. 달이는 안경을 다시 승율이에게 씌워 주었다.

"달아, 넌 안 가?"

평소 같으면 멀겋게 웃다가 멀어져 갔을 녀석이, 오늘따라 그리 되묻는 것이었다.

"그깟 학교, 너나 많이 가라."

툭, 심통맞은 대꾸가 튀어나왔다. 당황해하는 승율이를 남겨두고 달이는 휙 돌아섰다.

은혜점집 보살 아줌마는 가게 문이라도 열고, 재현이는 복닥복

닥 둘러앉아 아침밥 먹을 가족이라도 있었다. 또 승율이는 졸업 장이라는 목표라도 있는데, 달이는 이도저도 아니었다.

사실 달이도 학교에 가고 싶었다. 급식도 먹고, 좋아하는 체육 수업도 하고, 복도에서 매점에서 운동장에서 오며가며 재현이와 마주치고도 싶었다. 그럼에도 달이가 학교에 가지 않는 이유는 단 하나였다. 생활비가 바닥났기 때문이다. 학교에 다닌다는 건 돈 들어갈 일투성이란 뜻이었다. 교통카드도 충전해야 했고, 문제집도 사야 했고, 적어도 사나흘에 한 번씩은 친구들이랑 컵라면도 먹어야 했다. 그러나 아빠가 떠난 뒤로는 그 평범한 일상이 달이의 인생에서 증발해 버렸다.

옥탑방으로 돌아온 달이는 책상 달력에 동그라미부터 그렸다. 재현이가 울지 않은 날! 새로 그린 동그라미를 보고 있으려니 꼬깃꼬깃했던 기분이 좀 풀리는 것 같았다.

학교를 때려치웠다 해서 달이의 하루 일과가 느슨한 건 아니었다. 달이는 점퍼를 꺼내 입고 아침 체조를 시작했다. 아침 체조는 달이의 일과 매뉴얼 1번이었다. 아빠가 떠난 뒤로 달이는 하루 일과 매뉴얼을 목숨처럼 지키며 살았다. 매뉴얼대로 하면 최소 생존은 보장된다는 게 달이의 인생 철학이었다.

아침 체조를 마친 달이는 매뉴얼 2번, 냉수 세안을 했다. 달이가 특히 좋아하는 순서였다. 가스비를 아껴야 한다, 옥탑 살림에 온수는 사치다 등 현실의 명분은 구차했다. 그러나 '매뉴얼 2번

냉수 세안'은 이런 구질구질함을 잠이 확 달아나는 이벤트로 바꿔 주었다.

대용량 로션을 짜서 얼굴과 목, 손등에 꼼꼼하게 발랐다. 선녀 탕 문 닫던 날에 주워 온, 대중탕 비치용 로션이었다. 달이가 토 닥토닥 뺨을 두드리자 방 안 가득 남탕 냄새가 났다. 일곱 살 때 까지 아빠를 따라 선녀탕을 드나들었던 달이에게 대중탕은 곧 남탕을 뜻했다. 오금, 발뒤꿈치, 겨드랑이, 목덜미 등 달이의 몸 어디쯤에 때가 뭉쳐 있는지 귀신같이 알던 젊은 날의 아빠가 생 각났다. 달이는 아빠 생각을 떨치려고 고개를 마구 젓고는 매뉴 얼 3번으로 넘어갔다.

매뉴얼 3번은 선택 사항이었다. 간헐적 단식 혹은 소식! 어제 저녁에 마지막 남은 라면을 끓여 먹었으니 오늘 매뉴얼 3번은 간 헐적 단식이다. 냉수 한잔 들이켜고 매뉴얼 4번 아침 청소를 시 작했다. 하지만 빈속에 청소를 하려니 힘에 부쳤다. 옥상을 쓸고 수도가 얼지 않았는지 확인하고, 이불을 탈탈 털고 나자 달이는 쓰러질 것 같았다. 뭐라도 먹어야 할 것 같아서 찬장에서 국물 멸 치 몇 마리를 꺼내어 씹어 먹었다. 그러나 허기는 가시질 않고 오 히려 입 안 가득 비릿한 냄새만 났다. 몸도 으슬으슬 추웠다. 벽에 붙여 놓은 일과 매뉴얼이 달이를 굽어보고 있었다. 5번, 공부할 차례였다. 그러나 학교 진도는 감을 잃은 지 오래였고, 소설책은 펼쳐도 눈에 들어올 것 같지 않았다.

달이는 이불을 뒤집어쓰고 전기방석 위에 올라앉았다. 플러그를 꽂고 다이얼만 돌리면 금세 따뜻해질 터였다. 달이는 전기방석이 데워질 때 나는 전기음을 좋아했다. 그건 세 블록쯤 떨어진 거리에 도로청소차가 지나가는 소리와 비슷했다. 그렇지만 달이는 방석의 플러그를 꽂지 않았다. 지난달 전기요금을 체납한 게 마음에 걸린 탓이다. 그나마 다행인 건 럭키맨션 주인인 윤 씨가 새 사업에 바빠서 얼굴 보기가 힘들어졌다는 사실이다.

지난여름 윤 씨는 흔전동 초입에 철거전문업체 '캇팅철거'를 오픈한 터였다. 안 그랬으면 공과금은 내고 사는지, 옥탑 어디가 망가진 건 아닌지 사흘이 멀다 하고 들여다봤을 것이다. 물론 윤 씨는 달이를 걱정하는 게 아니었다. 그건 하루빨리 옥탑을 비우라는 압력이었다.

간헐적 단식의 대가는 혹독했다. 교복을 입고 학교에 잠입해서 밥이나 먹고 나올까? 온돌교회 박 집사 집을 털어? 아빠 실종신고라도 내 볼까? 말도 안 되는 생각들이 꼬리에 꼬리를 물었다. 30분 가까이 웅크리고 있던 달이는 자리를 박차고 일어났다. 책상 위에는 엊그제 공직구라는 사람에게 받은 명함이 놓여 있었다.

MS미스터리협회 마블힐지국 서울출장소 소장 공직구

010-XXXX-XXXX

"네가 한때 감염자였다는 사실을 알고 있어. 구달, 넌 그냥 아는 정보들을 우리에게 넘겨주기만 하면 돼. 그때 어떤 일이 있었는지, 네 몸의 증상이 어땠는지 그런 거 말이야. 너 말고도 감염자, 아니 피해자들이 더 있어. 그 사람들을 구해야지. 사실 우리는 네가 우리랑 같이 일해 줬으면 해. 그러니까 우리 회사 직원이 되는 거야. 일은…… 할 만할 거야. 보수도 적당하고. 구달, 이 명함 뒀다가 꼭 연락해라, 응?"

그날 공직구가 내뱉은 이야기는 밑도 끝도 없었다. 감염자는 뭐며 피해자는 또 뭐란 말인가. 하지만 달이가 공직구의 명함을 버리지 않은 건 '미스터리'라는 네 글자 때문이었다. 그건 지난 몇 개월간 달이의 일상을 설명하는 데 가장 적확한 단어였다. 달이는 제 귀를 만지작거렸다.

달이의 청력은 인간의 일반적인 가청 범위를 넘어선 지 오래였다. 지금이라도 달이는 맘만 먹으면 365마트 할머니의 배 속에서 나는 소리를 들을 수 있었다. 이게 미스터리가 아니면 뭐란 말인가. 그리고 공직구는 장기밀매범이나 인신매매범으로 보이진 않았다. 긴 바짓단으로 흔전동 오르막길을 쓸면서 올라온 모양새가 어딘가 승율이의 미래 버전 같았던 터다. 게다가 공직구의 결정적인 한마디. 보수도 적당하고!

달이는 보수라는 단어가 눈물겹게 반가웠다. 그건 진짬뽕, 불닭볶음면, 바나나우유, 뿌셔뿌셔 등 여러 제품명으로 변용 가능한 명사였다. 달이는 입맛을 다시며 전화기를 집어 들었다.

2

"선금?"

"그게…… 급전이 좀 필요해서요."

"계약서도 안 썼는데 가불부터 해 달라고? 일단…… 아, 잠깐만! 예, 알겠습니다. PT 자료요? 최 과장님이 출력본으로 먼저 보신다 해서 책상에 놔뒀는데요. 예, 확인하겠습니다. 어디까지 얘기했더라? 맞다, 가불. 구달, 내가 알아볼 테니까, 아! 계약서는 아직 안 왔습니다. 그쪽 이사진이 내일까지 상해 출장이라던데요. 네? 프린터요? 어휴, 헤드가 또 맛이 갔네. 그거 AS 부른다고 될 일이……."

공직구는 현장 상황을 생중계하고 있었다. MS미스터리협회 마블힐지국 서울출장소 소장. 명함이 풍기는 느낌대로라면 어느 산자락의 오피스텔이나 도심의 고층빌딩 펜트하우스에서 극소수의 사람들이 은밀히 일할 것 같은데, 수화기 저편에서 들리는 소리는 동네 마트만큼이나 어수선했다. 전화를 받고, 키보드를 두드리고, 스마트폰 액정을 터치하고, 무좀 양말 신은 발을 꼼지락거리고, 파일을 뒤적이고, 차를 마시고, 귓엣말을 주고받는 기척들……. 공직구의 사무실에는 적어도 여남은 명의 사람이 있는 듯했다.

달이는 전화를 끊어 버렸다. MS미스터리협회 마블힐지국의 서울출장소 소장이라는 공직구가 허드렛일을 하는 것도 수상쩍었고, 번번이 프린터 헤드가 탈이 나는 회사가 과연 10대 무경력 신입 사원의 임금을 제대로 챙겨 줄지 확신이 서지 않아서였다.

종일 연락이 없던 공직구는 저녁 9시쯤 흔전동으로 왔다.

"구달, 너희 동네에 왔다. 집 근처로 갈 테니까, 잠깐만 내려올래?"

전화를 끊자마자 달이는 공직구의 소리를 더듬었다. 공직구는 스카이베라 웰컴라운지와 천막 가게 사이 골목으로 접어들고 있었다. 소리풍경 속 공직구는 바짓단 끄는 소리와 밭은 숨소리, 서너 걸음마다 백팩을 고쳐 메는 습관의 조합이었다. 느릿느릿 올라오던 공직구는 흔전고시텔 근처에서 아예 걸음을 멈춰 버렸다. 하는 수 없이 달이가 운동화를 꿰신고 공직구를 만나러 갔다.

공직구는 흔전고시텔의 시세를 확인하고 있었다.

"설마 이 동네로 이사 올 생각은 아니죠? 지금 사는 사람도 다 나가야 할 판인데."

달이는 오만상을 찌푸린 채 공직구와 재회했다. 추위와 허기로 신경이 곤두서 있던 참이었다. 하루 종일 달이가 먹은 음식이라고는 365마트 할머니한테 갖은 지청구를 듣고서 외상으로 사 온

라면 하나가 전부였다.

"이 동네 골바람 장난 아니다. 어디 카페 없냐? 패스트푸드 전 문점도 괜찮은데."

공직구는 얄팍한 외투를 여미며 몸을 움츠렸다. 보면 볼수록 공직구는 '출장소 소장'이란 직함과는 어울리지 않는 듯했다. 곳곳에 철거 명령 현수막이 나붙은 동네에 카페나 패스트푸드점이 있을 리가 없었다.

뉴스에도 심심찮게 나오는 흔전동이었다. 큰 찻길 건너 대번동은 동네가 흔적도 없이 사라졌다. 봄이면 개나리가 수북하던 뒷산도 절반이나 깎여 나갔다. 그곳에 초고층 주상복합 단지가 들어설 예정이었다. 그다음 차례는 흔전동이었다. 재개발에 반대하는 사람이 많아서 순번이 뒤로 밀렸을 뿐 흔전동도 임계점에 다다른 상태였다. 작은 가게들은 거의 문을 닫았고, 흔전동의 상징이었던 장미맨션도 두 달 전 마지막 가족이 떠나가면서 폐가가 된 터다.

달이는 오르막 골목을 가리켰다.

"이 길 따라 쭉 가면 365마트가 나와요. 거기 가서 따뜻한 거 두 병 사 오세요."

달이는 점퍼 주머니에 손을 꽂은 채 몸을 떨었다. 공직구는 숨차게 달려가서 유자차 두 병을 사 왔다.

달이는 찻길가의 공인중개사 사무소들을 차례로 지나치며 팸플릿을 뭉텅이로 챙겼다.

"그건 뭐 하게? 구달 너, 이사하게?"

달이는 대꾸도 않고 스카이베라 웰컴라운지 앞으로 갔다. 그러고는 웰컴라운지 유리벽 앞 층계참에다 팸플릿을 깔았다. 직원들은 퇴근하고 없었지만 웰컴라운지는 24시간 환했다.

"앉아요. 여기가 우리 동네에서 가장 밝아요. 좀 춥긴 하지만."

달이는 익숙한 몸짓으로 '흔전동 재개발 전문' 팸플릿을 깔고 앉았다. 가끔씩 밤에 시간이 정말 너무 안 간다 싶을 때면 여기 와서 앉았다 갈 때가 있었다. 여기 앉으면 재현이가 학원에서 돌아오는 소리를 들을 수 있었다. 백팩 밑바닥에 늘 동전 대여섯 개가 깔려 있고, 이어폰으로 에릭 사티를 즐겨 듣는 아이. 집에 들어가기 전에는 꼭 미국에 있는 엄마에게 전화를 거는 아이. 엄마가 전화를 받은 날에는 세란약국 문을 제 쪽으로 당기며 들어가고, 엄마랑 통화를 못 한 날에는 약국 문을 밀며 들어가는 아이. 소리풍경 속 재현이는 이야기를 담고 사는 아이였다. 그리고 달이는 그 이야기를 듣는 게 좋았다.

공직구는 대번동 스카이베라 조감도를 깔고 앉아 유자차를 마셨다.

"아저씨, 정말로 미스터리협회에서 일하는 거 맞아요? 아까 전화로 들으니까 사무실이 시끌시끌하던데요?"

"아, 그거? 원래 비밀 요원들은 신분을 감추기 위해 평범한 직장을 가지곤 해. 나도 낮에는 직장인으로 지내고 이렇게 퇴근 후나 주말에 비밀 업무를 수행하는 편이야."

"그럼 투잡 뛰는 거예요? 우와, 능력자. 그럼 낮에 하는 일은 뭐예요? 엄청 바빠 보이던데."

"셀프 성형 기구 제작 판매 업체의 인턴이야. 중국 쪽 판로가 탄탄해서 업계에서는 나름 유명한 데야. 무급 인턴이긴 하지만 경력을 쌓는 데는 도움이 될 것 같아서 지원했어."

무급이란 말은 달이가 가장 혐오하는 부류의 말이었다.

"그럼 나더러 지금 무급 인턴을 믿고 일하라는 거예요?"

"아, 네 임금은 걱정 마. 그건 MS미스터리협회에서 지급하는 거니까."

"그럼 선금 갖고 왔어요?"

"계약 전에 가불을 해 준 선례가 없어서 말이야. 그래도 알아보니까 교통비를 선지급할 수는 있더라고. 한 달치 교통비 57670원은 지원 가능해."

"오만 원이면 오만 원이지 오만칠천몇백 원은 또 뭐예요?"

"아! 우리 협회의 신입 사원에게 지급되는 기본 교통비가 50달러야. 그걸 오늘자 환율로 계산한 거야."

달이의 긴장이 조금 누그러졌다. 손수 환전까지 해다 주는 직장 선배 앞에서 날을 세울 필요는 없어 보였다.

달이와 공직구는 유자차병을 내려놓고 계약서를 작성했다. 계약서에 명시된 달이의 직무는 간단했다. 공직구가 흔전동 일대에서 벌어지는 사건을 조사하는 데 적극 협조할 것. 업무는 흔전동 사건이 종료되는 날 종료된다. 말하자면 계약직인 셈이었다. 또한 향후 10년간 MS미스터리협회의 보호를 받는다는 조항이 있었다. 께름칙한 구석이 없진 않았다. 적극 협조, 보호 따위 표현이 상당히 모호한 데다 10년이라는 기간도 너무 길었던 것이다. 10년이면 아이돌 가수와 소속사도 노예계약 분쟁에 휘말릴 만한 기간이었다. 그러나 달이는 계약서에다 이름을 쓰고 즉흥에서 지어낸 사인까지 해 버렸다. 또렷하고 구체적인 배고픔 앞에서 계약 조항의 모호함 따위는 중요하지 않았다. 지금 달이에게는 50달러의 생존 자금이 절실했다.

계약서를 확인한 공직구는 57670원이 든 봉투를 달이에게 주었다.

"아저씨는 이 일 한 지 얼마나 됐어요?"

"한 달 조금 못 됐을걸?"

"미스터리협회 서울출장소 소장이라면서요? 어떻게 한 달 만에 소장이 될 수 있어요?"

"실은 서울출장소 직원이 나 하나야. 우리 협회가 사람 머릿수나 작업장 규모로 승부하는 데가 아니라서 말이야. 아, 오늘부로 서울출장소 직원 둘 됐네. 신입 사원 들어왔으니까."

공직구는 달이를 가리키며 배시시 웃었다. 그 멀건 웃음을 마주하자니 달이는 어째 맘 한구석이 켕기는 것 같았다.

사실 달이는 공직구를 믿지 않았다. 정확히 말하자면 MS미스터리협회라는 단체를 믿지 않았다. 전에도 감염자 운운하며 옥탑방을 찾아온 사람들이 있었던 것이다. 그들과 MS미스터리협회의 차이는 딱 하나였다. 누구를 찾아왔느냐. 그때 찾아온 자들은 처음부터 달이의 아빠와 접촉했고, 모종의 계약을 마무리 지은 뒤 사라졌다. 그리고 아빠도 함께.

그러나 MS미스터리협회는 달이에게 계약을 제안했다. 마블힐지국의 서울출장소인 만큼 미국식으로 일처리를 하는 건지, 법정대리인이 없는 상황이라 어쩔 수 없이 달이와 계약을 맺는 건지는 알 수 없었다. 하지만 세상에 공짜는 없다는 걸 일찌감치 깨달은 달이였다. 분명 MS미스터리협회 역시 달이의 인생에서 무언가를 가져가려 들 것이다. 저 허술해 뵈는 공직구가 그것까지 꿰고 있는지는 모르겠지만.

"그런데 날 어떻게 알게 된 거예요?"

"실은 마블힐지국장님한테 너에 대한 자료를 넘겨받았어. 자료가 뭔지는 언제든 보여 줄게. 같이 일하게 됐으니까 정보 공유해야지. 너랑 나는 일단 지난여름에 네가 겪었던 증상부터 정리해야 돼. 다른 감염자들과 네 사례를 비교해 보면 뭔가 중요한 단서들을 찾을 수 있을 거야."

달이는 버스 정류장까지 공직구를 배웅해 주었다. 빙판길에 발이 미끄러져 기우뚱거릴 때마다 공직구는 달이의 팔을 붙잡고 늘어졌다. 달이는 슬며시 짜증이 나려 했지만 직장 상사에 대한 예우 차원에서 공직구의 팔을 잡아 주었다.

버스 정류장에 다다른 공직구는 묻지도 않은 마블힐지국장 이야기를 꺼냈다.

"구달, 내가 지국장님 밑에서 일한 시간은 한 달에 불과하지만 지난 한 달은 내 인생에서 결정적인 시간이었다. 지국장님이 아니었다면 난 진즉에 죽은 목숨일 테니까. 그분과 난……."

3

때는 지금으로부터 한 달 전, 올 들어 첫 진눈깨비가 날리던 날이었다.

공직구는 벌써 두 시간째 마포대교 난간을 붙들고 서 있었다. 궂은 날씨 탓인지 차들만 지나갈 뿐 행인은 뜸했다. 스물세 번째 낙방……. 입사 시험에 스물세 번이나 떨어졌다는 사실보다 더 견딜 수 없는 건 그 빌어먹을 숫자가 스물넷, 스물다섯, 스물여섯으로 계속 불어나리라는 예감이었다.

한강물은 진눈깨비를 집어삼키고 있었다. 마치 공직구의 지난 인생을 보여 주는 한 폭의 그림 같았다. 남들 하는 대로 바지런히 달렸는데도 진눈깨비처럼 구질구질하던 10대 시절. 그래도 그때는 대학만 가면 쨍한 날들이 펼쳐질 줄 알았다. 그러나 등록금 대출로 막을 연 대학 시절은 이력서에 쓸 수도 없는 허드레 알바들로 점철되었고, 후임들까지 깐족거리던 군대는 앞으로 세상이 공직구를 어떻게 대할지 보여 주는 예고편 같았다.

꽃다발 대신 빚을 떠안고 대학을 졸업했고, 공직구는 1년 반 가까이 서류 전형과 면접을 보러 다녔다. 그리고 스물세 번째 낙방 소식을 들은 날, 공직구는 미련 없이 마포대교로 달려온 것이다. 진눈깨비 같은 인생의 종착역은 처음부터 저 굼실대는 강물이었는지 모른다.

공직구는 난간을 붙들고 울었다. 이럴 줄 알았으면 고2 2학기 중간고사 때, 독서실에 처박혀 문제집을 풀지 말고 진형이 생일이나 챙겨 줄걸. 또 고3 봄날 야자에 열 올리지 말고 가출한 현태나 찾아볼걸. 이럴 줄 알았으면……. 돌이켜보면 꾸역꾸역 맨밥만 퍼먹고 산 것처럼 헛헛하고 싱겁기 짝이 없는 인생이었다. 밍밍한 인생에 마지막 소금 간인 듯 찝찌름한 눈물이 입술 사이로 흘러들었다.

공직구는 난간 위로 올라가려고 한쪽 다리를 치켜들었다. 그때였다. 같은 브랜드 아웃도어 점퍼를 맞춰 입은 학생 둘이 공직구에게로 달려왔다.

"저기요!"

여자아이들은 다짜고짜 공직구의 소매를 잡아끌었다. 정말 오

랜만에 받아 보는 간절하고도 따뜻한 눈빛…… . 공직구는 목이
메었다. 최후의 추락만 남은 줄 알았는데, 이렇듯 자신을 붙잡아
주는 손길도 있다는 게 기적 같았다.

"이 다리가 어벤져스 촬영했던 그 다리 맞아요?"

남도 억양이었다. 공직구는 얼결에 고개를 끄덕였다.

"그것 보라모. 마포대교에서 찍었다고 몇 번이나 말했구마는.
한국 땅에 그거 모리는 사람은 니뿐일 기다."

학생들은 공직구의 자살을 말리려던 게 아니었다. 아이들은 서
울 관광 중이었다. 그 사실을 확인시켜 주듯 둘은 길쭉한 셀카
봉을 치켜들었다.

"쫌만 옆으로 가 봐라. 저짝 강변 뷰 잘라묵지 말고."

"가시나, 대가리 뒤로 빼지 마라. 내만 대두로 나온다이가."

셀카봉으로 연방 사진을 찍어 대던 아이들은 문득 생각난 듯
공직구를 돌아보았다.

"아저씨, 저짝으로 좀 비키 주실래요?"

"어? 어."

공직구는 엉거주춤 허리를 구부리며 아이들의 사진 프레임 밖
으로 꺼져 주었다.

아이들이 다리 저편으로 떠나 버리자 공직구는 정말로 세상
에 미련이 없어졌다. 공직구가 마지막으로 남기고 싶은 말은 '그
럼 그렇지!'였다. 망할 놈의 세상, 끝까지 기대를 저버리지 않아!

공직구는 서둘러 난간에 올라섰다. 잠시 그쳤던 눈물이 다시 흘렀다. 자신의 주검을 건져 올리느라 고생할 분들을 생각하면 맘이 무거웠다. 그렇지만 살아서 스물네 번째, 스물다섯 번째 낙방을 겪고 싶진 않았다. 난간 위에 올라선 공직구는 눈을 질끈 감았다. 그때였다.

"이보게!"

누군가 부르는 소리에 공직구는 슬며시 눈을 떴다. 웬 중년 사내가 공직구 발치에 서 있었다.

"아저씨도 어벤져스 촬영지 찾아왔어요?"

"그렇긴 하네만 그 때문에 자네를 부른 건 아니네."

"그럼 왜요? 아! 셀카봉 없으시구나. 사진 찍어 드려요?"

"일단 거기서 내려오지. 내려와서 얘기하세. 자네가 내가 찾던 사람 같아 그러네."

사내는 공직구에게 손을 뻗었다.

공직구는 심히 맘이 복잡했다. 한 걸음 앞에는 삶과의 절연이 있었고, 한 발짝 뒤에는 불가해한 상황이 있었다. 어느 쪽이 낫다고 선뜻 확신하기 어려운 상황이었다. 공직구가 망설이는 사이 사내는 바투 다가와 공직구의 손을 잡았다. 그 단단한 손길 앞에 선택의 여지는 없었다. 공직구는 순순히 난간 아래로 내려왔다. 사내는 영어로 된 명함을 건네주었다. 뉴욕, 맨해튼, 미스터리 같은 단어들이 촘촘히 나열된 명함이었다.

"일이 있어 서울에 출장을 왔다네. 사실 오늘 딱 자네 같은 사람을 찾던 중이었네."

"딱 저 같은 사람이 뭡니까?"

"술맛을 알 것 같은 사람?"

그리고 30분쯤 후 사내와 공직구는 어느 허름한 식당에서 돼지껍데기와 소주를 사이에 두고 마주 앉았다.

"나는 MS미스터리협회 마블힐지국장 데런이네."

"미스터리협회요? 뉴욕이 추리소설로 유명하다더니 혹시 추리소설가 모임 같은 거예요?"

"후훗, 백이면 백 다 그렇게들 반응하더군. 우리 협회는 어느 뜻있는 독지가의 후원으로 운영되는 민간단체라네. 우리는 은밀히 진행되는 인체 실험들을 추적하고 폭로하는 일을 한다네. 증거자료를 모으고 증언들을 채록하고 실험 경과를 낱낱이 기록하지. 또 우리 요원들은 최근 새 실험이 시작되었거나, 몇 년째 실험이 계속되는 지역으로 가서 피실험자들을 구조하는 일도 한다네. 내가 속한 마블힐지국은 맨해튼을 중심으로 뉴욕, 뉴저지, 메릴랜드 등 주로 미국 동북부 지역을 관할하는데, 한국과 일본에서 실험이 진행된다는 첩보가 들어와서 조사 중이라네."

공직구는 소주 한 잔을 얼른 입에다 털어 넣고 주위를 둘러보았다. 데런의 이야기는 뭔가 엄청나면서도 쪽팔린 구석이 있었다. 테이블이 따닥따닥 붙어 있는 술집이라 다른 테이블 사람들도 맘만 먹으면 데런의 이야기를 들을 수 있었다.

"저기…… 국장님, 목소리를 좀 낮추셔야 할 것 같은데요."

"오우, 노 프라블럼. 다 들으라 그래. 세상을 망치는 건 늘 비밀이라네. 비밀! 판타지 소설에서나 멋진 단어지, 이 현실에서 비밀은 불법의 다른 이름일 뿐이라네. 하여튼 본론으로 돌아가서, 관할 지국이 없는 도시에서 사건이 발생하면 마블힐지국 요원들이 현지에 가서 출장소를 설립하거든. 나는 몇 달 전부터 한국과 일본을 오가며 실험 의심 지역을 조사하고 있었네. 그러던 차에 아까 마포대교 복판에서 자네를 만났고, 보다시피 지금은 이렇게 자네랑 마주 앉아 소주를 마시는 중이네. 공직구라 했지? 자네 우리 협회 서울출장소를 맡아 줄 생각은 없나? 이번 일이 성공적으로 끝나면 서울에 정식 지국을 내고 지국장 자리를 맡기도록 하지. 어떤가?"

공직구는 데런의 말을 믿어야 할지 말아야 할지 알 수 없었다. 그가 늘어놓은 말들은 보통의 50대 남자들하고는 어울리지 않는 것들이었다. 어쩌면 데런은 음모론에 빠진 오타쿠거나 국제 사기단의 멤버일지도 몰랐다.

"아까 말이네. 다리에서 자네를 봤을 때 마지막 기회가 필요한 사람이라고 느꼈네. 어떤가? 날 믿고 함께 일해 보지 않겠나?"

지금껏 공직구는 대부분의 사람들이 옳다고 말하는 방식으로 살아왔다. 어릴 때는 모범생이었고, 명문대는 아니지만 수도권에 있는 대학을 나왔고, 현역으로 군대를 다녀왔으며, 제대 후엔 취업 전선에 뛰어들었다. 그러나 정도를 밟아 온 공직구에게 세상은 더 이상의 길을 열어 주지 않았다. 공직구 앞에 놓인 것은 바위벽이었다. 손톱이 으깨지도록 긁어 대는 만큼만 전진을 허락하는 바위벽. 그래서 공직구는 좀 다른 것을 한번 믿어 보고 싶었다. 독지가니 인체 실험이니 하는 밑도 끝도 없는 말들의 향연 속에서도 내내 잊히지 않는 손길, 추락 직전의 공직구를 세상으로 다시 끌어당기던 그 온기를……

그리하여 공직구는 MS미스터리협회의 요원이자 마블힐지국 서울출장소의 소장이 되었다. 요원이 된 후 경제적 지원을 받고 심리적 안정을 되찾은 공직구는 남 보란 듯이 직장도 구했다. 물론 무급 인턴이었다. 무급 인턴이 되고 나서 공직구는 자신이 지금껏 세상을 오해하고 있었음을 깨달았다. 공직구는 쓸모없는 인간이 아니었다. 세상은 공직구에게 임금을 지불하기 싫어할 뿐이지, 공직구의 젊음과 재능과 건강한 간과 창의력을 필요로 한다는 사실!

공직구는 낮에는 무급 인턴으로 밤에는 MS미스터리협회의 요원으로 활약했다. 가장 먼저 착수한 일은 데런 지국장에게서 넘겨받은 자료를 검토하는 일이었다. 자료가 지목한 장소는 서울 흔전동이었다. 데런은 흔전동에서 모종의 인체 실험이 진행되었다고 확신하고 있었다. 그 근거는 지난 몇 개월 사이에 흔전동 일대의 방사능 수치가 급상승했다는 점과 흔전동 주민 네 명에게서 감염 의심 반응이 나타나기 시작했다는 점이었다. 감염 의심자들은 지난여름 같은 날에 흔전동의 보름내과에서 링거를 맞았다는 공통점이 있었다. 구달도 그들 가운데 하나였다.

구달을 제외한 나머지 사람들은 링거 치료 후 원인 불명의 피부 발진과 가려움증, 구토, 이명 증세 등으로 다시 보름내과를 드나들어야 했다. 구달도 다시 병원 신세를 져야 했지만 이번에는 내과가 아니라 이비인후과였다. 당시 구달을 진료했던 이비인후과 의사는 구달에게 환청이 의심된다며 정신과 치료를 권하는 소견서를 써 주었던 터다.

공직구의 설명은 여기서 끝이 났다.

달이는 헛웃음이 나려는 걸 참았다. 원래 허무맹랑한 이야기를 못 견디는 달이였다. 아빠를 따라 가끔씩 다니던 교회를 그만둔 것도 앞뒤가 맞지 않는 성서 이야기가 싫어서였고, 은혜점집 보살님을 못미더워하는 이유도 걸핏하면 죽은 조상들을 들먹이기 때문이다.

달이가 체감하는 세상은 합리적 인과관계에 따라 움직였다. 흔전동 온돌교회가 문을 닫은 건 신께서 목사나 신자들에게 시련을 주고자 했기 때문이 아니라 재개발사업으로 사람들이 흔전동을 떠났기 때문이며, 은혜점집 보살 아줌마의 절친이었던 부라더미싱 아줌마가 가게 문을 닫은 것은 조상의 노여움 탓이 아니라

상가 건물주가 재개발사업자에게 상가를 넘겨 버렸기 때문이다. 달이가 보건대 흔전동은 절대 신이나 조상의 입김이 닿는 곳이 아니었다. 그런데 인체 실험이라니……. 설사 그런 게 있다 쳐도 흔전동에서는 불가능할 터였다. 아침에 있던 사람이 오후면 떠나고, 간밤에 슈퍼에서 마주쳤던 사람이 그다음 날 아침이면 보이지 않는 동네가 흔전동이었다. 이토록 불안정한 조건에서 실험을 한다는 게 말이 되지 않았다. 하지만 달이는 MS미스터리협회 측 자료에 일일이 반박하지 않았다. 어쨌거나 당분간 이 일은 달이의 생업이 될 터였다.

칼바람이 두 사람 사이를 훑고 지나갔다. 달이는 몸을 떨었다. 옷이 얄팍하긴 공직구도 마찬가지였다. 낡은 외투를 여미던 공직구는 문득 생각난 듯 주머니에 있던 핫팩을 구달에게 쥐어 주었다.

"그래서 구달, 나도 네 손을 잡아 주고 싶었어. 데런 지국장님이 마포다리에서 날 잡아 주었던 것처럼 말이야."

"경우가 좀 다르지 않아요? 아저씨는 마포대교에서 뛰어내리려다 구조된 경우지만 나는 실험에 연루된 덕에 특별히 스카우트된 거잖아요. 돈이 아쉬워서 사인을 하긴 했지만, 아저씨나 데런이라는 사람이 무슨 구원자나 되는 것처럼 구는 건 싫어요. 그리고 이 일을 계속할지 말지는 한 달 후에 결정할게요."

달이는 목을 빼어 찻길을 살폈다. 돈도 받았으니 이 성가신 직장 상사를 빨리 버스에 태워 버리고 싶었던 것이다. 하지만 공직구는 아직 할 말이 남은 얼굴이었다.

"잘 들어, 구달. 널 이해하고 도우려는 사람들 밑에서 일할 기회야. 그러려면 먼저 우릴 믿어야 돼. 너 고독사가 노인네들만의 문제인 줄 아니? 열일곱 살짜리도 돈 없고 가족 없으면 혼자 굶어 죽는 거야."

고독사라는 말에 달이는 무릎이 꺾이는 기분이었다. MS미스터리협회 측은 달이가 굶어 죽기 일보 직전이라는 걸 파악한 모양이었다. 엊그제 공직구가 찾아오지 않았더라면 달이는 정말로 죽었을지도 모른다. 체지방은 이미 비정상적인 수준으로 떨어진 상태였다.

"알았어요. 열심히 일할 테니까, 아저씨는 내 월급이나 잘 챙겨 주세요. 혹시라도 월급이 밀린다거나 중간에서 얼마씩 떼먹는다거나 그러면 우리 담임, 그러니까 우리 전 담임 샘한테 이를 거예요."

달이는 공직구가 준 핫팩을 조물거리며 손을 녹였다.

"그런데 아저씨, 영어 엄청 잘하나 봐요. 마블힐지국장이랑 좔좔 대화도 하고. 대학에서 영어 전공했어요? 아님 유학파?"

"아니. 데런 지국장님은 한국말을 잘하신다. 교포시거든. 지금은 미국 시민권자지만 원래는 연신내 출신이다."

2장

감염자들

1

　요즘 들어 아이는 눈에 띄게 말수가 줄었다.

　365마트 할머니는 손자가 점잖게 자란다며 좋아했다. 남자애가 입이 싸고 말이 넘치면 나중에 사기꾼이 되기 십상이라며 손자는 나중에 점잖은 대학교수나 공무원이 될 거라 했다. 그러나 365마트의 낮술 단골들 생각은 달랐다. 그네들 눈에는 여섯 살 아이가 덜떨어져 보였다. 말수가 적은 게 아니라 여태 말문이 안 트인 것이라 했다. 할머니가 가게 밖에 종이 상자를 내놓으러 간 사이, 단골들은 마트 안쪽 방에 오도카니 앉아 있는 아이를 두고 혀를 찼다. 그네들은 저 아래 흔전동 입구에 우후죽순으로 생겨난 철거전문업체의 날품팔이꾼들이다.

　아이의 이름은 오강문. 달이는 예전부터 강문이를 알고 있었다. 강문이는 온돌교회에서 운영하던 어린이집에 다니던 아이였다. 갑자기 교회와 어린이집이 문을 닫는 바람에 강문이는 본의 아니게 어린이집 중퇴생 신분으로 살고 있었다. 그렇다고 365마트 할머니가 발품을 팔아서 다른 어린이집을 알아봐 줄 사람도 아니었다. 학업중단자라 해야 할지, 기약 없는 무신분 인간이라 해야 할지, 하여튼 달이는 강문이에게 어떤 동질감 같은 걸 느끼고 있었다.

달이는 요즘 들어 강문이의 말수가 줄어든 이유를 알고 있었다. 강문이는 혀로 이빨을 흔드는 데 정신이 팔려 있는 것이다. 단골들이 소주를 따라 마시고 달이가 불닭볶음면과 진짬뽕 사이에서 갈등하는 이 시각에도 강문이는 혀로 이빨을 밀어 대고 있었다.

짜각짜각, 그건 강문이 생애 처음 겪어 보는 희한한 경험이었다. 할머니는 이빨에 관한 고민을 다감하게 들어 줄 사람이 아니었다. 물론 강문이도 두어 번쯤 이빨이 흔들린다고 할머니에게 운을 떼어 봤을 것이다. 그러나 할머니에게 이갈이란 밥때가 되면 배가 고픈 것과 비슷한 일이었다. 지극히 당연한 일이어서 호들갑을 떨 필요조차 없는 일. 혼자 장사를 하며 손자를 키워야 하는 할머니 입장에서는 그보다 중한 일이 수백 가지는 될 터였다. 그래서 강문이는 몸의 일부가 흔들리는 이 사태를 혼자 감당하기로 한 것이다. 짜각짜각…… 흔전동의 많은 아이들이 그렇듯 강문이도 어른 품에서 자라지 않고 저 스스로 부화하는 중이었다. 흔전동이라는 삭막한 부화기 안에서 때가 되면 알아서 돌아누우며 자라는 것이다. 그건 강문이보다 조금 먼저 부화한 달이가 지나온 길이기도 했다.

달이는 진짬빵 한 봉지와 옥수수빵을 카운터에 올려놓고는 강문이의 머리를 쓰다듬었다.

"이빨 뿌리가 거의 다 떨어져서 이빨이 빙그르르 돌 때까지 기다렸다 빼면 돼. 그럼 안 아파."

강문이는 혀로 이빨을 밀다 말고 달이를 올려다보았다. 한 5초쯤 달이를 바라보던 강문이는 또 짜각짜각, 혀로 이빨을 밀기 시작했다.

"그래, 혀로 열심히 흔들어. 앞으론 누나가 들어 줄게. 누난 멀리서도 네 소리를 들을 수 있어."

"진짜로?"

"응."

먼 소리와 가까운 소리, 자연음과 기계음, 생리적인 소음과 우발적인 소리들……. 달이를 둘러싼 소리풍경은 다층적이고 복잡했다. 그러나 그 숱한 소리들 중에 달이가 귀 기울여 듣게 되는 소리들이 있었다. 라디오 주파수를 맞추듯 그 소리를 식별해 내는 것이었다. 지금까지 달이가 재현이의 기척을 감지한 방식도 그것이었다. 하지만 앞으로 달이가 주파수를 맞춰 놓고 들어야 할

소리들이 늘어날 터였다. 강문이가 혀로 이빨을 미는 소리를 들어야 하고, 공직구에게 넘겨받은 자료에 있는 '감염자'의 기척을 들어야 했다.

공직구가 제안한 방식은 탐문수사였다. 흔전동 토박이라는 신분을 십분 활용해서 동네 어른들을 쑤석거리고 다니라는 것이다. 하지만 달이는 탐문을 진행하되 별도로 그네들의 소리를 직접 들어 볼 생각이었다. 물론 공직구에게는 보고하지 않았다. 비정상적인 가청 능력을 공직구에게 설명할 길이 없었다. 산타를 믿는 나이인 강문이에게는 아무렇잖게 털어놓았지만 공직구는 어른이었다. 애초에 합리적인 설명이 불가능한 이야기는 꺼내지 않는 편이 나았다.

강문이가 혼자 혀로 이빨을 밀듯이, 달이는 자신을 둘러싼 소리풍경을 혼자 감당하는 중이었다. 말해 본들, 말해 봤자, 말하고 싶지만…… 어차피 혼자 치러야 할 삶이었다. 껍질을 깨고 나갈 날을 기다리며, 저 스스로 몸을 뒤척일 것.

사실 소리가 들려오기 시작할 무렵 달이는 지극히 상식적인 절차대로 이비인후과로 달려갔던 터다. 이건 MS미스터리협회에서도 이미 파악한 사실이었다. 그러나 달이의 양쪽 귓속을 다 살펴보고도 염증을 찾아내지 못한 의사는 달이의 증상을 신경정신과적 원인에서 비롯된 것으로 결론지었다. 돌려 돌려 말하긴 했지만 결국엔 환청이라는 소리였다. 처음에는 달이도 의사의 진단에 설득당할 뻔했다. 그러나 달이는 구종대 씨의 딸이었다. 거짓말을 밥 먹듯이 하는 노름꾼의 딸로 살면서, 달이가 가슴에 새긴 철칙이 있다. 어른들의 말을 곧이곧대로 믿지 말 것! 그래서 달이는 자신이 듣는 소리들이 정말로 환청인지 검증해 보기로 했다.

통 또각, 통 또각. 균형이 맞지 않는 구두 굽 소리가 들리면 일단 소리 나는 쪽으로 달려가 보았다. 흔전동 샛골목들을 돌고 돌아 소리를 따라잡으면 거기에는 낡은 구두를 신은 여자가 있었다. 달이는 실례를 무릅쓰고 여자의 구두를 확인했다. 달이의 예상대로 구두 한쪽의 뒷굽 바닥이 떨어져 나가고 없었다. 통! 소리는 떨어져 나간 뒷굽이 바닥에 마찰하며 울린 소리였다.

어느 날은 흔전고시텔 1층 남자 화장실 형광등이 지지직 하는 잡음을 냈다. 달이는 그게 1층 남자 화장실이라는 사실을 사람들의 발소리와 말소리, 소변기 물소리를 조합하여 유추해 냈다. 형광등 소리를 들은 다음 날 달이는 흔전고시텔에 가서 1층 남자 화장실을 확인했다. 역시나 형광등은 잡음을 내다가 더디게 켜졌다.

우연히 듣게 된 소리와 실제 상황이 일치한다는 걸 수십 차례 거듭 검증한 달이는 자신이 듣는 소리들이 환청이 아니라는 결론을 내렸다. 그렇다고 안심이 되는 건 아니었다. 어쩌면 달이는 환청보다 더 골치 아픈 상황에 놓인 건지도 몰랐다. 환청은 학계에 보고된, 치료 방법이 존재하는 엄연한 질환이다. 하지만 달이의 가청 능력은 무슨 전래동화나 판타지 소설에나 나올 법한 이야기였다.

귓속으로 쏟아져 들어오는 온갖 소리들이 몰고 온 1차적인 결과는 두통이었다. 처음에는 달이도 가청 능력과 두통의 상관관계를 인식하지 못했다. 그러나 차츰 많은 소리들을 들을수록 머리가 더 아프다는 사실을 인지하게 되었다. 달이가 듣고 감지한 소리들의 의미를 유추하고 처리하는 건 결국 뇌의 몫이었다.

365마트에서 돌아온 달이는 옥수수빵을 뜯어 먹으며 공직구에게 받은 자료를 뒤적였다. 자료에는 감염자 두 명의 신상 기록이 들어 있었다. 두 명 중 하나는 달이였다.

감염자 1

구달, 17세, 여.

흔전동 럭키맨션 옥탑 거주. 고등학교 자퇴. 보호자 구종대는 8월 2일 이후로 잠적 상태.

바이러스 감염 추정일(7월 28일)로부터 일주일 뒤에 성이비인후과 방문(8월 4일, 오전 10시경), 스트레스성 이명 진단. 4일 뒤 조엘이비인후과 방문(8월 8일, 오후 3시경), 환청 가능성 진단 후 3차 의료기관 진료의뢰서 받았으나 8월 8일 이후로는 의료기관 방문 기록 없음. 환청 증세는 자연스레 사라진 것으로 보임. 아버지(구종대)의 실종에 따른 정신적 스트레스에서 비롯된 증세로 추정.

감염자들에게 공통적으로 나타나는 두드러기, 가려움증 등 알레르기 반응 없었음. 숙주화가 진행되기 전 체내에서 바이러스가 소멸한 것으로 보임. 실험 실패 개체로 분류되어 추적 관찰 대상에서 제외. 활동이 자유로운 편. 최근 식사량이 줄어든 것은 가정 형편 때문인 듯.

휴대전화 없음. 집전화 02-359-XXXX.

달이는 웃어야 할지 울어야 할지 판단이 서지 않았다. 지난여름 아빠가 떠난 뒤로 달이는 세상에 혼자 버려진 느낌으로 살고 있었다. 그런데 이 자료가 사실이라면 두 팀의 인간들이 달이를 들여다보고 있었던 것이다. 바이러스 실험을 감행한 팀과 MS미스터리협회 측.

달이는 여전히 흔전동에서 생체 실험이 벌어졌다는 사실 자체를 믿을 수가 없었다. 협회 측에서 실험이 실제로 이루어졌다는 증거로 제시한 건 흔전동 일대의 방사능 수치가 급상승했다는 점과, 감염 의심자들이 같은 날에 흔전동 보름내과에서 링거를 맞았다는 사실이었다. 달이가 보건대 그건 허술하기 짝이 없는 증거였다.

방사능 수치만 해도 그랬다. 흔전동, 대번동 일대는 누구나 다 아는 재개발지구였다. 큰 찻길 건너 건설 현장에는 타워크레인들이 벌써 건물을 올리고 있었다. 대규모 주상복합 단지를 짓는 데 들어가는 엄청난 양의 시멘트들이 문제였다. 한국은 알려진 바대로 일본의 방사능 쓰레기 주요 수입국이었다. 방사능 쓰레기들로 시멘트를 만든다는 건 뉴스에도 심심찮게 등장하는 내용이었다. 그러니 이 일대의 방사능 수치가 급상승한 것도 어찌 보면 당연한 일이었다.

또 보름내과에서 링거를 맞은 건 특별한 일이 아니었다. 보름내과 정만기 선생은 흔전동 일대에서 명의로 소문난 사람이었다. 그래서 흔전동 사람들에게 보름내과의 링거는 최후의 보루 내지는 만병통치약 같은 거였다. 보름내과 링거를 맞고도 안 나으면 가망 없다고 여기는 노인들이 있을 정도였다. 눈이 침침한 날, 담이 결리고 무릎이 쑤신 날, 빈속에서 끅끅 트림이 올라오는 날, 식은 밥 물에 말아 먹은 게 다인데도 방귀 냄새가 오지게 지독한 날, 자도 잔 것 같지 않은 날…… 노인들은 보름내과를 찾았다.

보름내과 정만기 선생이 명의가 될 수 있었던 비결은 딱 두 가지였다. 엑스레이와 항생제. 정만기 선생은 환자가 기침을 하거나 배에 가스가 찬 것 같으면 무조건 엑스레이를 찍게 했다. 지난주에 엑스레이를 찍었건 말건 상관없었다. 엑스레이를 봐야 정확한 처방이 가능하다 믿는 정만기였다. 엑스레이 판독 후에는 무조건 항생제를 처방했다. 젖먹이 아기들서부터 아흔 넘은 노인들까지 죄다 항생제를 처방받았다. 정만기 선생의 비법을 세상에 폭로한 이는 은혜점집 보살 아줌마였다.

언젠가 밤에 달이는 보름내과 유리문에다 소금을 뿌리는 보살 아줌마와 마주친 적이 있다.

"소금은 왜 뿌려요? 혹시 이 건물에 귀신 있어요?"

"귀신? 여기 보름내과 원장에 대면 귀신은 양반이지. 정만기그 인간, 엑스레이 찍고 항생제 처방하는 것 말고는 할 줄 아는게 없는 돌팔이야. 여기 자주 드나들면 엑스레이 찍어 대다가 방사능에 피폭돼 죽거나, 몸에 항생제 내성이 생겨서 죽거나 둘 중하나일 거다. 명대로 못 살아. 이 집 딸 정보름이가 내 동창만 아니었어도 진즉 소비자보호원 같은 데 고발해 버리는 건데. 따지고 보면 정보름 그년도 괘씸해. 지 아버지가 이 어려운 동네 사람들 등쳐 먹고 번 돈으로 오만 사치는 다 부리고 말이야. 그 얼굴에 구찌, 푸라다가 가당키나 하냐고, 내 참. 아무튼, 달이 너는 절대 보름내과 다니지 마라. 여기 터가 안 좋아. 이 동네에 큰 액운을 불러들일 터야."

은혜점집 보살 아줌마는 정만기의 돌팔이짓에 분노하는 것 같기도 했고 정보름이 소유한 명품들에 속이 쓰린 것 같기도 했다.아줌마의 간곡한 당부에도 불구하고 달이는 얼마 후 제 발로 보름내과를 찾아가 링거를 맞았던 터다. 공직구가 준 자료에 따르면 7월 28일의 일이다.

달이는 남은 옥수수빵을 한입에 밀어 넣고는 공직구의 자료에다 볼펜으로 끼적끼적 몇 가지 추가 사항을 메모했다. 협회에서는 달이에 관한 상세한 신상 정보를 원했고, 달이는 비정상적인 청음 능력을 제외한 정보들을 제공하기로 한 것이다. 생체 실험이 실제로 일어났다고 믿지는 않지만, 이건 신념이나 판단의 문제가 아니라 먹고사는 일이었다. 순댓국 싫어하는 사람도 순댓국집에서 아르바이트를 할 수 있는 것과 같은 이치였다. 달이는 남얘기하듯, 자기 신상에 관한 정보들을 아무렇잖게 적어 나갔다.

2

"개업 떡이 발단이었단 말이지?"

공직구는 내심 놀라는 중이었다. 여남은 줄에 불과했던 정보가 A4 두 장 분량으로 늘어난 것이다. 달이 자신에 관한 사항이기 때문에 따로 조사할 필요는 없었겠지만 이것 하나만은 분명한 듯했다. 구달은 솔직한 아이라는 사실.

며칠 사이 달이는 얼굴에 살이 올랐다. 여전히 깡마른 체구였지만 양 볼따구니의 혈색이 좋아지고, 포니테일로 질끈 올려 묶은 머리도 야무져 보였다. 몇만 원 밥값이 생겼다고 금세 살아나는 게 저맘때 인간인가 싶기도 했고, 그동안 달이가 대책 없는 빈곤 상태에 방치되어 있었다는 사실에 화가 치밀기도 했다.

공직구는 달이에게서 강한 기시감을 느꼈다. 언젠가 저런 존재와 만났던 적이 있었던가? 선뜻 떠오르는 기억은 없었지만 누군가를 오래 돌봐 줄 수 없어서 미안했고, 살이 오른 모습에는 슬며시 마음이 놓였던 적이 있었던 것만 같았다.

공직구는 달이에게 감염자 두 사람의 신상 정보를 건넨 다음, 그중에서 1번 감염자에 관한 자료를 보충하도록 지시했던 터다. 물론 1번 감염자는 달이였다. 달이의 기억에서 이 실험과 관련된 정보, 단서들을 최대한 끌어낼 것. 데런 지국장이 힘주어 강조한 사항이다. 상황이 이렇다 보니 달이가 적어 온 내용들 중 무엇 하나도 허투루 넘길 수가 없었다. 그게 개업 떡이라 할지라도……

"네. 거기 다 적어 놨잖아요. 캇팅철거 개업 떡 먹고 속탈이 났었다고."

달이는 당시의 정황을 상세하게 기록해 두었다.

평범한 무지개떡이었다. 럭키맨션 주인 할아버지(윤효식, 65세)가 4층 할머니(정끝녀, 81세)에게 개업 떡을 주었고, 전날부터 체기가 있던 4층 할머니는 그 떡을 다시 구달에게 주었다. 도시락 크기 종이 상자에 든 무지개떡이었다. 상자에는 '무소음 무진동 신개념 철거! 여러분의 캇팅철거!'라고 쓰여 있었다. 현재 캇팅철거 입구 유리문에 붙어 있는 문구와 동일한 문구다.

구달은 저녁밥 대신 무지개떡을 먹었다. 습기 때문인지 종이 상자 밑바닥이 축축하게 젖어 있었지만 맛에는 이상이 없었다. 그날 밤, 10시 경부터 설사가 시작되었다. 밤새 화장실을 드나들고, 다음 날 새벽에야 잠이 들었다. 밤새 술을 마시고 아침에 돌아온 아빠(구종대, 38세)는 구달에게 보름내과에 가라고 시키고는 뻗어 버렸다. 결국 구달은 아빠의 옷 주머니에서 돈을 꺼낸 다음 보름내과에 가서 수액을 맞았다. 7월 28일 10시경의 일이었다.

달이가 3인칭으로 담담히 써 내려간 기록을 보고 있자니 공직구는 괜히 미안한 맘이 들었다. 그러면서도 한편으로는 공직구가 기대했던 서사와는 너무 달라 실망하는 중이었다. 처음부터 데런 지국장은 흔전동 사건을 '생체 실험'이라고 못 박았고, 공직구도 그 점은 의심하지 않았던 터다. 하지만 개업 떡, 설사, 수액으로 이어지는 기승전결은 너무나 일상적인 이야기들이었다. 그 어디에도 실험 비슷한 구석은 보이지 않았다. 누군가 달이를 납치해서 주사를 놓았다거나, 어느 날 달이가 서너 시간 가량의 기억을 잃은 채 다른 동네 골목에서 깨어났다거나, 뭔가 그럴싸한 이야기가 있을 줄 알았던 것이다.

그 이후의 기록들도 마찬가지였다. 구종대 씨는 몇 달째 미귀가 상태였다. 그럼에도 달이가 아빠의 실종 신고를 내지 않은 이유는 이런 일이 처음이 아니기 때문이라 했다. 구종대 씨가 주고 간 생활비는 9월 초에 동이 났고, 달이는 동네 순댓국집에서 아르바이트를 했다. 그러나 뚝배기에 순댓국 끓는 소리만 들어도 속이 울렁거려서 아르바이트를 그만두어야 했다. 그 뒤로는 아빠의 물건과 가전제품을 중고나라에 내다팔며 생활비를 충당했다. 달이의 기록은 공직구에게서 명함을 받던 날에서 끝이 났다.

공직구로서는 참말 난감한 일이었다. 데런 지국장 말로는 달이의 증언이 이번 사건을 푸는 열쇠가 될 거라 했는데, 달이의 기록 어디에도 특이 사항이 없었기 때문이다. 기록만 놓고 보자면 편부 가정의 외동아이가 적절한 보살핌 없이 방치된 이야기에 지나지 않았다. 가능성은 두 가지였다. 데런 지국장이 뭘 한참 잘못 짚었거나, 달이의 기록에서 놓친 부분이 있거나.

밤 10시. 스카이베라 웰컴라운지 앞은 환하고 추웠다. 낮 동안 웰컴라운지는 설명회를 들으러 온 투자자들로 붐볐다. 찻길 건너 15개동 규모로 건설되는 초고층 주상복합 스카이베라의 분양 설명회를 들으러 오는 것이다. 또한 투자자들은 한창 건설 중인 주상복합 못지않게 흔전동 일대에 건설될 근린상가 단지에도 관심들이 많다고 했다. 흔전동 빌라 골목과, 언덕마루 너머 쪽방촌을 다 밀어 버린 다음 공립 도서관을 신축하고 그 둘레에 카페 골목, 학원 골목 등의 근린상가 단지를 조성할 예정이라 했다.

공직구와 달이는 오늘도 재개발 투자 상담 전문 팸플릿을 깔고 앉았다. 공직구는 달이를 흘깃 보았다. 버스를 타고 서너 정거장만 가면 카페들이 있었다. 그러나 달이는 같이 가지 않겠다고 딱 선을 그었다. 공직구는 직장 상사일 뿐이며, 자기는 좋아하는 남자애가 있기 때문에 다른 사람과는 절대 카페에 가지 않을 거라 했다. 흔전동에서 혼자 살아가는 열일곱 살짜리 여자애 나름의 방어 체계였으므로, 공직구도 더는 카페를 고집하지 않았다.

"아저씨, 혹시 투자 명목으로 MS협회에 돈 준 적 없어요?"

달이가 손등으로 콧물을 훔치며 물었다.

"그건 왜?"

"제가 정리한 자료 보셨으니까 알 거 아니에요? 생체 실험이 있었다는 증거가 없잖아요. 저는 우연히 떡을 먹고 장염에 걸려서 병원에 간 거예요. 제가 학교를 좀 일찍 때려치우긴 했지만, 실험이란 게 그렇게 우연을 남발하면서 이뤄지는 게 아니란 것 정도는 안다고요. 어쩌면 아저씨가 글로벌 사기꾼들한테 놀아나는 걸지도 몰라요. 저야 돈 받은 만큼만 일할 거니까 상관없지만 아저씨는 이 일에 폭 빠진 것 같아서, 좀 걱정스러워요."

달이가 공직구의 아픈 구석을 건드렸다.

집으로 돌아온 공직구는 달이에게 받은 자료를 다시 정리했다. 달이 말대로 우연은 실험의 일부가 될 수 없다. 실험이 가능하려면 실험 조건이 완벽하게 통제되어야 한다. 달이가 7월 27일에 개업 떡을 먹고 7월 28일에 보름내과를 간 건 우연이었다. 그렇다면 애초에 실험자들은 보름내과만을 실험 조건으로 고려했던 것일까. 그날 보름내과의 수액에다 모종의 바이러스를 섞어 둔 다음, 무작위로 환자를 기다렸던 것일까. 하지만 데런 말처럼 이건 테러가 아니라 인체 실험이다. 불특정 다수를 해치려는 목적이 아닌 어떤 결과를 얻기 위한 실험. 게다가 실험자들은 이미 세계

곳곳에서 이 비슷한 실험을 해 왔고, 이번에는 서울과 후쿠시마에서 같은 실험을 반복하고 있다 했다. 그런 자들이 바이러스를 주입할 대상을 무작위로 골랐을 리가 없다.

자료를 정리하고, 마블힐지국에 보낼 보고서 작성까지 끝내자 시간은 새벽 2시에 가까워지고 있었다. 공직구는 데런 지국장에게 전화를 걸었다. 데런 지국장은 엽기떡볶이 뉴욕 맨해튼 지점에서 점심을 먹는 중이라 했다.

"성급하게 굴어선 안 되네. 눈에 띄지 않는 걸 찾아내는 게 우리 일이란 걸 명심해. 실험이란 실험자의 의도대로만 진행되는 건 아니네. 늘 변수가 있기 마련이지. 그러니 구달 요원의 증언을 토대로, 다른 감염자들의 상황을 잘 살펴보게. 현재 우리가 알아낸 건 보름내과 닥터 정만기가 지난 7월 28일을 전후해서 5억 가까운 사채 빚을 청산한 뒤 얼마 지나지 않아 보름내과 일을 접었다는 사실이네. 뭔가 구린내가 나는 것 같지 않나? 오우, 쉬트! 젠장, 오지게 맵네. 마약김밥 하나 추가해야겠어!"

잠시 후 데런 지국장은 물인지 쿨피스인지, 다른 음료수인지 모를 액체로 꿀렁꿀렁 입을 행구고는 말을 이었다.

"우리는 당시 정만기의 주변 정황과 자금의 출처를 쫓고 있다네. 그동안 감염자로 추정되는 사람들에 관한 조사를 자네랑 구달 요원이 맡아 줘야 하네."

공직구는 여전히 혼란스러웠다. 그러면서도 맘 한구석에서는 정말 잘해 봐야지, 하는 생각이 자리를 잡았다. 마포대교 난간에서 공직구의 손을 잡아 주던 데런이었다. 마포 돼지껍데기집에서 콩가루에 찍은 돼지껍데기를 밥 위에 올려 주던 사람, 언제 어디서든 따끈한 온기로 기억되는 사람. 데런은 차가운 진눈깨비 같던 공직구의 인생과는 이질적인 존재였다. 공직구의 인생에서 데런의 존재는 우연, 돌발 상황, 변수 그 자체였다. 하지만 그날 마포대교에서 공직구와 데런이 마주친 것은 수백 가지 개연성의 결과이기도 했다. 무질서 속에 감춰진, 촘촘한 인과관계들……. 앞으로 공직구와 달이가 흔전동에서 밝혀내야 할 것도 그것이었다.

데런에게 인수받은 자료에 따르면 피실험자는 달이까지 모두 네 명이었다. 공직구는 그들 중 달이와 홍세라에 관한 자료를 달이에게 넘긴 상태였다. 둘씩 나누어 조사하면 시간을 아낄 수 있을 터였다. 애초에 실험자들이 의도한 사람은 혹시 셋 아니었을까? 달이는 상한 떡을 먹고 예정에 없이 들이닥친 불청객이었는지도 모른다. 그러나 어떤 이유에선가 정만기는 달이의 수액에도 바이러스를 섞었다. 갑자기 실험 규칙이 바뀌기라도 한 걸까?

공직구는 생각을 거듭하다 새벽녘에야 잠이 들었다.

3

흔전동에서 벌어지는 일을 꿰려면 이곳저곳 쑤석거리고 다닐 필요가 없다. 딱 두 군데, 365마트와 밴틀리이발소만 경유하면 끝난다. 365마트 할머니는 동네 사람들의 가족 관계에 정통했고, 이발소 김 씨는 주민들의 부동산 처분과 양도, 상속 상황을 면도날처럼 예리하게 포착하고 있었다.

달이는 2번 감염자 홍세라 씨에 대한 탐문에 들어간 터였다. 공직구에게 넘겨받은 자료는 구달에 관한 초기 자료와 비슷한 수준이었다.

감염자 2

홍세라, 78세, 여.

흔전동 골든빌라 3층 거주, 골든빌라 소유주.

2남 1녀의 자녀는 결혼 후 분가하여 서울, 교토에 거주. 가장 자주 통화하는 사람은 교토에 사는 11살 외손녀.

바이러스 감염 추정일(7월 28일) 이후 극심한 두드러기, 가려움, 구토 증세에 시달림. 닷새 후(8월 2일 오전 9시 30분경) 인근 종합병원인 성모병원에서 혈액검사받았으나, 이상이 없는 것으로 진단.(성모병원 가기 전에 보름내과를 다시 찾았으나 보름내과가 폐업하여 진료를 받지 못한 것으로 추정.)

감염 추정일로부터 2주 동안 알레르기 약 복용. 11월 중순부터 칩거에 들어간 것으로 추정. 현재 바깥 활동이 불가능할 정도로 숙주화가 진행된 것으로 보임.

휴대전화 010-76XX-XXXX.

달이는 365마트 할머니의 증언을 토대로 이 듬성듬성한 정보를 보충할 수 있었다.

"골든빌라 그 할망구 말이가? 지만 잘난 할망구 이야기는 뭐 할라 묻는데? 외지인들이 동네를 마구잡이로 파 제끼고 구청에서는 나가라고 지랄을 해 쌓고, 시절이 이럴수록 흔전동 주민들끼리는 똘똘 뭉쳐야 할 거 아이가. 그런데 그 할망구는 세상 지 혼자 사는갑더라. 엎어지믄 코 닿을 데 있는 이웃 마트를 두고 저 짝 프리마트에서 물건을 시키다 묵는 법이 어데 있노. 배달해 달라 하믄 내도 해 준다. 혼자 사는 할망구가 늘그막에 식탐이 도졌는지 사흘이 멀다 하고 프리마트 오토바이가 이 앞으로 지나다니 쌓는데, 뻥튀기에 대패삼겹살에, 식빵에, 참치에, 그기 다 묵는 기더라. 대패삼겹살 말고는 다 내가 파는 긴데. 대패삼겹살만 해도 그렇다이가. 한 봉다리에 5500원인데, 고기를 가지고 그 값을 맞추자면 어데 그기 제대로 된 고기겠나? 한 10년 된 수입산 냉동고기 슥슥 삐지다가 파는 긴지 우찌 아노? 지나 내나 한동네서 늙어 가는 처지에 이웃지간에 정은 있어야 할 거 아이가. 내사마, 입 아파서 1절만 하고 말란다."

달이는 연습장에다 할머니의 말을 낱낱이 받아 적었다.

"홍세라 할머니는 왜 집 밖으로 안 나와요?"

"낸들 아나? 집에 떠돌이 영감탱이 하나 숨기 났는지 알 기 뭐꼬."

"어디 아픈 건 아니고요?"

"아픈 년이 입맛이 그리 좋을 리가 있나? 접때 누구 말로는, 저 짝 풍덕동 한의원에서 계지가용골모려탕인가 뭔가 하는 걸 지다 묵었다 하긴 하더라만."

"계지가용골모려탕이요? 그게 무슨 약인데요?"

"그기 오줌 싸 대고 짜증을 부리 쌓는 애기들이나 밤에 잠을 못 자고 뒤척뒤척하는 과부들이 묵는 탕약이거든. 그 할망구가 똥오줌을 못 가리게 됐거나 잠을 못 자게 돼 삐린 모양이라."

365마트 할머니에게 얻어 낼 수 있는 정보는 얼추 정리가 되었다. 달이는 마트를 나서려다 말고 강문이에게 귀엣말을 했다.

"오강문! 넌 어젯밤 9시쯤 마지막으로 오줌을 누고, 변기에 오줌 묻혀 났다고 할머니한테 혼이 났어. 그런 다음 이빨을 한참 밀다가 잠이 들었지?"

강문이는 휘둥그레진 눈으로 달이를 올려다보았다. 그러다 문득 생각이 난 듯 힘차게 고개를 끄덕이는 것이었다.

"이빨 곧 빠지겠더라. 좀만 더 힘내. 누나가 계속 듣고 있을게."

달이는 강문이의 머리를 쓰다듬어 주고 마트를 나섰다.

이제 밴틀리이발소 차례였다.

이발소 삼색봉이 요란하게 회전하며 어둑어둑한 골목을 비추고 있었다. 달이는 선뜻 이발소에 들어가지 못하고 근처 전봇대 뒤에 몸을 숨겼다. 텔레비전 볼륨이 꽤나 높았지만 달이는 사람의 숨소리가 하나라는 걸 감지했다. 달이의 감각 체계는 서서히 시각 중심에서 청각 중심으로 바뀌고 있었고, 언제부턴가는 사람들의 숨소리는 달이가 속한 소리풍경의 배경음이 되었다. 흔전동 골목을 오르내리고, 낡은 다세대주택 안에 머무는 온갖 숨소리들. 사람들은 대개 하루 3만 번씩 숨을 쉬었지만 호흡은 저마다 달랐다. 가쁜 숨, 말과 말 사이에 섞인 숨, 담배 연기나 한숨에 섞인 긴 날숨……

지금 밴틀리이발소 안에서 들리는 숨결은 하나였다. 이발사 김 씨 혼자 있다는 뜻이다. 김 씨는 달이가 독대할 만한 인간이 아니었다. 지난여름 골목에서 우연히 마주쳤을 때 얼마나 컸는지 보자며 달이의 허리와 엉덩이를 슬며시 그러쥐던 김 씨다.

그때 강하게 따지고 들지 않은 건 아빠의 부재 때문이었다. 이런 일이 생기면 으레 어른들이 나서기 마련이고, 그러다 보면 구종대의 행방불명이 흔전동 일대에 공론화될 것이기 때문이다. 달이는 아빠 없이 혼자 산다는 사실이 부각되는 게 싫었다. 아빠가 자주 집을 비운다는 건 동네 사람들이 다 아는 바이지만, 모종의 이유로 계절이 두 번 바뀌도록 가출 상태라는 건 달이밖에 모르는 사실이다. 그게 알려지면 김 씨 같은 인간이 도처에서 출몰할지도 몰랐다. 다만 달이는 그 일을 잊지 않을 작정이었다. 반격할 힘이 생기거나, 도움을 청할 누군가가 나타나면 언제고 다시 끄집어낼 생각이었다.

김 씨는 텔레비전을 보고 있었다. 독백이 난무하는 불륜 소재 일일드라마였다. 아내는 남편의 서재 서랍장을 뒤지고 있었다. 남편과 내연녀의 관계를 입증할 만한 뭔가를 찾는 모양이었다. 때맞춰 피아노 선율이 자지러졌다. 브람스의 헝가리무곡이다. 대여섯 번의 서랍 여닫는 소리 끝에 마침내 아내는 뭔가를 찾아냈다. 그때였다.

"뭐 해?"

등 뒤의 기척에 달이는 소스라쳤다. 승율이였다. 밴틀리이발소의 소리에 집중하느라 승율이가 다가오는 줄도 몰랐던 것이다.

"밴틀리이발소에 볼일이 좀 있어서. 그러는 넌 이 시간에 어쩐 일이야? 복지관에서 자습하고 있을 시간 아니야?"

평소 승율이는 학교가 끝나면 흔전동에서 버스로 10분 거리에 있는 복지관에서 공부를 하다가 11시쯤 귀가했다. 그런데 오늘은 7시도 안 되어 동네로 돌아온 것이다. 다른 사람이면 몰라도 승율이에게는 흔치 않은 일이었다.

"그게…… 오늘 학교 안 갔어."

"왜? 무슨 일 있어?"

달이는 홍세라에 대해 탐문수사 중이었다는 사실도 잊고 학부모스런 얼굴로 물었다.

"그냥……."

"그냥은 무슨! 한승율이 그냥 학교를 빠진다는 게 말이 돼? 너 어디 아파? 얼굴이 살짝 맛이 간 것 같기도 하고. 너 굶고 다니니? 내가 뭐 좀 사 줘? 나 돈 있어."

달이는 제 호주머니를 두드려 보였다. 그 안에는 3만 원이 조금 넘는, 달이의 전 재산이 들어 있었다.

"그냥 애들이 득실득실하다고 생각하니까 학교 가기 싫더라고. 대신 저녁에 복지관 가서 열심히 공부하려고 했는데 오늘따라 거기도 별로."

무슨 일이 있는 게 분명했다. 흔전동 칸트라 해도 무방할 만큼 제시간에 정해진 장소에 출몰하기로 유명한 승율이었다.

"너 왜 안 하던 짓을 하고 그러냐? 졸업장 따야지. 너 그러다 나처럼 된다."

"네가 뭐 어때서?"

"중퇴생에도 두 부류가 있단 거 몰라? 내일이 있는 중퇴생과 내일은 없는 중퇴생. 둘 중 내가 어디 속할 거 같냐? 나처럼 내일이 없는 중퇴생은 그냥 귀신이야. 이승에도 저승에도 속하지 못하고 구천을 떠도는 원혼 같은 거."

이렇게까지 말하면 승율이도 알아듣겠거니 했다. 하지만 승율이는 덤덤한 얼굴로 화제를 돌렸다.

"이발소에는 뭐 땜에? 누구 찾으러 온 거야?"

그 순간 달이의 머릿속에 딸깍 불이 들어왔다.

잠시 후 승율이는 펜과 노트를 들고 이발사 김 씨 앞에 서 있었다. 달이는 전봇대 뒤에 남아서 김 씨와 승율이의 대화를 들었다. 달이 역시 펜과 노트를 든 채였다.

"독거노인 환경조사? 홍세라? 홍세라가 누군데? 아! 저기 골든빌라 그 할머니? 그 할머니야 독거노인이라 할 수도 없지. 혼자 산다고 다 독거노인인가? 지금이라도 맘만 고쳐 잡수면 최고급 양로원에 들어가고도 남을 재력이 있는 양반인데. 뭐, 싸가지 없는 자식놈들이 유산 분배 끝나자마자 발길을 딱 끊어 버린 건 좀 안됐긴 하지. 동네 마실도 못 나다닐 정도로 편찮은 모양이던데 개미 새끼 한 마리 안 찾아와. 뭐 그래도, 나 같으면 자식 효도 받을래, 돈 거머쥐고 살래 물으면 당연히 돈이야, 돈. 벤틀리 한 대 딱 뽑고 옆에 여자 딱 태우고, 원 없이 사는 거지."

그래서 이발소 이름이 밴틀리구만. 밴틀린지 벤틀린지 인터넷으로 맞춤법이나 확인하고 간판을 만들 것이지, 쯧. 달이는 이발소 간판을 쳐다보며 코웃음 쳤다.

승율이와 헤어지기 전, 달이는 승율이의 점퍼 주머니에 5500원을 넣어 주었다.

"대패삼겹살이라도 사다가 할머니랑 먹어. 사거리 건너 프리마트 가면 대패삼겹살 한 봉지 5500원이래."

승율이가 돈을 돌려주려 하자 달이는 인상을 팍 구겨 보인 뒤

돌아섰다.

제 코가 석 자라는 걸 한시도 잊은 적 없지만 승율이에게는 조금 나눠 주고 싶었다. 달이도 그 이유는 알지 못했다. 승율이를 남자로 좋아하는 것도 아니었다. 달이는 일편단심, 여섯 살 때부터 오직 재현이만 바라보았으니까. 그런데도 승율이를 보면 자꾸 마음이 쓰였다. 아홉 살 가을에 승율이가 이 마을에 온 뒤로 늘 그랬다. 작고 못생기고 표정도 어두컴컴한 녀석이 자꾸만 눈에 밟히는 것이었다. 어쩌면 전생에 승율이가 달이의 반려동물이었는지도 모른다고 생각해 본 적은 있었다. 어느 날 엄한 걸 집어삼키고 요절해 버린 강아지, 그래서 환생을 거듭하도록 달이의 가슴에 짐으로, 죄의식으로 남아 있는 존재, 뭐 그런 유의 공상이었다.

집으로 돌아가는 내내 달이는 승율이의 숨소리를 놓치지 않았다. 영하의 날씨에 가파른 오르막길을 오르는 녀석의 숨소리는 짧고 얕고 쓸쓸했다.

4

공직구는 언제나 활력이 넘치는 인턴이었다.

오늘 오전만 해도 회사의 온갖 복합기기들을 관리했고 30페이지에 달하는 프리젠테이션 자료를 만들었다. 오후에는 홍대 앞에서 셀프 성형 기구 시연 및 판촉 행사를 했다. 처음에는 동방 TNR 홍보 전단을 나눠 주는 일을 했다. 그러다가 홍보팀 은수 씨의 제안으로 공직구가 직접 광대뼈 축소 기구 브이텍을 착용했다. 전문 모델 한 명이 이미 셀프 성형 기구를 착용한 채 판촉 행사를 벌이고 있었지만 기대만큼의 반향이 없었던 것이다.

은수 씨의 전략은 적중했다. 그 전까지는 젊은 남자들만 더러 행사장에 기웃거렸던 터다. 물론 그네들은 성형 기구가 아니라 초미니 산타복 차림의 전문 모델에 더 관심이 많은 듯했다. 그러나 공직구가 셀프 성형 기구를 착용한 뒤로는 젊은 여성들은 물론 중년 여성들까지 행사장으로 몰려들기 시작했다. 껑충한 키에 어수룩하게 생긴 얼굴. 공직구는 미용 기구와는 눈곱만큼도 어울리지 않는 용모였다. 그러나 그 우스꽝스러운 부조화가 외려 여성들의 눈길을 사로잡은 것이다. 가죽 라이더 재킷에 라쿤 목도리를 두른 여자 하나가 공직구가 착용한 기구의 다이얼을 함부로 돌렸다. 성형 기구가 얼굴을 빡빡하게 조여 왔고 공직구는 광대뼈가 함몰되는 기분이었지만 끝내 웃음을 잃지 않았다. 공직구의 활약 덕에 판촉 행사는 성황리에 끝났다.

외근에서 돌아온 뒤에는 회식이 있었다.

1차는 가볍게 치맥, 2차는 과일소주방이었다. 공직구는 아교풀 역할을 톡톡히 해냈다. 대학 동창이라는 정 부장과 최 과장의 대화가 삐걱거리고 툭툭 끊길 때마다 술잔을 들고 분연히 일어나

건배를 제안하고, 술을 따르고, 곱절로 받아 마셨다. 문득문득 오른쪽 상복부가 욱신거리는 느낌을 받았지만 약한 모습을 보일 수는 없었다. 지친 기색은 인턴의 덕목이 아니었다. 대학에는 조교가 있고, 회사에는 인턴이 있었다. 아직 능력치를 제대로 파악한 사람이 없다는 전설의 병기들!

언젠가 공직구의 엄마는 새벽까지 술을 마시고 들어온 아빠에게 악담을 한 적이 있었다. 저놈의 술! 지 술 지가 처먹고 유세 떠는 놈들은 삼대가 술로 망해 버려야 돼! 그때 엄마는 알고 있었을까? 아빠 때문에 망해야 할 삼대 중에 엄마 아들 공직구도 있다는 걸.

멈출 수 없었다. 공직구는 무엇으로든 증명해 보여야 했다. 크고 깡마른 데다 어깨까지 살짝 굽어서 길거리의 춤추는 풍선 같다고 말들 하지만, 나, 인간 공직구는 보기와는 달라. 소름 끼치는 반전남, 동방TNR의 카이저 소제, 청정한 간과 지구력을 지닌 청년이란 말이다.

게다가 소주방 테이블 맞은편에는 '투블록컷'이 끝내주게 잘 어울리는 은수 씨가 앉아 있었다. 예나 지금이나 공직구의 이상형은 '숏컷'이 어울리는 여자였다. 열여섯 살에 〈내 여자의 바리깡〉이라는 영화를 본 뒤로 굳어 버린 취향이었다. 은수 씨는 술에 취하면 머리를 귀 뒤로 꽂는 버릇이 있었다. 귀 뒤로 꽂을 머리는 없었지만 은수 씨가 머리를 매만질 때마다 귓불 둘레에 파롯파롯한 바리깡의 흔적이 엿보였고, 공직구의 가슴은 미친 듯이 뛰었다.

주문한 술이 반이나 남았는데 벌써 노래방 타령을 해 대는 정 부장에게 새우튀김을 권하던 공직구는 문득 상체 근육이 무너져 내리는 기분을 느꼈다. 골격과 근육, 내부 장기들까지 흐물흐물 순두부로 변해 버리는 것 같았다. 더는 버틸 수 없을 만큼 취했다는 뜻이었다. 이제부터는 정신력으로 버텨야 했다. 까딱하다간 한판 게워 내고 아무 데나 자빠져 잠드는 수가 있었다.

카운터로 가서 얼음물을 청해 마시던 공직구는 문득 눈앞이 흐려지는 걸 느꼈다. 저만치 동방TNR 홍보팀을 흐릿한 막이 감싸고 있는 것이었다. 어쩌면 막은 공직구를 감싸고 있는 것 같기도 했다. 시발, 진눈깨비 아냐? 공직구는 욕을 뇌까리며 손을 뻗어 보았다. 막은 만져지지 않았고, 다만 공직구의 영역과 동방 TNR 홍보팀의 영역을 구분 짓고 있었다. 그건 결계였다. 청정한 간을 바치고, 열정을 바쳐도 인턴은 절대 뚫지 못하는 결계.

결계 속에서 송 대리가 소리쳤다.

"누가 뭐래도 오늘 신의 한 수는 은수 씨의 결단이었어요. 공 인턴한테 브이텍을 씌울 줄 누가 알았겠어요?"

그러자 은수 씨는 있지도 않은 머리를 귀 뒤로 넘기며 웃었고, 홍보팀 사람들은 박수로 응답했다.

저는요? 이 공직구는요? 세 시간이나 브이텍을 쓰고 재롱을 피

운 저는요? 공직구는 결계 안으로 들어가고 싶었다. 그러나 아무
도 공직구를 보지 않았다. 어쩌면 보이지 않는지도 모른다. 전혀
다른 세계의 중첩……. 차라리 공직구 눈에도 저들이 보이지 않
으면 좋을 터였다. 하지만 공직구는 그 세계를 보고 듣고 있었다.
그중에서도 은수 씨.

　공직구는 도리질을 치다가 흐득흐득 울었다. 은수 씨는 어쩌자
고 저렇게나 숏컷이 잘 어울리는 걸까. 낮에 광대뼈 축소 기구를
공직구에게 끼워 주던 그 손길은 왜 그리 부드러웠으며, 성형 기
구를 공직구의 얼굴에 맞추느라 한참이나 들여다보던 그 눈길은
왜 또 쓸데없이 그윽했을까. 공직구는 울면서 은수 씨의 이름을
몇 번 불렀고…… 기억이 끊겼다.

　새벽 5시, 유흥가 편의점 앞 계단.

　공직구는 서서히 정신이 돌아오고 있었다. 젠장, 춥다! 가장 먼
저 든 생각은 그것이었다. 공직구는 계단 밑에 흩어져 있는 술집
홍보 전단을 주섬주섬 주워 엉덩이 밑에 깔았다. 그러나 얄팍한
전단지 몇 장은 바닥의 냉기를 막아 내지 못했다. 달이를 떠올린
건 그때였다. 두툼한 부동산 팸플릿을 뭉텅이로 챙겨서는 스카이
베라 웰컴라운지 앞에 자리를 잡던 아이, 혼전동 감염자 1번, 얼
핏 유명한 영장류 학자를 떠올리게 하는 이름을 가진 녀석. 그리
고 MS미스터리협회 마블힐지국 서울출장소 신입 요원!

　"아 씨! 까먹었다!"

그제야 온전한 정신이 돌아온 공직구는 황급히 전화기를 꺼냈다. 밤 10시 30분에 달이에게 전화로 홍세라에 관한 보고를 받기로 해 놓고선 까마득히 잊어버린 것이다. 아니나 다를까, 약속 시간 전후로 열 통이나 부재중 전화가 와 있었다. 달이에게 휴대폰이 있었다면 용건을 문자로 남겼을 텐데 집전화밖에 없는 달이는 애타게 전화만 걸어 댄 모양이었다.

달이는 이미 결론을 내린 상태였다.

공직구는 싹수가 노란 선배였다. 열 번이나 전화를 걸었는데도 전화를 받지 않았다는 사실에서 달이는 아빠를 떠올리고야 말았다. 열한 살 생일날 직접 미역국을 끓여 놓고 전화를 걸어도 받지 않던 아빠, 금요일에 온다 해 놓고 토요일 밤이 되도록 전화 한 통 없던 아빠, 급식비 밀렸다는 메모를 스무 번쯤 남겨도 답이 없던 아빠. 달이의 기억 곳곳에 숨어 있던 구종대들이 코웃음을 치는 것 같았다. 그것 봐. 나만 그런 게 아니잖아.

달이도 구종대들의 비아냥에 수긍할 수밖에 없었다. 요새 어른들치고 점잖고 책임감도 있어서, 괜찮은 직장 선배다 싶었는데 그게 아니었다. 무책임하고 무능력하고 약속도 지킬 줄 모르는, 아주 인간 망종이었다.

새벽 5시에 전화를 거는 것만 봐도 알 수 있었다. 저 편한 시간에, 그것도 업무 시간 외에 후배 직원한테 전화를 거는 걸 뭐라 하더라? 그래, 갑질!

"얻다 대고 새벽부터 갑질이에요? 사람 진짜 그렇게 안 봤는데."

말이 험악하게 나가는 건 당연했다. 밤새 뒤척이며 달이가 세운 계획은 이것이었다. 데런 지국장의 전화번호를 확보할 것. 그리하여 다이렉트 보고 체계를 구축할 것! 그렇게만 된다면 새로 임금 협상을 할 수 있을지도 모른다. 저 인간 망종을 퇴출시켜버리고 혼자 일하는 것이다. 딱 까놓고 말해 이건 괜찮은 돈벌이였다. 청음 능력을 십분 발휘하면 이 바닥의 에이스로 등극할지도 모른다.

평범한 인간이 들을 수 있는 소리의 음역대는 20에서 20,000헤르츠까지다. 인간은 초당 20번 이하로 진동하는 소리와 20,000번 이상 진동하는 소리를 들을 수 없다. 동물 중에 가청 음역대가 가장 넓은 것은 고래다. 대왕고래는 10헤르츠 이하의 소리를 내고 들으며, 돌고래는 200킬로헤르츠의 소리도 들을 수 있다. 그러나 달이의 가청 음역대는 측정 불가였다. 또 단순히 가청 음역대만의 문제도 아니었다. 달이는 멀고 희미한 소리들 가운데 필요한 소리를 골라 들을 수 있었다. 대기가 건조하여 반향음이 적은 날에는 옥탑방에서 1.5킬로미터 떨어진 세란약국의 기척을 구분해 냈다.

"구달, 정말 미안하다. 회사 회식이 있었는데, 시끄러워서 전화 소리를 못 들었어."

"데런 지국장 전번 좀 알려 주세요. 뉴욕이 서울보다 열네 시간 느리다 했죠? 시간 계산 잘 해서 앞으로는 제가 직접 데런 지국장한테 보고할게요. 아저씨는 그냥 그 회사 무급 인턴 생활에 충실하세요."

당연히 공직구는 펄쩍 뛰었다. 곧이어 온갖 구차한 변명들이 이어졌다. 달이는 전화기 저편에서 들리는 거리의 소음들을 듣고 있었다. 차분한 정적이 내려앉은 골목에 간간이 사람들이 지나다녔고, 멀리서 누군가의 고함소리가 들렸다. 혀 꼬부라진 소리였다. 공직구 근처에서 유리문 여닫는 소리가 들렸다. 바코드 찍는 소리, 컵라면 비닐 벗기는 소리. 공직구는 유흥가 편의점 앞에 앉아 있는 모양이었다. 가까이에 다른 숨소리가 없는 걸로 봐서 혼자였다. 회사 사람들하고 회식했다더니 혼자 버려졌구만. 달이는 혀를 찼다.

열일곱 살 인생이 쉽지 않은 달이였다. 곧 허물어지고 말 흔전동에서 얼마나 더 버틸 수 있을지도 미지수였다. 달이가 무사히 어른이 되려면 기적이 조금 필요할지도 몰랐다. 그러나 어떻게든 살아남아 어른이 된다 쳐도 문제가 끝나는 건 아니었다. 달이는 공직구처럼 쉽게 써먹히고 쉽게 버림받는 어른이 될 바에는, 이 세상에 기댈 데라고는 마포 돼지껍데기의 추억밖에 없는 어른이 될 바에는 어른이 되기 전에 죽는 게 나을지도 모른다고 생각했다.

"구달, 진짜 잘못했다. 한 번만 봐주라. 앞으로는 진짜 MS미스터리협회 마블힐지국 서울출장소 소장 공직구로서 최선을 다할게."

"최선을 다하건 말건 그건 아저씨가 알아서 하실 일이고요. 데런 지국장이 아저씨를 해고하지 않는 이상 앞으로도 같이 일이야 하겠지만 그렇다고 어젯밤 일을 용서하진 않을 거예요. 자꾸 용서해 주면 버릇만 나빠져요."

달이는 아빠 구종대 씨를 겪어 봐서 아는 터였다. 쉬운 용서는 상대를 차츰 뻔뻔하게 만든다는 걸.

딱 사흘만 돌봐 달라며 달이를 코리아가죽수선집 박 집사네 집에 맡긴 아빠는 사흘, 나흘, 열흘이 지나도록 소식이 없었다. 물론 박 집사는 달이를 딸처럼 대해 주었다. 문제는 박 집사의 딸 하영이었다. 달이보다 네 살 많은 하영이는 왜 제 방을 달이와 함께 써야 하는지 이해하지 못했다. 하영이는 대놓고 달이를 불청객 취급했다. 어쩌다 찾는 물건이 눈에 안 보이면 달이부터 의심했고, 옷을 갈아입는다거나 친구와 전화를 해야 한다는 핑계로 달이를 방에서 쫓아낼 때도 있었다.

그러나 달이는 하영이 언니를 미워하지 않았다. 온돌교회 목사님이 말하는 구원보다는 언니가 차려 주는 밥이 더 뜨끈하고 현실감 있었다. 어쩐 일인지 하영이는 달이를 구박하면서도 밥은 굶기지 않았던 것이다. 다만 달이는 아빠가 영영 돌아오지 않을까 봐 불안했다. 거의 한 달 만에 돌아온 아빠를 바로 용서한 것도 그 때문이었다. 눈앞에 아빠가 있는 것만으로 족했다. 오히려 왜 연락을 못 했는지, 어쩌다가 한 달씩이나 걸렸는지 주저리주저리 늘어놓으며 눈물 바람을 한 건 아빠였다.

그러나 한 달이 두 달이 되고, 세 달이 되었고, 어느 순간부터 아빠의 얼굴에서는 미안한 기색이 없어졌다. 들쭉날쭉한 액수의 생활비를 던져 주고는 훌쩍 사라졌다가 예고 없이 돌아왔다. 다 죽어 가는 몰골로 냉동치킨을 품에 안고 온 적도 있었고 멀끔한 정장 차림에 강원도 어디 특산물을 안고 돌아온 때도 있었다. 아빠가 돌아온 지 사나흘쯤 되면 소문이 돌았다. 충청도 어디 생닭 공장 근처 도박장, 강원도 어디 카지노 등 아빠가 거쳐 온 공간들이 밝혀지면, 아빠가 들고 온 기념품들의 출처도 따라서 밝혀졌다. 그런 아빠를 받아들이기 위해서는 점점 더 높은 수위의 인내와 용서가 필요했다. 지금도 달이는 아빠를 뻔뻔하게 만든 게 자신의 섣부른 용서였다고 확신한다.

잘못을 저지른 사람이 눈앞에 있을 때, 그리고 그 사람이 어른일 때 달이가 해야 할 일은 용서가 아니라 대책을 마련하는 거였다. 저 인간이 똑같은 짓을 되풀이한다면 나는 어떻게 대처할 것인가. 그리하여 달이가 강구한 대책은 데런 지국장과 직접적인 보고 체계를 만드는 일이었다. 긴 통화 끝에 달이는 데런 지국장의 전화번호를 얻어 내고야 말았다.

이제 공직구와 전화를 끊고 데런과 통화만 하면 일이 시원시원하게 진척될 터였다. 국제전화요금이 조금 맘에 걸리긴 했지만 통신요금은 협회에 청구하면 될 것이다. 달이가 무선전화기의 통화 종료 버튼을 막 누르려는 참이었다.

"구달, 어제까지 내 소원이 뭐였는지 아냐? 나중에 마포대교 난간에 올라선 놈 하나 끄집어 내리는 거. 그런데 이런 생각이 든다. 난 진눈깨비 내리던 그날 정말 죽어 버렸던 게 아닐까? 한강에 빠져 죽었는데, 한 맺힌 혼이 이런 꿈을 꾸는 게 아닐까? 데런 지국장님 밑에서 일하고, 낮에는 인턴으로 또 일하고. 그러다가 그 꿈도 막바지라서 또 이 모양 이 꼴로 길바닥에서 졸고 있는 게 아닌가……."

5

"우리가 놓친 게 있었어요. 이 실험의 변수!"

사실 이건 데런 지국장에게 직접 보고하려던 사항이었다. 그러나 오전 10시의 흔전동 버스 정류장, 달이 옆자리에 앉아 안경을 추켜올리는 사람은 공직구였다. 회사까지 땡땡이치고 달려온 정성이 가상해서가 아니었다. 달이의 칼날이 무뎌진 건, 새벽녘 긴 통화 끄트머리에 이것도 꿈이 아니냐는 공직구의 말 때문이었다. 한심하고 추레해 보이는 일상이 공직구에겐 깨고 싶지 않은 꿈이었다. 어쩐지 그 꿈이란 게 승율이의 고교 졸업장과 비슷한 느낌이어서, 달이는 더 이상 공직구를 나무라거나 비아냥거릴 수가 없었다.

"변수?"

"네. 아저씨도 알겠지만 홍세라 씨는 독거노인이에요. 돈은 있지만 자식들과 사이가 좋지 않아요. 동네 사람들하고도 교류가 없어요. 그다지 평이 좋지도 않고요. 주변으로부터 고립된 사람이란 뜻이죠. 실험 대상이 되기에 딱 좋은 조건! 그런데 난 아니에요. 보름내과에서 링거를 맞았을 무렵엔 집에 아빠도 있었어요. 그런데도 실험자들은 제 몸에 바이러스를 넣었단 말이에요."

"그럼 네가 변수라는 뜻이야?"

"어후, 정말! 아저씨, 초등학교 다닐 때 수학 문장제 문제 못 풀었죠? 문장 제대로 읽지도 않고 눈에 보이는 숫자들 더하고 빼고 하다 다 틀리고 그랬죠? 이게 정말 인체 실험이라면 모든 우연을 다 의심해야 해요. 제가 보름내과에 가기까지는 세 가지 우연이 있었어요. 우리 주인 할아버지가 캇팅철거 개업 떡을 4층 할머니에게 준 게 첫 번째 우연, 전날부터 체기가 있었던 4층 할머니가 개업 떡을 저한테 준 게 두 번째 우연, 제가 그 떡을 먹고 장염에 걸려서 보름내과에 간 게 세 번째 우연. 그런데 만약, 이것들이 우연이 아니면 어떨까요?"

"그러니까 네 말은 이 실험을 감행한 자들이 캇팅철거 윤호식 씨를 시켜 상한 떡을 동네에 돌렸단 말이야?"

"절반은 알아들었네요. 애초에 그 사람들이 인체 실험 대상으로 삼은 건 제가 아니라 럭키맨션 4층 할머니였을 거예요. 4층 할머니도 홍세라 씨와 비슷해요. 찾아오는 사람이 없었어요. 그나마 집세는 무슨 연금 같은 게 있어서 밀리지 않는다고 들었어요. 그러니까 실험자들은 4층 할머니를 노렸는데, 의도치 않게 제가 보름내과에 나타난 거예요."

"네 말처럼 그 사람들이 럭키맨션 4층 할머니를 타깃으로 삼았다 쳐도, 그 할머니가 꼭 보름내과에 가리라는 보장은 없잖아."

"아마 우리 주인 할아버지는 흔전동 주민들 중에 4층 할머니나 홍세라 씨 같은 사람들을 여럿 선정했을 거예요. 그런 다음 그 사람들에게 강한 복통과 장염을 일으키는 원인균이 들어간 떡을 돌렸고요. 그들 중 일부는 다른 병원으로 갔을 거예요. 그날로 그들은 실험에서 배제됐을 거고요. 그런데 떡을 먹은 사람들 중 몇몇은 저들의 바람대로 보름내과로 갔어요. 이 동네에 하나뿐인 병원으로요."

"그럼 왜 실험자들은 널 대타로 쓴 걸까? 장염 치료를 받으러 왔다 해도 애초에 넌 실험대상군이 아니었을 텐데."

"정만기 원장은 그냥 그날 장염 치료를 받으러 오는 사람들에게 모종의 수액을 투여하는 것만 알고 있었을 확률이 커요. 이 실험을 설계한 사람들은 내가 수액을 맞은 뒤에야 내 존재를 알아차렸을 거예요. 그들 입장에서는 변수가 생긴 거죠. 하지만 그들은 변수를 받아들이기로 한 거예요. 우리 아빠가 어떤 상태인지 주인 할아버지가 말해 줬을 테니까요."

"너희 아빠가 어땠는데?"

"사채 빚이 있는 노름꾼은 다루기 쉽잖아요. 빚 갚을 돈을 줄 테니 딸을 두고 떠나라! 그 한마디면 되니까. 아빠가 떠나기 하루 전에 처음 보는 사람들 셋이 옥탑을 찾아왔었어요. 아빠는 돈을 받고 진짜로 가 버렸고요."

눈으로 보았던 것처럼 말했지만 사실 달이는 그날의 일을 소리로 기억하고 있었다.

잠결이었다. 옥탑방 밖에서 아빠와 낯선 사람들이 주고받는 말소리였다. 여자 하나 남자 둘이 찾아왔다. 돈 액수에 관한 말들이 오갔고 '딸을 위해서' 어쩌고 하는 추임새가 곁들여지다가 사각사각 볼펜 소리, 무언가로 종이를 꾹 누르는 소리가 들렸다. 그때 이미 달이에겐 남다른 청음 능력이 생긴 터였다. 여름밤 매미가 우는 소리풍경 속에서 아빠는 달이를 포기한다는 각서를 쓰고 지장을 찍고, 이튿날 짐을 챙겨 떠나 버렸다.

"누가 아빠를 찾아왔었다는 얘기는 왜 지난번 보고서에 안 썼던 거니?"

"이 실험과 무관하다고 생각했어요. 그리고…… 그냥 꿈이면 좋겠다고 생각하던 기억이었어요. 누구나 그런 기억 있잖아요."

공직구는 어찌할 바를 몰랐다. 공직구가 아는 가장 깊은 지옥은 스물세 번의 입사 시험 낙방이었다. 그러나 달이에게는 더한 지옥이 있었던 것이다. 게다가 달이는 여전히 그 지옥에 한쪽 다리를 걸치고 있는 것처럼 보였다.

"그 표정 뭐예요? 세상에서 제일 불쌍한 애라도 본 거예요?"

여기까지는 공식적으로 공직구에게 던진 말이었고, 이다음부터는 혼잣말을 가장하여 공직구 들으라고 한 말이다.

"호구 무급 인턴 주제에 누가 누굴 걱정하는 거야, 시발."

달이는 발끝으로 땅을 연거푸 차다 말고 다시 공직구를 보았다. 공직구는 저도 모르게 몸을 떨었다. 달이의 되바라진 말투나 잔뜩 찌푸린 표정 때문이 아니었다. 달이의 눈길이 공직구의 아주 깊은 곳을 향하고 있었기 때문이다. 달이가 공직구의 존재 사이사이를 헤집고 다니는 느낌이었다. 공직구의 몸을 수십억 배 부풀려서 듬성듬성한 분자구조물로 만든 다음, 그 빈틈 사이사이를 쑤석거리고 다니는 듯했다.

망상에서 공직구를 빼내겠다는 듯 달이가 힘주어 말했다.

"그래서 제가 내린 결론은요! 보름내과 정만기 원장 말고도 우리 주인 할아버지, 그러니까 캇팅철거 윤호식 사장도 이 일에 가담했다는 거예요. 미심쩍으면 아저씨가 직접 조사해 봐요. 다른 감염자들도 그때 윤호식 사장에게서 개업 떡을 받아먹었는지, 그 정도는 조사할 수 있죠?"

공직구는 점퍼 안주머니에서 부시럭부시럭 종이 뭉치를 꺼냈다.

"그럼 3번, 4번 감염자도 그 할머니들처럼 주변이랑 교류가 없는 경우겠네?"

"내가 정말 못 살아. 나보다 한 달 먼저 입사한 거 아니었어요? 그동안 뭐 했어요? 보름내과 정만기 하나 추적한 게 다예요?"

달이는 짜증을 내며 공직구의 손에서 자료를 낚아챘다. 거기에는 흔전동 3번 감염자와 4번 감염자의 신상 정보가 담겨 있었다. 무심코 자료를 읽어 내려가던 달이는 4번 감염자의 이름 석자를 다시 확인했다.

감염자 4

한승율, 17세, 남.

흔전동 산 51번지 3호 거주. 은위고등학교 1학년 7반. 할머니 천해주 (71세)……

달이는 승율이의 이름과 공직구를 번갈아 보았다.

"정말 승율이가 4번 감염자예요?"

"어. 한승율 알아? 아, 맞다. 너도 은위고등학교 다녔었지?"

"승율이가…… 우리 승율이가 감염자라는 걸 왜 이제야 말해요?"

"너랑 나랑 감염자를 둘씩 맡아서 조사하느라 그랬지. 너 저번에 남자친구 있다더니, 혹시 그게 한승율?"

"남자친구? 여자가 남자를 걱정하면 다 사귀는 사이예요?"

달이는 여기서 잠시 말을 끊고 또 혼잣말을 했다. 물론 공직구에게 다 들리게.

"젠장, 머릿속에 뇌가 있긴 한 거야?"

그러고는 감염자 3, 4번에 관한 자료를 꽉 움켜쥐는 것이었다.

"우리 승율이는…… 아프면 안 돼요. 고등학교 졸업장 꼭 받아야 한단 말이에요."

달이는 왈칵 울음을 터뜨리고 말았다. 하영이 언니가 도둑 누명을 씌울 때도 이렇게 억울하고 갑갑하진 않았다. 외투 소매로 눈물을 닦던 달이는 공직구가 앉아 있는 자리를 쏘아보았다. 흔 전동 버스 정류장의 끄트머리 의자. 그 의자는 어린 승율이의 것이었다. 호주머니 가득 짜그락짜그락 유리구슬을 담고서 엄마를 기다리던 승율이의 지정석이었다.

"일어나요, 당장! 거긴 우리 승율이 자리야!"

달이는 공직구의 정강이를 마구 걷어찼다.

"승율이 이제 어떡하냐고요!"

공직구는 힘으로 달이를 진정시킬 수도 있었지만 일단 뒤로 물러섰다. 달이의 눈길이 또 심상찮았기 때문이다. 달이는 뭔가 다른 세상 속의 공직구를 보고 있는 것 같았다.

간밤 알코올에 예민해진 장이 부글거리고, 공직구가 움직일 때마다 낡은 패딩에 갇혀 있던 더운 공기가 조금씩 빠져나왔다. 심장이 뛰는 소리와 숨소리의 박자가 이따금 겹쳤다. 달이는 공직구를 노려보고 있었다. 그러자 지금껏 듣지 못했던 차원의 소리가 들리기 시작했다. 공직구의 콧잔등과 양볼, 이마의 모공에서 소리가 새 나왔다. 물 분자가 솟구쳐 올라 증발하는 소리였다. 물분자를 눈으로 볼 수는 없었지만 소리가 나는 지점을 특정할 수는 있었고, 미세한 소음들은 어김없이 공직구의 살갗에서 들려왔다. 일단 소리로 포착했지만 그건 달이의 뇌가 아무렇잖게 처리할 수 있는 수준의 정보가 아니었다. 달이는 머리를 감싸 쥐며 그대로 주저앉고 말았다.

"구달! 달아! 왜 그래?"

공직구의 외침과 물 분자 소리 사이에는 음역대도 강약도 원근도 무의미했다. 귀를 막고 있었지만 공직구의 생리적 소음들은 고스란히 들려오고 있었다. 그제야 달이는 자신이 귀가 아니라 온몸으로 소리를 듣는다는 걸 깨달았다.

3장

연결도로없음

1

큼지막한 소라 껍데기로 귀를 가리면 먼 바다 소리가 들린다고 들 했다. 꼬맹이 적에는 달이도 그렇게 믿었었다. 하지만 언제부턴가는 그 소리의 실체가 바다 소리가 아니란 걸 알게 되었다. 아마도 산타클로스, 부활, 신령님, 천사 같은 판타지들이 힘을 잃어 가던 시기였을 것이다. 달이는 합리적으로 설명 가능한 것들을 좋아했고, 자신이 이해 못 하는 현상들에도 논리적인 인과가 있으리라 믿게 되었다. 그래야 사는 게 덜 억울하고 덜 슬펐다.

어둠의 마녀가 노리는 아이, 버려진 아이, 구원받지 못한 아이, 용서를 빌어야 하는 아이……. 판타지 속 달이는 늘 그 모양 그 꼴이었다. 차라리 럭키맨션 옥탑방 구달, 날품팔이 노름꾼 구종대 씨의 외동딸, 은위고등학교 중퇴생, 재현이의 예비 여자친구,

승율이의 골목 친구인 편이 나왔다.

며칠 전 버스 정류장에서 공직구에게 분노를 쏟아 내고부터 달이의 청음 능력은 또 다른 차원으로 진화했다. 이제 헤르츠, 데시벨 따위의 용어는 무의미했다.

그 전까지는 어떤 대상을 쳐다보면 주로 시각적 단서들과 결합된 소리 정보를 얻을 수 있었다. 거기에 자연적으로 들려오는 주변의 소음이 더해진 게 달이가 속한 소리풍경이었다. 남들보다 더 많은 소리를 더 선명하게 들을 수 있다뿐이지 소리를 듣는 원리는 똑같았다. 물론 정신을 집중하면 시각이 닿지 않는 장소에서 발생하는 소리도 들을 수 있긴 했다. 그때도 달이가 포착한 소리는 인간이 들을 수 있는 소리 범주를 벗어나지 않았다. 럭키맨션 옥탑 난간에서 세란약국 재현이의 기척을 듣곤 했지만, 재현이가 내는 소음은 일반적인 소리들이었다.

그러나 심리적인 흥분 상태나 극도의 스트레스 상황에서 달이는 시각적 단서도 없고, 그런 소리가 존재하리라고 상상조차 해 본 적 없는 소리까지 들을 수 있었다. 사람의 몸에서 공기가 솟아난다는 것도 처음 알게 되었다. 그리고 지금 달이는 오래된 소라 껍데기 두 개를 양쪽 귀에 대고 그 소리를 듣고 있다. 흔전동을 떠나는 사람들이 버리고 간 화분에서 꺼내 온 소라 껍데기들이었다.

달이의 몸에서 솟아난 따뜻한 공기는 소라 껍데기 속에서 공명하며 쏴아 하는 바다 소리를 만들어 냈다. 그건 달이가 뜨끈하게 살아 있으며, 매 순간 생명의 증거를 뿜어낸다는 뜻이었다. 그래서 가짜나마 바다 소리를 듣고 있으면 달이는 마음이 놓였다. 또 바다 소리에 정신이 팔린 동안에는 다른 소리들을 듣지 않아도 되었다. 그 순간만큼은 달이의 소리풍경 속에 달이밖에 없었다. 어느 먼 바닷가에 혼자 쪼그리고 앉아 있는 여자애.

달이는 판타지가 아주 틀린 것만은 아닐지도 모른다고 생각했다. 오랫동안 화분의 가짜 이끼에 엎드려 있었음에도 소라 껍데기들은 용케도 바다를 간직하고 있었다. 그건 한 인간의 생명만으로도 금세 파도치게 만들 수 있는 바다였다. 결국 판타지란 현실을 묘사하는 또 다른 방법이었다. 눈이 퉁퉁 붓도록 울고 혼자 옥탑방에 앉아 있는 달이와, 파도치는 바닷가에 혼자 나앉은 여자아이는 같은 사람이었다.

소라 껍데기를 귀에서 떼어 내자 바다가 달아나고, 달이는 다시 어수선한 소리풍경에 감싸인 현실을 마주해야 했다. 승율이가 감염되었다! 인체 실험이 실제로 벌어졌다는 정황증거들이 속속 드러나고 있었다. 공직구는 승율이 역시 달이와 같은 날에 보름내과에서 수액을 맞았다는 사실을 확인해 주었다. 물론 그 전날 승율이도 캇팅철거 윤호식 씨에게 개업 떡을 받아먹었다 했다. 3번 감염자인 방과 후 교사 최주아 씨도 마찬가지였다.

공직구는 실험자들이 보름내과 정만기 원장보다 캇팅철거 윤호식 사장을 먼저 접촉했을 거라 추정했다. 흔전동 사정에 정통한 윤호식이 실험자와 흔전동의 첫째 연결 고리였던 셈이다. 실험자들은 윤호식과 함께 흔전동 인체 실험의 밑그림을 그렸고, 그다음 단계로 보름내과 정만기를 포섭한 것이다.

달이는 홍세라 대신 승율이를 조사하기로 공직구와 합의했다. 승율이의 일을 남에게, 그것도 저 업무 능력 떨어지는 선배에게 맡길 수는 없었다.

공직구의 자료에서 승율이의 이름을 본 뒤로 달이는 이 일이 더 이상 돈벌이로 느껴지지 않았다. 이건 친구의 일이었고 어쩌면 달이 자신의 일이었다. 비정상적인 청음 능력도 인체 실험의 일부인지도 몰랐다. 다만 저들이 의도한 결과는 아니었을 것이다.

아빠에게 각서를 쓰게 했던 사람들은 다시 찾아오지 않았다. 어디선가 달이를 지켜보는 것 같지도 않았다. 그랬다면 달이가 무슨 낌새를 챘을 것이다. 그들은 달이 몸속의 바이러스가 숙주화에 실패했다는 결론을 내리고는 달이에 대한 관심을 거둔 모양이었다. 그러나 그들이 달이를 실험 초기에 배제했건 말건, 달이가 이 인체 실험의 일부라는 사실은 변함이 없었다.

대체 누가 무슨 의도로 이런 일을 꾸민 걸까. 실험자들이 흔전동 감염자들의 몸속에 들여보낸 바이러스의 정체는 뭘까. 숙주화가 된다는 건 구체적으로 어떤 의미인가. 숙주화가 된 감염자들은 앞으로 어떻게 되는가. 달이가 밝혀내야 할 것들이 첩첩이었다.

승율이의 꿈은 고등학교 졸업장이다. 졸업장은 승율이가 생각하는 세상의 끝벽이었다. 승율이에겐 아직 그 벽 너머의 세상을 상상할 여력이 없다. 달이는 승율이의 바특한 인생 목표를 흐뭇하게 바라보던 중이었다. 그런데 난데없는 걸림돌이 나타난 것이다. 무슨 대단한 걸 바라는 것도 아니고 남을 밟고 가겠다는 것도 아니고 졸업장 한 장이면 되는데, 그 꿈마저 흔들리고 있었다. 요 며칠 승율이는 하루걸러 결석을 하거나 지각을 했다. 승율이에게 무슨 일이 벌어지고 있는 게 틀림없었다.

그 생각을 하면 달이는 잠이 오지 않았다. 언덕마루 너머 쪽방촌에 사는 승율이는 흔전동 골목의 대표 선수였다. 그래서 승율이가 꾸는 꿈은 달이의 것이기도 했다.

승율이는 초등학교 2학년 때 흔전동으로 왔다. 곧 데리러 올 것처럼 승율이를 할머니 집에 데려다준 부모는 1년에 두어 번 따로따로 아들을 보러 오는 게 고작이었다. 동네 아이들이 계단길이나 언덕마루 공터에 모여 놀 때 승율이는 흔전동 초입 버스 정류장을 서성였다. 달이 역시 그 버스 정류장에 볼일이 있던 터라 두 아이는 하릴없이 찻길가에서 시간을 뭉개며 놀았다. 서로 입밖으로 꺼낸 적은 없지만 달이는 승율이가 누굴 기다리는지 알았고, 승율이 역시 달이가 누구를 기다리는지 아는 터였다.

승율이의 오른쪽 검지 손톱이 언제 빠졌는지, 달이의 턱 아래에 어쩌다 흉터가 생겼는지, 두 아이는 부모들을 대신해 서로의 신상에 관한 일을 기억하며 자랐다. 그러나 다른 중학교에 진학하면서 둘은 데면데면해지고 말았다. 길거리에서 마주쳐도 그냥 지나쳤다. 승율이가 흔전동 언덕마루 공터에서 담배를 피우거나, 달이가 외상값 문제로 365마트 할머니에게 혼이 나고 있어도 서로 모른 척했다. 그러다 지난가을 둘의 관계도 변화를 맞았다.

달이는 흔전동 골목을 지나가는 행인들 틈에서 소리만으로 승율이를 가려낼 수 있었다. 승율이는 늘 마지못해 길을 나선 것처럼 발을 끌었다. 그러면서도 걸음을 늦추는 법은 없었다. 뒤꿈치를 끌며 일정한 보폭으로 가야 할 길을 갔고, 와야 할 길을 되밟아 왔다. 학교 가라고 등 떠미는 사람도 없고, 돌아와도 반겨 주는 사람이 없었다. 그래도 승율이는 가야 할 시간에 가고 와야 할 시간에 왔다.

이른 아침 생존 매뉴얼에 따라 맨손체조를 하거나 이불을 털다가, 달이는 학교 가는 승율이를 보곤 했다. 승율이의 등교 시간은 거의 일정했고, 언제부턴가 달이는 그 시간만 되면 승율이의 발소리를 기다리게 되었다. 승율이는 저 유명한 철학자 임마누엘 칸트처럼 매일 같은 시간, 같은 장소에서 볼 수 있는 아이였다. 아무리 날씨가 궂어도, 어쩌면 사스, 신종플루, 메르스가 한꺼번에 유행해도 승율이는 8시 15분의 흔전동 내리막길 어딘가에 존재할 터였다.

달이의 지난 삶은 주로 구종대 씨에 기인한 예측 불허성, 변수들로 점철된 인생이었다. 그러나 8시 15분의 승율이는 항수로 존재했다. 달이는 보통 90퍼센트쯤 아빠를 저주하고 10퍼센트쯤 그리워하는 편이다. 그러나 불길한 꿈에서 깬 아침이나 새벽녘 전화가 울리다 말 때는 그 수치가 뒤바뀌기도 했다. 달이 맘이 딱 그랬던 가을날 아침, 달이는 울음을 터뜨릴락 말락 한 얼굴로 옥탑 난간에 서 있었다. 그때 낡은 운동화를 꺾어 신은 승율이가 옥탑 아래를 지나가는 게 보였다. 예측 가능한 존재, 미련스레 성실한 아이가 거기 있었다. 그 울컥한 반가움에 달이는 저도 모르게 승율이를 불렀다.

"한승율! 학교 가냐?"

걸음을 멈추고 달이를 올려다보던 승율이의 얼굴에도 차차 웃음이 번졌다. 길에서 만나면 먼저 얼굴을 돌려 버리던 그 애가, 365마트에서 외상으로 산 라면 봉지를 들고 탈래탈래 걸어가던 그 애가, 어릴 적 흔전동 입구 버스 정류장에서 나란히 앉아 있던 달이란 걸 승율이도 잊지 않았던 것이다. 그렇게 달이와 승율이는 해후했다.

아무리 생각해도 승율이는 8시 15분의 사나이로 흔전동 내리막길에 존재하는 게 옳았다. 고등학교 졸업장은 단순한 졸업장이 아니었다. 졸업장은 승율이의 인생을 지탱한 유일한 동력일지도 모른다. 달이는 점퍼를 단단히 여미고 옥탑을 나섰다.

정체불명의 바이러스 실험이라 해도 상관없었다. 실험이 이뤄진 공간은 흔전동이다. 그렇다면 달이에게도 해볼 만한 싸움이었다. 이 동네의 작은 샛길 하나까지 다 꿰고 있는 달이였다. 게다가 달이에게는 남들에게는 없는 지도가 하나 더 있었다. 소리 풍경으로 재구성된 흔전동의 소리지도.

2

"와우, 오늘은 서울출장소 일이 분주하게 돌아가는 모양이군. 두 요원이 몇 분 간격으로 전화를 다 주고 말이야."

역시나 달이도 데런 지국장에게 전화를 건 모양이었다. 한인타운에서 늦은 점심을 먹은 데런 지국장은 엠파이어스테이트 빌딩 근처 가판대에서 타블로이드 신문을 고르는 중이었다.

"흔전동 감염자들이 숙주화됐다고 하셨죠? 그 말은 감염자들 몸속에 기생충이 있다는 뜻인가요?"

"그렇게도 볼 수 있네만 자네가 아는 기생충과는 많이 다르다네. 그러니 구충제 두 알로 알까지 박멸하겠다는 꿈은 꾸지도 말게."

데런 지국장은 자기가 던진 농담이 맘에 들었는지 큰 소리로 웃다가 사레까지 들렸다. 며칠 전만 같았어도 따라 웃어 주는 시늉이라도 했겠지만 지금 공직구는 심각했다. 흔전동 버스 정류장에서 달이에게 걷어차이며 뼈아픈 자각을 한 터다.

그간 공직구는 MS미스터리협회 일보다 동방TNR 업무에 시간과 에너지를 더 쏟았다. 그러다 보니 MS미스터리협회 서울출장소 소장 역할을 제대로 해내지 못했다. 최저임금 수준의 월급을 받고 흔전동 일대를 어슬렁거린 게 다였다. 딴에는 노력한다고 했지만 딱히 내세울 결과물이 없었다. 지난 한 달 남짓 공직구가 가장 신경을 쓴 건 흔전동 사건이 아니라 은수 씨였다.

"구달 요원한테 얻어맞았어요. 녀석이 한승율 이제 어쩌냐며 소리치는데 할 말이 없었어요. 국장님은 한승율과 구달이 친구 사이라는 거 알고 계셨어요?"

"동갑내기에 같은 동네, 같은 학군이니 친구일 확률이 높겠군."

"그냥 아는 사이가 아니라 각별한 친구란 말입니다. 감염자 명단에서 친구 이름을 본 뒤로 구달 요원이 충격을 받은 것 같아요. 지국장님, 이쯤에서 제대로 된 설명을 좀 해 주셔야 하는 거 아닙니까? 대체 감염자들 몸속에 들어간 게 뭡니까?"

"나도 정확히는 모르네. 실험자들이 자백하기 전에는 모든 걸 명명백백 밝히긴 어려울 걸세."

"그럼 애초에 해결도 규명도 불가능한 사건이란 말입니까?"

"그리 단정 짓지는 말게. MS미스터리협회의 정신은 인베스찌가 에트 에볼베!(Investiga et Evolve!) 조사하라 그리고 폭로하라! 가능한 한 진실에 다가갈 것. 그리고 거침없이 폭로할 것. 은폐 전문 사회에는 폭로 전문 단체가 필요한 법일세. 우리 협회는 공인된 NGO도 아니고, 그렇다고 수익을 내는 사설 탐정단도 아니네. 처음부터 끝까지 어느 독지가의 헌신으로 운영되는 단체지. 지금도 세계 곳곳에서 암암리에 자행되는 인체 실험들을 세상에 폭로하는 게 우리의 일이지. 서울과 후쿠시마 사건에 대해 우리가 가진 정보는 한정돼 있네. 그럼에도 우리가 감염자를 특정하고 그들 중 다수가 숙주화되었다고 확신하는 건 그간 숱한 인체 실험 사건들을 다루면서 우리 협회가 축적한 빅데이터에 따른 것이네. 인체 숙주들의 공통점은 자가 고립 성향이네. 바이러스가 숙주를 안정적으로 장악해 간다는 증거기도 하지. 그 나머지 세부 사항들은 실험마다 다르고, 같은 실험이어도 피실험자 개체마다 다르다네. 그러니 자네와 구달 요원은 혼전동 인체 실험 진행 과정을 잘 살펴야 하네. 이 사건을 대중에게 알리고 폭로하기 위해서는 정확한 데이터가 필요하니까."

처음부터 MS미스터리협회의 제1목표는 감염자 구조가 아니었다. 어쩌면 달이도 테런 지국장에게서 이 사실을 전해 들었을지 모른다. 공직구는 갑갑한 한숨이 절로 나왔다.

"그럼 대체 이 실험을 감행한 자들은 누굽니까?"

공직구의 절박한 마음을 읽은 듯, 전화기 저편 맨해튼 5번가에서 요란한 사이렌이 울렸다.

"서울과 후쿠시마에서 동시에 실험을 감행할 만큼 대담하고,

실험자 선정이나 실험 진행 방식에서 지역사회 토착민의 긴밀한 협조를 끌어낼 수 있는 자들. 어떤가? 거침없는 추진력과 가공할 자신감이 느껴지지 않는가? 만에 하나 지역사회에 발각이 되더라도 공무원들과 언론이 나서서 적극 비호해 주리라는 자신감 말일세. 이 세상에 이 정도로 배짱이 두둑한 집단은 그리 흔치 않지."

공직구도 짚이는 게 있었지만 차마 입 밖으로 꺼낼 수가 없었다.

"빅데이터상으로는 이미 결론이 났네만, 협회 쪽에서 보름내과 정만기를 통해 역추적하고 있으니 곧 확실한 답을 얻을 수 있을 걸세."

"지금 제가 생각하는 그 집단이 맞다면 대한민국 정부가 통째로 나서도 안 될 것 같은데요. 아니 나설 것 같지도 않고요."

"그래서 우리 협회가 존재하는 걸세. 조사하고 폭로하라. 자네, 아실로마 컨퍼런스라고 들어 봤는가?"

당연히 공직구로선 듣도 보도 못한 말이었다. 컨퍼런스야 익숙한 용어였다. 하지만 무슨 유산균 이름 같기도 하고 얼핏 들으면 욕 같기도 한 '아실로마'는 처음 듣는 단어였다.

"하여튼 우리 협회는 아실로마 컨퍼런스의 정신을 계승하는 새로운 가이드라인을 만들고자 하네. 국제법상 구속력은 없더라도 과학자와 대중들의 상식으로 자리 잡게 하는 게 목표네. 그렇게만 된다면 흔전동 사례와 같은 불법적이고 비상식적인 인체 실험에 대한 대처법도 생길 걸세. 실험자들이 은폐한 걸 우리가 폭로하면, 그다음엔 공이 대중에게로 넘어가는 거지. 그리만 된다면, 그땐 우리 협회 요원들도 웃는 얼굴로 흩어지게 될 걸세."

공직구는 데런 지국장이 신문값을 치르는 소리를 들으며 전화를 끊었다.

아실로마 컨퍼런스의 정신을 계승한다……. 그게 무슨 뜻인지는 모르지만 공직구는 MS미스터리협회의 이미지가 달리 보이기 시작했다. 차마 데런 지국장에게 말하지는 못했지만, 그 전까지는 협회가 글로벌 점조직 흥신소 같았던 터다. 공직구는 구글 창에 '아실로마 컨퍼런스'를 입력했다.

아실로마 컨퍼런스는 1975년 미국 캘리포니아의 아실로마에서, 분자생물학자들이 주축이 되어 개최한 회의였다. 이 회의는 새로운 과학기술에 따른 위험들을 최소화시킬 기술적 방안을 마련하기 위한 자리였다. 회의 결과 새로운 기술에 따른 잠재적 위험에 대처할 두 가지 가이드라인이 수립되었다. 첫째는 실험 설계 단계에서 필수적으로 봉쇄(containment)가 이루어져야 한다는 것이고, 둘째는 이 봉쇄가 예상되는 위험을 막을 수 있을 정도로 효율적으로 이루어져야 한다는 것이다.

결국 MS미스터리협회가 아실로마 가이드라인을 존중한다는 것은 새로운 기술에 따른 위험에 능동적으로 대처하겠다는 뜻이었다. 또한 구달을 비롯한 흔전동 사람들이 최소한의 안전망도 없는 과학 실험에 연루되었다는 방증이기도 했다.

승율이 걱정에 울어 대는 달이를 보며 공직구는 10대 시절의 자신을 떠올렸다. 고2 가을, 친구 진형이의 생일날이었다. 중간고사 시기여서, 같이 놀자는 진형이를 뿌리치고 혼자 독서실로 향했다. 대학 가서 실컷 놀아 줄 생각이었는데, 진형이에게 스무 살 생일 같은 건 없었다. 진형이는 그해 겨울방학에 교통사고로 죽었다.

달이는 달랐다. 달이는 핑계를 대며 친구를 외면하는 아이가 아니었다. 달이의 열일곱 살은 모종의 인체 실험으로 위기를 맞았지만 그래도 후회로 점철되지는 않을 것이다. 공직구는 달이가 승율이를 지켜 내도록 돕고 싶었다. 구달, 한승율, 둘 다 무사히 커라. 그래서 나중에 나랑 돼지껍데기에 술 한잔 해야지……

다음 날 공직구는 동방TNR에 사직서를 냈다. 동방TNR의 인턴이 된 건 MS미스터리협회의 요원이 된 뒤였다. 최저생계비가 보장되자 무급 인턴에 지원할 엄두가 난 것이다. 무급이지만 경력을 쌓고 이력서 칸을 채우는 데는 도움이 될 것도 같았다. 게다가 이름으로 보아 동방TNR은 길고양이 중성화수술과 관련된 업체 같았다. 평소 길고양이 문제에 관심이 많았던 공직구는 어느 새벽 잠결에 지원서를 냈던 것이다.

공직구가 동방TNR이 어떤 회사인지 제대로 알아본 건 합격통지서를 받은 뒤였다. 앞으로 이 회사의 인턴이 된다고 생각하자 회사의 수익 구조가 궁금해졌던 것이다. 암만해도 길고양이 중성화수술 사업으로는 수익을 내기 어려울 듯했다. 회사 홈페이지와 경제신문에 뿌려진 홍보 자료를 검색해 본 공직구는 경악을 금치 못했다. 동방TNR의 TNR은 Trap-Neuter-Return, 곧 포획하여 중성화시킨 다음 돌려보내다는 뜻이 아니라 Touch and Revitalize, 만져서 아름다움을 회복한다는 뜻이었다. 동방TNR은 셀프 미용 성형 기구 전문 업체였다.

그러나 공직구는 출근이란 게 하고 싶었다. 남들처럼 아침부터 부산을 떨고, 지옥철이라는 8시 전후의 지하철에 몸도 실어 보고 싶었다. 또 일하다 보면 셀프 미용 성형 기구 업계의 다크호스로 부상할지도 모르는 노릇 아닌가. 대타로 나간 소개팅에서 운명의 상대를 만난 사람들이 있듯이, 착각에서 기인한 인턴 지원이 공직구 인생의 결정적인 분기점이 될 수도 있었다. 이런 기대에 부응하듯, 공직구가 배치된 홍보팀에는 숏컷의 은수 씨가 있었다.

하지만 이제는 꿈에서 깰 시간이었다. 어차피 무급 인턴의 공력으로는 뚫을 수 없는 결계였다. 몇 가지 안 되는 짐을 챙겨 회사를 나서는데 누구 하나 공직구를 붙잡는 사람이 없었다. 무려 40프로에 육박하는 시청률을 찍고 막을 내린 막장드라마의 여주인공을 모델로 기용하면서 동방TNR은 홍보 효과를 톡톡히 보았고, 무급 인턴들은 전국 각지에서 모여들었다. 공직구보다 더 젊고 더 열정적이고 더 청정한 간을 지닌 젊은이들이 기꺼이 무급 인턴에 자원한 것이다.

눈발이 흩날리는 한낮의 거리는 삭막했다. 한 달 남짓한 인턴 생활을 마감하기에 맞춤한 날씨 같기도 했다. 공직구는 종이 가방을 품에 안은 채 버스 맨 뒷자리에 앉아 있었다. 달이를 만나러 흔전동에 가는 길이었다.

이젠 어떤 일이 있어도 달이만 고군분투하도록 내버려 두지 않을 작정이었다. 공직구는 달이에게서 언뜻언뜻 느껴지던 기시감의 정체를 알아차린 터였다. 푼돈 같은 밥값만 가지고도 금세 혈색이 살아나는 아이, 돌봐 주지 못하고 방치하면 내내 자책이 될 것 같은 아이…… 공직구는 지난 인생 어느 시점엔가 그런 존재를 만난 적이 있었다.

"선물은 아니고, 회사 공금으로 산 거야. 이 정도는 지원해 줘야 할 것 같아서."

달이는 미심쩍은 얼굴로 종이 가방에 든 상자를 꺼냈다. 우체국 효도폰으로 알려진 3G 피처폰이었다.

"앞으로 승율이나 나한테 연락할 일이 더 잦아질 거 아니냐. 일단 내 명의로 가입했고, 대금은 회사에서 지불할 거야."

지금까지 달이는 제 휴대폰을 가져 본 적이 없었다. 달이는 조

심스레 폴더를 열었다. 차르릉. 경쾌한 소리와 함께 액정이 환하
게 빛났다.

"이거 정말 받아도 돼요?"

"당연하지. 앞으로는 내가 널 돌봐 줄 거야."

그러나 또 뭐가 잘못되었는지 달이는 정색을 하며 휴대폰을 다
시 종이 가방에 던져 넣었다.

"아저씨가 왜 나를 돌봐 줘요? 보통 직장에서는 선배가 후배
돌봐 주고 그래요?"

"아, 어휘 선택이 잘못됐네. 내가 널 책임지겠다는 뜻이야. 구
달, 널 보면 왠지 끝까지 책임져야 할 것 같은 생각이 들어. 안
그러면 내 자신이 세상에서 가장 몹쓸 놈으로 느껴질 것 같아."

"끝까지 책임진다……. 왜죠?"

달이는 미심쩍은 눈으로 종이 가방을 공직구의 발치에 툭 내
려놓았다.

"혹시 아저씨, 우리 사이를 오해하는 거 아니죠? 나는 MS미스
터리협회에 취직한 거지 아저씨한테 개인적인 원조 받고 그런 사
람 아니에요. 저 미성년자고요, 좋아하는 남자도 있어요."

그제야 달이의 생각을 읽은 공직구는 눈이 휘둥그레졌다.

"무슨 소릴 하는 거야? 나, 법 없이도 살아온 공직구야. 넌 그
냥 나한테…… 짬타이거 같은 존재야."

"짬타이거요?"

"어. 부대에서 군인들 짬밥 얻어먹고 사는 고양이. 말년병장 때 막상 전역 날짜 받아 놓고는 맘이 심란했어. 내가 돌봐 주던 짬타이거가 있었거든. 녀석은 보통 길고양이들하고 다르게 꼭 개처럼 나를 따라다녔어. 부르면 대답도 곧잘 하고. 녀석을 두고 제대하려니까 걱정이 되더라고. 또 후임놈 둘이 아주 사악했거든. 부대 주변에 꼼지락거리는 동물만 보면 파충류, 조류, 포유류 안 가리고 다 잡아다가 구워 먹는 악취미를 가진 놈들이었어. 그 새끼들이 짬타이거한테까지 마수를 뻗치면 어쩌나 싶어서 잠이 안 오더라고. 그런데도 난 짬타이거를 두고 왔어. 전역 날까지 고민은 했는데, 부대가 아니라 집에 데려오려니까 부모님한테 짐을 지우는 것 같고 사료값도 은근히 걱정되더라고. 그놈 먹성이 아주 대단했거든. 구달, 널 볼 때마다 이상하게 예전부터 알던 사이인 것 같은 느낌이 들곤 했어. 그 기시감의 정체를 이제 알았다니까. 넌 그 짬타이거랑 닮았어. 내 비록 짬타이거는 두고 제대했지만 넌 지켜 줄게. 네가 한승율을 지킬 수 있도록 내가 도울 거란 뜻이야."

달이는 공직구를 빤히 올려다보았으나 딱히 감동받은 얼굴은 아니었다. 그러나 이내 종이 가방을 도로 집어 드는 것이었다.

"예열은 오늘부로 끝이야. 너무 오래 백수로 지내서 내가 감을 못 잡았던 것 같아. 나 동방TNR 때려치웠어. 허드렛일 말고는 그 회사 내에서 딱히 포지션이 없더라고. 사실 술 마실 때 말고는 칭

찬 비슷한 것도 받아 본 적 없고. 이젠 내 일에, MS미스터리협회 일에만 몰두할 거야."

그러나 달이는 듣고 있지 않았다. 달이는 입술을 가만히 깨문 채 폴더를 여닫다가, 혼자 배시시 웃었다.

"아저씨, 하루에 몇 통씩만 개인적인 용도로 써도 돼요?"

달이는 휴대폰을 들어 보였다.

"무슨 일로?"

"재현이한테 문자할래요. 내 소원이 재현이랑 문자 주고받는 거였어요."

"재현이? 걔가 누군데?"

"좋아하는 사람 있다 그랬잖아요. 예비 남친쯤 돼요. 엄청 잘 생기고 까만 안경 끼고, 웃을 때 눈이 이렇게 반달이 되고 눈 옆에 주름 두 개가 생겨요. 진짜 귀여워요. 은위고에서 제일 예뻐요."

달이는 폴더폰을 껴안고 제자리에서 콩콩 뛰었다.

"미치겠다. 구달 너 한승율 좋아하는 거 아니었어? 말끝마다 우리 승율이라며?"

"승율이요? 승율이랑 나는 친형제 같은 사이예요. 남자들 사이로 치면 불알친구 그런 거 있잖아요."

공직구는 한숨을 쉬었다. 10대들의 감정선은 파악 불가였다.

달이는 종이 가방을 끌어안고 풀쩍풀쩍 뛰어갔다. 스키니진이

풍덩하니 남아돌 만큼 빼빼 마른 종아리로 오르막길을 잘도 올라갔다. 짬타이거의 몸과 맘에 건강한 살이 오를 때까지 지켜 줄 것, 어쩌면 그건 열여덟에 세상을 떠난 진형이에게 늦게나마 사과할 방법인지도 몰랐다.

3

날카로운 송곳니를 드러내며 포효하는 모습은 최상위 포식자의 전형적인 이미지다. 그러나 사냥터의 포식자는 누구보다 조용하다. 몸에서 나는 생리적인 소음은 물론, 잔가지를 밟는다거나 뭔가에 부딪친다거나 하는 우발적인 소음도 최대한 줄이고서 먹잇감에 다가간다. 하지만 사냥꾼은 포식자가 등장하는 순간을 용케도 알아차린다. 자잘한 새들이 갑작스레 덤불을 떠나가고 지금껏 투덕거리며 뛰어놀던 작은 짐승들이 돌연 숨을 죽일 때, 숲이 때 아닌 정적에 싸인 그 순간, 포식자는 이미 거기 와 있다.

옥탑방에 드러누워 휴대폰을 만지작거리던 달이가 365마트에서 이상한 낌새를 챈 것도 그런 원리였다. 단골들의 왁자한 수다와, 강문이가 앞니를 흔드는 기척이 한꺼번에 증발해 버린 것이다. 마트 안에는 낡은 냉장고의 모터 소리만 감돌았다. 달이가 5초쯤 기다려 보았지만 일상적인 소음은 재생되지 않았다. 단골들은 여전히 말을 잊은 채였고, 강문이도 혀로 이빨을 밀지 않았다. 그렇다면 지금 365마트 안에는 단골들과 강문이의 눈길을 사로잡은 누군가가 등장했다는 뜻이 된다.

달이는 옥탑 난간으로 달려가 365마트 쪽을 내려다보았다. 마트 유리문에는 '점포정리' '폭탄세일' '각종 안주 구비' 등의 광고지가 나붙어 있어서 마트 안쪽에 누가 있는지 보이지 않았다. 달이는 눈을 감고 정신을 집중했다. 마트 구석방의 작은 숨소리는 강문이의 것, 마트 뒤의 화장실에서 뒤처리를 하느라 끙끙대는 건 할머니의 기척이었다. 그리고 냉장고 앞 간이 테이블에 몰려 있는 세 개의 숨소리는 단골들의 것이었다. 그리고 카운터 쪽에 몰려 있는 세 갈래의 호흡⋯⋯.

손님은 셋이었다. 아마도 그들은 외지인이거나, 어떤 식으로든 강문이와 단골들을 긴장하게 만드는 존재들이 틀림없었다. 평범한 흔전동 사람이라면 네 사람이 하던 일까지 멈추고 주목했을 리 없다. 달이는 휴대폰을 움켜쥐고 365마트로 달려갔다. 마트로 뛰어들기 직전, 마트 안에서 웬 여자의 목소리가 들렸다.

"구청에서 나왔습니다. 벌써 많이들 떠나셨나 봐요. 정말 하루가 다르네요."

4, 50대로 추정되는 여자의 목소리. 그건 언젠가 럭키맨션 옥탑으로 구종대를 찾아왔던 여자의 목소리였다. 달이는 차마 마트 안으로 들어서지 못하고 궁전빌라 주차장 기둥 뒤에 몸을 숨겼다. 잠시 후 외지인들이 마트 밖으로 나왔다. 여자 하나에 남

자 둘……. 구종대에게 각서를 받아 간 이들도 여자 하나에 남자 둘이었다.

달이는 휴대폰으로 외지인들의 사진을 찍었다. 키가 작고 안경을 낀 여자는 참치세트와 스팸세트를 들고 앞서 걸었다. 깔끔한 코트 차림에 다부진 체격의 중년 남자와, 목이 짧고 엉덩이가 큰 외국인 남자가 그 뒤를 따랐다. 코트 차림 남자는 커다란 가방을 어깨에 걸치고 있었고, 목이 짧은 외국인은 헐렁한 백팩을 메고 있었다.

승율이가 감염자라는 사실을 처음 알았을 때만 해도 이 일을 꾸민 사람들을 직접 만나 보고 싶었다. 하지만 달이는 걸음이 떨어지지 않았다. 저들은 아무렇잖게 생체 실험을 벌이는 자들이었다. 게다가 달이를 한눈에 알아볼지도 모른다. 어쨌거나 저들 입장에서 달이는 돈 들인 보람이 없는 아이였다. 보호자 구종대의 사채 빚까지 갚아 주며 실험 조건을 만들었는데 숙주가 되지 못했기 때문이다.

세 사람은 골목을 올라 흔전동 언덕마루 쪽으로 갔다. 언덕마루 공터 맞은편에는 홍세라가 사는 골든빌라가 있고, 언덕을 넘어가면 최주아와 승율이가 사는 쪽방촌이 나온다. 승율이는 학교에서 돌아오기 전이었고, 공직구는 지금 최주아의 뒤를 밟고 있는 중이다.

달이는 문자메시지로 공직구에게 세 사람의 등장을 알렸다. 저들의 목적지는 홍세라가 사는 골든빌라가 분명했다. 오후 3시쯤에 승율이와 최주아가 동네에 잘 없다는 것 정도는 저들도 알 터였다. 저들이 일을 꾸몄다는 확증을 얻으려면 달이도 골든빌라로 가야 했다. 하지만 골든빌라 앞은 공터여서 달이가 몸을 숨길 만한 데가 없었다. 결국 달이는 언덕마루 아래 층계참에 몸을 숨긴 채 소리를 추적할 수밖에 없었다.

"홍세라 씨, 안에 계세요? 구청에서 나왔습니다."

여자가 초인종에 대고 소리쳤지만 홍세라는 대꾸하지 않았다. 홍세라는 방문객을 몹시 경계하는 눈치였다. 죽은 듯이 한곳에 웅크리고 있으면서도 홍세라의 숨결은 점점 거칠어졌다.

"홍세라 씨, 구청에서 연말을 맞아 1인 가구 지원행사 나왔습니다. 뭐 좀 드리러 들어가겠습니다."

여자의 말이 끝나기 무섭게 코트 차림 사내가 골든빌라 1층 출입문을 땄다. 그 기척에 홍세라가 동요하기 시작했다. 낮게 가르랑거리는 소리를 내며 집 안을 이리저리 뛰어다니는 것이었다. 여든이 머잖은 노인이라고는 믿기지 않을 만큼 날렵한 움직임이었다. 발목 부위에서 바스락거리는 치맛단만 아니면 달이는 골든빌라 안에 커다란 개가 뛰어다닌다고 생각했을지도 모른다.

세 사람은 빌라 중앙 계단을 따라 3층으로 곧장 올라갔다.

"그래도 어르신인데 이건 좀……. 정말 CCTV만 달고 끝내는 거 맞죠?"

현관문 앞에서 여자가 말했다.

"홍세라의 안전을 위해 잠시 잠을 재우는 것뿐입니다. 홍세라만 날뛰지 않으면 설치 작업은 금방 끝날 거예요."

코트 차림 남자로 추정되는 목소리였다.

곧이어 현관문이 열렸고 여자의 짤막한 비명을 시작으로 사람들의 호흡과 발소리가 마구 뒤엉켰다. 그러다가 픽! 하는 소리와 함께 누군가 바닥에 쓰러졌고, 소란도 그쳤다. 홍세라가 마취 총 같은 걸 맞고 쓰러진 모양이었다.

세 사람이 홍세라 집에 CCTV를 설치하고 골든빌라를 빠져나올 무렵, 공직구가 탄 택시가 혼전동에 도착했다. 달이는 세 사람의 뒤를 밟으며 공직구에게 문자를 보냈다.

지금 써니헤어 지나고 있어요. 아저씨가 세 사람 좀 어떻게 해 봐요.

잠시 후 공직구가 헐레벌떡 골목을 올라오는 게 보였다. 지나가는 행인인 것처럼 행동해도 모자랄 판에 공직구는 누가 봐도 급한 용건이 있는 티가 났다. 살얼음이 낀 오르막길을 휘청거리며 올라오면서도 세 사람에게서 눈을 떼지 못하는 꼴이 딱 그랬다.

달이는 암만해도 일이 돌아가는 모양새가 맘이 안 놓여서 공직구를 내버려 두고 돌아섰다. 알아서 하겠지. MS미스터리협회 서울출장소 소장이 이 정도 일도 못 하면 안 되지. 혹시 저 사람들이 낌새를 챘더라도 제발 공직구 아저씨만 걸려들길. 달이는 속으로 구시렁거리며 365마트까지 내처 걸었다.

잠시 후 공직구의 목소리가 골목에 울려 퍼졌다.

"음…… 익스큐즈 미. 쿠쥬 텔 미 하우 투 겟 투 뜨리-식스-파이브 마트?"

기껏 생각해 낸 게 길을 물어보는 거라니. 그것도 한국인을 둘이나 놔두고 굳이 외국인에게 영어로. 공직구는 자문자답으로 대화를 마무리했다.

"아…… 오케이. 돈 워리. 아월 캔 파인 더 웨이. 아하, 외길이네요. 저기 있네, 365마트!"

저런 등신! 막 365마트로 들어선 달이는 입술을 질끈 깨물었다. 강문이가 혀로 아래쪽 앞니를 밀어 보였다. 앞니는 곧 빠질 것처럼 덜렁거렸다.

"그 상황에서 아저씨가 보여 준 유일한 미덕은 그 후진 영어 발음뿐이에요. 발음 하난 알아듣기 쉬웠으니까. 그것 말고는, 아, 젠장! 그 사람들이 바본 줄 알아요? 꼭 그렇게 티 나게 접근해야 했냐고요?"

외지인들이 흔전동을 빠져나가자마자 달이는 공직구를 몰아세웠다.

"구달, 네가 몰라서 그래. 맘속에 품고 있던 의구심이 사실로 확인되는 순간, 그것만은 아니면 좋겠다고 생각하던 게 사실로

판명되는 순간이 어떤지. 아 씨, 간 떨려 죽는 줄 알았네."

공직구는 한껏 움츠린 시선으로 주변을 살핀 뒤 달이에게 나직이 뇌었다.

"데런 지국장님 말대로야. 인체 실험의 배후엔 미군이 있어."

그러나 미군, 두 글자는 달이에게 눈곱만큼도 파급력이 없었다. 공직구는 세대차이일지도 모른다고 생각했다. 달이에게 미군은 이태원 경리단길에 돌아다니는 외국인에 불과한지도 몰랐다. 한반도의 전시작전통제권은 주한미군사령관에게 있다. 2차 세계대전 종전 후 친일파들이 다시 권력을 잡도록 뒤를 봐준 게 미군이다. 우리나라에서 성폭력을 저지르고 미국으로 내뺀 미군이 몇인지 아느냐 등 수능 사회탐구영역 같은 설명들이 이어졌으나 달이는 여전히 멀뚱한 얼굴이었다.

"미군이 왜 이상한 실험을 하고 남의 집에 CCTV를 달고 그래요?"

"주한미군이 우리나라에서 탄저균 실험을 했다는 얘기는 들어봤지? 흔전동 인체 실험은 또 하나의 생물학무기실험일지도 몰라. 아까 그 세 사람 중에 외국인 있었지? 그 사람 미군이야. 사복 차림이라도 머리스타일 보면 딱 알아."

"머리스타일만 보고 어떻게 알아요?"

"대학교 때 군대 가는 친구 환송식 한다고 해방촌 갔다가 주한미군들한테 얻어맞은 적이 있거든. 친구 놈이 술에 취해서 외국인들한테 말을 걸었는데 그게 하필 외출 나온 미군이었던 거지."

"말을 건다고 사람을 때리는 법이 어딨어요? 혹시 욕했어요? 이런 거?"

달이는 중지를 불쑥 내밀어 보였다.

"아니. 아무리 외국인이어도 처음 보는 사람한테 욕을 왜 하냐? 그냥 친구가 헤이, 하우 올드 아 유? 두 유 라이크 김치? 뭐 그런 거 물어봤어."

정말 한심해 빠진 짓거리였네. 달이는 절레절레 고개를 저었다.

"그나마 순찰 중이던 경찰이 달려와서 맞아 죽지는 않았는데 쌍방폭행으로 입건됐어. 놈들 구둣발에 한참 까이다가 이러다 죽지 싶어서 팔을 몇 번 허우적거렸는데 그게 쌍방폭행의 근거가 된 거야. 다행히 관대한 주한미군들께서 처벌을 원치 않으셔서 일이 커지진 않았는데, 대신 경찰들한테 또 까였어. 미군을 건드리다니 미쳤냐면서. 그때 알았지. 대한민국 사람이면 미군 정도는 단박에 알아봐야 한다는 거. 그리고 미군이 지랄할 기미를 보이면 무조건 싹싹 빌고, 그분들의 털끝 하나라도 건드려선 안 된다는 거."

공직구는 잠시 회한에 젖었다. 인생을 돌이켜 한 순간도 편한 날이 없었구나 싶었다. 옆길로 샌 이야기에서 먼저 빠져나온 건 달이였다.

"이 바이러스가 전쟁 무기로 적합하다고 보세요? 생물학무기

치고 잠복기가 너무 길잖아요. 그리고 홍세라 씨만 봐도 집에 틀어박혀 있는 거 말고는 아무것도 안 하잖아요. 이게 무슨 무기예요?"

"홍세라 씨 몸속에 뭐가 자라고 있는지 우린 모르잖아. 널 실험에서 쉽게 배제한 걸로 봐서 저들은 이 실험이 처음이 아닐 거야. 다른 장소에서 다른 사람들을 대상으로 이미 수차례 실험했을 가능성이 커. 그런데도 서울과 후쿠시마에서 또 실험을 감행한 이유는 둘 중 하나일 거야. 저들이 원하는 결과를 아직 얻지 못했거나, 이번 실험이 전체 실험의 한 부분이거나."

"전체 실험의 한 부분이란 게 무슨 뜻이에요?"

달이가 눈을 반짝거렸다. 공직구는 요 며칠 죽자 살자 일에 매달린 보람을 느꼈다. 데런 지국장에게 아실로마 가이드라인에 대해 들은 뒤로 관련 분야의 지식을 파고들었던 것이다. 책이나 인터넷 강의는 필요도 없었다. 공직구가 추구하는 연구 방법은 꼬리에 꼬리를 무는 구글 검색이었다. 아실로마 가이드라인으로 문을 연 검색은 유전공학으로, 생물학테러로, 인체 실험으로, 탄저균 실험으로 이어졌고, 마침내 공직구는 흔전동 사건에 대해 달이에게 그럴싸한 설명을 해 줄 수 있는 인간으로 진화한 것이다.

"실험자들이 흔전동 사람들에게 주입한 바이러스가 최초의 바이러스가 아닐 수도 있다는 뜻이야. 인체 실험을 통해 변이된 바이러스를 그다음 피실험자의 몸에 넣는 거지."

"바이러스들이 다 자라면 숙주들은 어떻게 돼요? 우리 승율이는요?"

"현재로선 예측 불가야. 그나마 다행인 거는 실험자들도 우리와 별반 다를 바 없다는 거야. 이런 유의 실험은 대개 원하는 결과를 얻었을 때, 예를 들면 실전에 생물학무기로 써먹을 만한 결과물을 얻으면 종료되거든. 그런데 실험자들이 홍세라 씨 집에 CCTV를 설치했다는 건 저들의 실험이 진행 중이라는 뜻이야. 아직 위험한 무기는 만들어지지 않은 거지."

공직구는 거기서 말을 멈추었다. 그 뒷이야기는 차마 달이에게 해 줄 수가 없었다. 물론 달이는 공직구의 엄연한 직장 동료였다. 하지만 한승율의 친구 달이라면 얘기가 달라졌다. 아무 대책도 없는 상태에서 달이를 걱정시킬 순 없었다.

감염자들의 안위는 보장할 수 없어, 구달……. 공직구는 못다 한 말을 삼키고는 최주아를 미행하며 메모한 것들을 주섬주섬 꺼냈다. 앞으로 사건 관련 자료는 무엇이든 공유하기로 달이와 약속했기 때문이다.

최주아에 관한 초기 자료는 홍세라, 한승율의 것만큼이나 단순했다.

감염자 3

최주아, 31세, 여.

방과 후 교사. 다섯 개 초등학교에서 방송댄스를 지도하고 있음.

고등학교 때까지 육상 선수로 활약했으나 고2 때 대퇴부를 다쳐서 운동을 그만두었음. 당시 치료 시기를 놓쳐 현재 오른쪽 다리에 경미한 장애가 남아 있음. 24세에 육상부 시절 동창과 결혼했으나, 지난봄에 파경을 맞음. 이혼 사유는 가정폭력으로 알려졌으며, 아이는 없음. 전문 댄스 팀에서 9년간 활동했고, 은퇴 후에는 댄스학원 강사, 방과 후 교사로 일함.

바이러스 감염 추정일(7월 28일) 이후 두드러기, 가려움, 구토 증세를 호소하며, 여의도 소재 종합병원에서 위내시경, 췌장, 간 초음파 검사를 받았으나 이상 없다는 소견을 받음.

현재는 학원 일은 그만두고 초등학교 방과 후 교사 일만 하고 있음. 교제 중인 사람이나 동거인은 없음. 오른쪽 귀 뒤에서 목덜미로 이어지는 10센티 가량의 흉터가 있음. 평소 스카프나 긴 웨이브 헤어로 가리고 다님.

그리고 오늘 공직구가 추가한 자료 또한 별다른 게 없었다.

최주아, 방과 후 교사 일을 때려치움. 친구로 보이는 여성을 만나 쇼핑백 두 개를 건네줌. 상대 여성의 반응으로 보아 상당한 고가의 물건이거나 평소 최주아가 아끼던 물건인 듯함. 신변의 변화가 생긴 것으로 추정. 길에서 마주치면 누구나 한 번쯤 돌아볼 것 같은 미인임.

"미인? 이런 게 실험하고 무슨 상관이라고……."

휴대폰 카메라로 공직구의 메모를 찍으며 달이는 혀를 찼다.

4

소리풍경의 절대적인 지배자는 장대비다.

습기는 반향음을 만들어 소리를 멀리 뻗어 나가게 하지만 그
건 어디까지나 비가 그치고 나서의 일이다. 장대비가 내리는 동
안에는 모든 소리들이 빗속에 갇힌다. 길고양이와 새들도 은신처
로 가 버렸고, 사람들도 굵은 겨울비를 피해 처마 아래로 우산 밑
으로 숨어든다. 대번동 스카이베라 공사장의 타워크레인도 멈추
었다. 이런 날 거리를 떠도는 건 피치 못할 사정이 있는 사람들과
차분히 담아 두지 못한 기억들뿐이다.

달이는 며칠째 방치된 달력을 보며 한숨을 쉬었다. 세찬 빗소
리에 재현이의 기척이 묻혀 버린 날, 이런 날은 세란약국 앞으로
달려가야 한다. 그러나 몸이 열 개라도 모자랄 판이라, 재현이의
소리에 집중할 시간이 없었다. 공직구가 동방TNR을 때려치운 뒤
로 달이의 업무량도 곱절로 뛰었다. 오늘만 해도 휴대폰으로 공
직구와 아침회의를 하느라 재현이의 평균적인 기상 시간을 지나
쳐 버렸다. 재현아, 오늘은 울지 말고 학교 가. 달이는 밀린 과제
하듯 달력에다 물음표를 다섯 개째 그려 넣었다. 닷새나 재현이
의 소리를 듣지 못했던 것이다.

동방TNR을 그만둔 뒤, 공직구는 일생에 한 번 마주칠까 말까 한 이상형을 거기 두고 왔다며 한탄했다. 달이는 그게 생색 같았다. 내가 이런 희생을 치르면서까지 MS미스터리협회 일에 몰두하고 있다는 걸 알아 달라, 이런 말로 들렸던 것이다. 그러나 공직구는 일생에 한 번 마주칠까 말까 한 이상형과 연거푸 마주치는 행운을 누렸다.

공직구가 퇴사한 지 일주일도 안 된 시점에 발견한 새 이상형은 3번 감염자 최주아였다. 최근에 최주아는 긴 웨이브를 짧게 쳐 버렸던 것이다. 작고 동그란 뒤통수가 도드라질 정도의 숏컷이었다. 최주아가 숏컷으로 변신한 지 사흘째 되던 날, 공직구는 이삿짐을 싸 들고 흔전고시텔로 왔다. 말로는 흔전동 사건에 몰두하기 위해서라지만 다분히 사심이 엿보이는 결정이었다. 덕분에 달이의 업무량만 폭발적으로 늘었다. 엎어지면 코 닿을 데 직장 상사가 산다는 건 재앙임을 달이는 깨닫는 중이었다. 속 보이는 인간! 일과 사랑 두 마리 토끼를 다 잡겠다는 거구만. 하지만 좋아하는 사람 가까이 살고 싶은 마음은 이해가 갔다. 재현이와 면 동네에 살아야 한다면……. 절대 안 돼! 달이는 도리질을 치며 옥탑을 나섰다.

살 두 개가 꺾인 우산 위로 겨울비가 쏟아졌다. 달이는 흔전동 비상연락망 구축 사업을 마무리하러 가는 길이었다. 외지인 세 사람이 흔전동을 다녀간 뒤로 감시 체계의 필요성을 절감한 것이다. 비상연락망은 각각 버스 정류장, 무료주차장, 언덕마루 부근을 잇는 트라이앵글이었다. 버스 정류장 부근에서 은혜점집을 운영하는 보살 아줌마, 스카이베라 웰컴라운지 뒤편 무료주차장과 담벼락을 사이에 두고 사는 박 집사, 언덕마루 아래 365마트의 오강문 어린이가 트라이앵글의 꼭지점들을 맡아 줄 것이다. 어제 저녁나절에 이미 강문이와 보살 아줌마와는 이야기를 끝낸 터다. 강문이는 홍세라 할머니를 괴롭히는 외지인 이야기를 듣자마자 눈을 반짝거리며 협조를 약속했다.

"이상한 사람 나타나면 바로 말할게. 누나는 다 들을 수 있으니까."

똑똑한 강문이는 제가 해야 할 일을 정확히 짚어 냈다. 만약에 MS미스터리협회 마블힐지국 서울출장소의 업무량이 폭주해서 세 번째 요원을 뽑게 되면 강문이를 적임자로 추천하고 싶을 정도였다. 또 한때 구종대와 떠들썩한 스캔들로 흔전동을 들썩이게 했던 보살 아줌마도 생각보다 쉽게 달이의 부탁을 들어주었다.

"그러니까 투자자도 아니면서 흔전동 일을 시시콜콜 캐고 다니는 외지인들이 나타나면 즉각 알려 달란 거지?"

거기에 더해 아줌마는 공짜로 달이의 애정운까지 봐 주었다.

"넌 혼자가 아니야. 특별한 존재가 네 옆에 있구나. 조상님은 아닌 것 같고, 정확히 누군지는 안 짚이는데, 분명 누가 너랑 같이 있다. 악의는 느껴지지 않아. 보살 생활 20년에 이런 경우는 또 처음이네. 깊은 일체감이랄까. 너 혹시 재현이랑 연애하니?"

그냥 사귀냐고 물어보면 될 걸 연애하냐니, 달이는 짜증이 났다. 달이는 연애라는 말의 어감이 거북했다. 그건 전에 아빠와 보살 아줌마가 커플이었을 때 흔전동 어른들이 쓰던 말이었다. 종대랑 은혜점집 조 보살이랑 연애한다면서? 달아, 네 아부지랑 조 보살 연애하는 거 맞지? 한동네에서 연애하려면 조심 좀 하지! 한낮에 대게집 주차장에서 쪽쪽거리질 않나! 당시의 민망한 기억들이 부스럭부스럭 살아나는 것이었다.

물론 달이와 재현이는 사귀는 사이가 아니었다. 특별한 존재, 깊은 일체감 같은 수사들로 엮일 대상이 재현이라면 더할 수 없이 좋겠지만 달이는 보살 아줌마의 점괘에 휘둘릴 사람이 아니었다. 달이는 언제나 검증 가능한 것들에게서 안정감을 느끼는 편이었다. 살아서는 다시 못 만날지도 모르는 아빠에게 감사하는 것도 그 부분이었다. 아빠가 달이의 인생 밖으로 퇴장하기까지의 경위가 명확하다는 것. 노름빚, 외지인들의 제안, 각서, 자발적 실종…….

"점 봐 달라고 한 적 없어요."

달이의 시큰둥한 반응에 보살 아줌마는 달이의 볼을 꼬집었다.

"점괘라고 한 적 없다. 너한테서 그런 기운이 감지된다는 거지. 서로가 서로를 보호하는 관계라 해야 할까? 아무튼 재현이만 아니면 좋겠다. 이웃에 살면서 이런 말 하긴 좀 그렇다만, 재현이 아빠의 연애운이 좀 복잡해. 완전 신주쿠 역 수준이야. 신주쿠 역이 세계에서 유동 인구가 가장 많은 역인 거 너도 알지? 나 요새 신주쿠 여행 가려고 적금 붓잖아. 아무튼 그 양반의 연애운을 그 아들이 물려받았더라. 재현이도 신주쿠 역이야. 셀 수도 없을 만큼 많은 여자들이 세란약국 부자를 거쳐 갈 거야."

악담도 저런 악담은 없을 터였다. 달이는 이래서 종교가 싫었다. 구원을 말하는 것 같지만 듣다 보면 순전히 악담인 게 종교다. 지옥에 가니 마니, 조상이 노했느니 어쩌니, 이교도를 죽이니 마니……

재현이 아빠가 두 번째 아내와 사랑에 빠지는 바람에 재현이 엄마와 이혼했다는 건 달이도 아는 사실이다. 재현이의 이란성 쌍둥이 재희가 엄마를 따라 미국으로 떠난 게 벌써 10년 전 일이다. 그리고 재현이 아빠는 두 번째 아내와 이혼하고 지금의 아내와 재혼하여 재현이의 여동생을 낳았다. 하지만 달이는 개의치 않았다. 어른이 된다는 건 부모가 만들어 놓은 세상에서 발을 빼는 과정이며, 부모가 쳐 놓은 결계를 찢고 나오는 일이다. 재현이는 머잖아 신주쿠 역사 같은 그 세계에서 탈출할 것이다.

달이는 재현이가 누군지 기억하고 있었다. 어린이집 오솔길반 시절, 재현이는 달이 몫의 김치를 제 국물에 헹궈 주던 아이였다. 할머니 선생님은 아이들을 싫어했고, 그중에서도 급식 시간에 김치를 남기는 아이를 가장 싫어했다. 달이는 김치를 남겨서 벌을 받는 아이들 중 하나였다. 그런데 언제부턴가 재현이가 달이의 김치를 씻어 주었던 것이다. 붉은 양념이 씻겨 나간 김치는 그런대로 삼킬 만했다.

그건 달이의 17년 인생을 통틀어 가장 따뜻한 기억이다. 또한 불안과 걱정, 쓸쓸함, 방치된 기분으로 꽉 채워진 혼전동 부화기 안에서 달이가 괴사하지 않고 부화하도록 지켜 준 힘이기도 했다. 그런 재현이 말고 또 누구를 사랑할 수 있단 말인가. 달이의 마음은 약발 다 된 20년차 보살 아줌마의 말 따위로 흔들리지 않았다.

강문이와 보살 아줌마와 달리 온돌교회 박 집사는 설득하기가 쉽지 않았다. 어제저녁 달이는 박 집사에게 비상연락망이 어떻고 나쁜 외지인들이 어떻고 떠들어 대다가 제풀에 지쳐 돌아간 터였다. 박 집사는 간간히 아멘, 주여 등의 추임새를 곁들여 가며 경청했지만 끝내 돕겠단 말은 하지 않았다. 보살 아줌마도 함께한다는 사실이 걸리는 모양이었다. 독실한 크리스천인 박 집사는 동네에 점집이 있다는 걸 못마땅해했다. 더욱이 박 집사의 보금자리나 다름없던 온돌교회가 문을 닫은 뒤에도, 은혜점집은 절찬 영업 중이라는 사실에 심적 타격을 입은 눈치였다. 그러나 달이는 박 집사를 다시 찾을 수밖에 없었다. 사실 박 집사 말고는 대안이 없었다. 달이가 아침 댓바람부터 박 집사네 집 초인

종을 누른 것도 그 때문이다. 밤새 자는 둥 마는 둥 하며 박 집사를 설득할 비장의 무기도 마련해 두었다. 그러나 박 집사가 선수를 쳤다.

"달아, 아저씨 갈현동에 집 구했다. 옥탑이 달린 자그마한 단독주택인데, 너만 괜찮다면 같이 갔으면 좋겠다. 하영이도 제 방만 따로 준다면 괜찮다고 했고."

달이는 흔전동이 헐린 뒤의 대안은 생각하지 못했다. 늘 가슴팍에 묵지근한 통증으로 자리 잡은 고민이긴 했다. 하지만 구체적인 계획을 세울 힘이 없었다. 달이가 내다본 인생은 흔전동이 헐리는 날까지다. 단 한 번도 흔전동 밖에 새집을 구한다는 생각을 한 적은 없었다.

흔전동에 꼭 남아야 할 이유는 없다. 아빠가 올지도 모른다는 기대 같은 건 진즉 버린 터였다. 달이의 생각이 흔전동 일대에서 맴도는 건 지극히 현실적인 이유 때문이다. 럭키맨션 옥탑방의 보증금으로는 흔전동 바깥에 방을 구하기 힘들다. 그런데 박 집사가 함께 가자 한다. 달이는 밤새 짠 멘트들이 엉켜 버리는 기분이었다.

달이는 약해지지 않으려고 두 손으로 제 귀를 감쌌다. 쏴아…… 먼 바다 소리가 들렸다. 소라 껍데기가 없어도 상관없었다. 달이의 몸이 뿜어낸 따뜻한 공기가 오목한 손바닥 안에서 공명하고 있었다. 바다 소리를 듣고 있으면 혼자 바닷가에 나앉은 아이가 보이는 듯했다. 아이의 이름은 구달. 판타지 속 구달은 아이러니하게도 지극한 현실에 대해 일러 주었다. 구종대 씨가 너한테 남긴 유일한 유산을 기억해. 이 막막한 인생에 넌 혼자라는 깨달음 말이야. 기댈 곳을 찾아 눈알을 굴리거나, 헛된 희망을 품어선 안 돼. 마인드 컨트롤을 하고 나자 박 집사를 몰아세울 힘이 생겼다.

"제 말을 못 믿으시는 거 알아요. 누가 저한테, 외지인들이 흔전동 독거노인 집에 CCTV를 달고 감시하더라고 말하면 저도 못 믿었을 거예요. 하지만 아저씨, 아빠랑 나는 하나님이 우리를 구원할 거라는 아저씨 말만 믿고 교회도 다녔어요. 일면식도 없는 하나님이 나를 살리고 죽이고 한다는 말까지 믿었던 거라고요. 아빠는 노름빚에 쫓겨 다니면서도 십일조는 냈어요. 아저씨도 알잖아요. 그런데 뭐 나아진 거 있어요? 아빠는 그나마 남아 있던 인간다움까지 탈탈 털어 버리고 떠났다고요."

"미안하다, 달아. 내가 너희 아빠를 위해 더 기도했어야 했는데. 하지만 그분의 구원하심을 우리가……."

"구원은 됐고요! 그냥 아저씨도 한번 제 말을 믿어 보세요. 대단한 걸 믿어 달란 게 아니잖아요. 그냥 외지인들이 못된 의도를 가지고 흔전동을 드나든다는 말만 좀 믿으라고요."

"알았다. 그래, 내가 뭘 하면 되니?"

박 집사의 눈에 미안함 같기도 하고 슬픔 같기도 한 여틈한 표정이 어렸다 사라졌다. 박 집사는 원래 모진 사람이 못 되었다. 사람들이 떠난 온돌교회를 혼자 지키는 이유도 그 성정 탓이었다. 잠시나마 온돌교회를 다녔던 사람들이 아직 여럿 흔전동에 남아 있었던 것이다. 달이도 그네들 중 하나다.

"수상한 외지인들이 나타나면 저한테 알려 주세요."

"그것만 하면 되니?"

"네. 그리고…… 아저씨가 내 말을 믿어 주면 저도 좀 든든할 것 같고요."

그리하여 은혜점집 보살 아줌마, 온돌교회 박 집사, 365마트 오강문으로 이루어진 감시 체계가 완성되었다. 특히 휴대폰이 있는 보살 아줌마와 박 집사와는 외지인들의 사진과 기본 신상 정보를 공유했다. 보살 아줌마와 박 집사는 명단에 흔전동 관할구청 공무원이 있다는 사실에 흥미를 보였다. 구청에 가 보면 대번에 확인 가능한 사안을 두고 달이가 거짓말을 할 리는 없었다.

아직 흔전동은 역세권이 아니다. 지하철 공사가 첫 삽을 뜨려면 몇 년은 더 기다려야 한다. 그래서 흔전동을 찾는 사람들은 버스나 자가용을 이용하기 마련이다. 특히 실험 관련자들은 자가용을 이용할 게 뻔하다. 그럼에도 달이가 버스 정류장 근처 은혜점집 보살 아줌마를 섭외한 건 아줌마의 촉을 믿기 때문이다. 달이가 보건대 지금껏 보살 아줌마가 점집 일로 밥 벌어먹고 산 건 신령님의 도움이나 신기가 아니라 남다른 촉 덕이었다. 한마디로 보살 아줌마는 눈치가 귀신같이 빠른 사람이었다. 은혜점 집으로 들어서는 걸음걸이만 봐도 그 학생의 과목별 등급이 보인다 했다. 그런 촉으로 떴다방도 투자자도 아닌, 음험한 목적으로 접근한 외지인들을 가려낼 거라 믿었다. 아줌마라면 오가는 사람들 사이에 하찮게 떠도는 말들에서도 그네들의 흔적을 감지할 것이다.

달이와 공직구는 지난번에 외지인들이 스카이베라 웰컴라운지 뒤편에 차를 댔다는 사실에 주목했다. 흔전동 골목이 좁기는 해도 언덕마루 아래까지는 차가 들어간다. 그럼에도 그들은 멀리 차를 대고 가파른 골목을 걸어 올라왔다. 공직구 말로는 차는 구청 공무원 임성자 씨 소유의 구형 소나타였다. 좁은 골목을 올라가다 어디 전봇대에라도 긁힐까 봐 전전긍긍할 필요가 없는 완전 똥차라 했다. 그 말은 곧 외지인들에게 흔전동 초입에서 내려야 할 이유가 있다는 뜻이다. 그래서 실험자들이 흔전동에 도착하는 순간을 포착하는 게 중요했다. 그 일은 온돌교회 박 집사가 맡아 줄 것이다. 촉이 좋은 사람은 아니지만 박 집사에겐 오지랖이 있었다. 박 집사는 자기 주변에서 벌어지는 일을 꿰고 있어야 직성이 풀리는 사람이었다. 그래야만 누구에게 하나님의 말씀이 절실한지, 누구에게 이 강 같은 평화를 흘러넘치게 해 주어야 할지 알 수 있기 때문이었다.

그리고 스카이베라 웰컴라운지와 천막 가게 사이의 오르막길

끄트머리에는 365마트의 강문이가 버티고 있었다. 달이의 청음 능력을 무한 신뢰하는 강문이는 벌써 첫 번째 연락을 해 왔다.

"달이 누나! 나 이빨 빠졌어!"

강문이는 아마도 여러 번 같은 말을 반복했을 것이다. 달이는 곧장 박 집사네 집 처마 밑으로 가 중고 물품 상자를 뒤졌다. 온 돌교회가 문을 닫기 직전, 박 집사가 주일학교 교실과 회합실을 돌며 남은 물건들을 갈무리해 둔 것이다. 오늘 생애 첫 유치가 빠졌고, 조만간 두 번째 유치가 빠질 어린이에게 줄 만한 걸 찾아야 했다. 상자 밑바닥까지 샅샅이 뒤진 끝에 달이는 강문이에게 맞춤한 장난감을 찾아냈다. 하얀색 이빨 모양 캔디함. 달이에게도 똑같은 캔디함이 있었다. 달이는 그 안에 제 젖니들을 모아 두었다. 자라는 걸 지켜봐 주고, 추억거리를 모아 줄 사람이 없다면 저 스스로 모으고 챙기며 살아야 한다.

달이는 캔디함을 들고 박 집사네 집을 나섰다.

강문아, 조금만 기다려! 달이는 장대비가 장악한 소리풍경을 헤치며 365마트로 달려갔다.

5

혼전동 큰 찻길에서 언덕마루로 가는 길은 여섯 갈래다. 여섯 개의 오르막 골목은 강의 지류들처럼 갈래져 있었고, 중간에 서로 합쳐지거나 이어지지 않았다. 흔전동을 처음 오는 사람들이 당황하는 것은 당연히 중간쯤에서 이어질 줄 알았던 길이 이어지지 않는다는 사실 때문이다. 예를 들어 달이와 승율이가 다니는 골목길로 올라오던 사람이 그 옆쪽 선녀탕 골목으로 건너가려면 큰 찻길 쪽으로 다시 내려갔다가 선녀탕 골목으로 접어들거나, 반대로 언덕마루로 올라간 다음에 선녀탕 골목으로 내려가는 수밖에 없다. 골목들은 낡은 다세대 건물들과 '연결도로없음' 표지판으로 가로막혀 있었다.

달이는 늘 '연결도로없음' 표지판을 보며 자랐다. 흔전동 골목마다 세워져 있어서 전봇대처럼 익숙하던 그 표지판은 단순히 길이 막혔음을 알려 주는 판때기가 아니었다. 그건 여기가 삶의 막다른 지점임을 말해 주는 은유였다. 고작 열일곱 살에 그 은유를 해독했다는 사실이 서글펐지만 달이는 막다른 길을 마주하기로 했다. 이 골목에서 달이는 어쩌면 인생에서 마지막이 될지도 모르는 싸움을 벌이는 중이다.

흔전동 여섯 갈래 골목들 중에 찻길로서 명맥을 유지하는 골목은 써니헤어, 럭키맨션, 365마트를 지나 언덕마루로 이어지는 달이네 골목뿐이다. 다른 길들은 곳곳에 철거물 더미가 널려 있어서 공사트럭 아닌 자가용이 들어올 곳이 못 되었다. 그런 의미에서 흔전동은 은밀한 판을 짜기 좋은 곳이었다. 실험자들 입장에선 재개발지역 특유의 어수선함을 틈타 인체 실험을 벌이기에 맞춤한 곳이었고, 달이로서는 익숙한 지형지물을 이용해 외지인들에게 반격하기 좋은 곳이었다. 달이는 열 개의 라디오로 각기 다른 채널을 맞춰 둔 것처럼 흔전동의 여러 지점에 가청주파수를 맞춰 놓았다.

바람의 방향이나 철거업체의 일정, 방문객의 수에 따라 흔전동 소리지도는 시시각각 변했다. 지금 오전 8시의 흔전동 소리지도는 큰 찻길의 차 소리를 배경음으로 그려졌다. 은혜점집 아줌마는 등굣길 학생들에게 나눠 줄 차를 끓이는 중이었고, 박 집사는 딸 하영이가 먹고 나간 아침상을 치우는 중이었다. 그리고 달이네 집주인이자 캇팅철거 사장인 윤 씨는 웬 사내와 선녀탕 철거에 관한 이야기를 나누고 있었다. 석면검출조사서를 써야 하느냐, 낮에는 바람이 언덕마루에서 찻길 쪽으로 불기 때문에 선녀탕 철거 시 먼지가 웰컴라운지 쪽으로 날아가게 돼 있다, 살수차로 물 뿌리는 시늉이라도 하지 않으면 웰컴라운지 매니저가 지랄을 할 것이다 등, 실무적인 이야기들이었다.

365마트 할머니는 벌써 10분 넘게 누군가와 통화를 하고 있었고, 강문이는 그 곁에서 따그락따그락 젖니통을 흔들고 있었다. 어제 빠진 이빨을 달이가 준 캔디함에 넣어 둔 모양이었다. 그리고 여태 흔전동을 떠나지 않은 사람들도 하루를 준비하고 있었다. 갓난아기는 젖을 먹고, 최근 물건 던지는 데 재미를 들인 아기는 아침을 먹다 말고 숟가락을 집어 던지고, 누군가는 드라이어로 머리를 말렸다. 또 어디선가는 본방송인지 재방송인지 모를 아침드라마가 한창이었다. 돈 봉투로 추정되는 종이 재질의 바스락거림, 내 아들과 헤어져, 사람을 뭘로 보고 이러세요? 어디서 고결한 척이야? 한몫 잡아 볼 생각으로 우리 애 꼬신 거 다 아는데, 하여튼 없이 사는 것들은…… 촤악! 아침드라마에도 변화의 바람이 부는 모양이었다. 여자가 남자친구의 엄마에게 물을 뿌리다니, 달이는 세상이 달라졌음을 느꼈다.

저도 모르게 아침드라마에 빠져들었던 달이는 홍세라가 벽을 차고 구르는 기척에 정신을 차렸다. 달이는 홍세라가 걱정이었다. 최근 들어 생닭이나 햄 등 동물성 단백질 식품을 집중적으로 배달시키는 이유도 궁금했고, 도저히 여든 노인의 몸놀림 같지 않은 기척들도 수상했다. 그러나 달이는 선뜻 홍세라를 찾아갈 엄두를 내지 못했다. 실험자들이 마취 총으로 홍세라를 제압한 데는 그만한 이유가 있을 터였다. 게다가 홍세라 집에는 CCTV가 설치돼 있었다.

최주아는 아직 침대에 있었고, 승율이는 백팩 지퍼를 닫고 있다. 요 며칠 학교를 가는 둥 마는 둥 하더니 방학식 날이라 그런지 모처럼 제시간에 등교 준비를 하는 것이다.

달이는 후드를 뒤집어썼다. 재현이의 소리는 듣지 않았다. 달이가 구성한 흔전동 소리지도에 세란약국은 없었다. 당장에라도 달려가고 싶어질까 봐, 재현이의 작은 기척조차 듣지 않았다. 피하는 게 아니라 아껴 두는 거였다. 재현이는, 연결도로라곤 없는 달이의 인생에 마지막 남은 폭죽이었다. 흔전동 인체 감염 사건이 마무리되고 오직 재현이에게만 집중할 수 있을 때, 밤하늘을 배경으로 후회 없이 폭죽을 터뜨릴 생각이었다. 좋아한다는 고백과 함께…….

탐색이 끝나자 달이는 공직구에게 전화를 걸었다.

"승율이 학교 가고 나면 집에 CCTV 없는지 확인해 봐요. 홍세라 씨네 집보다 먼저 설치했을지도 모르잖아요. ……아, 진짜, 그때 그 아줌마처럼 구청 공무원이라고 하면 되잖아요. 스팸이랑 참치도 좀 사 가고요. 우리 승율이 어릴 때는 떡볶이랑 순대젤 좋아했는데, 저기 김앤장 대게집 옆에 순댓국집 가면 순대 따로 포장도 해 주니까 그런 것도 좀 사 가고요. ……순댓국집이 따로 간판이 없으니까 대게집을 찾으면 돼요. ……대게집 문 닫았죠. 그래도 건물 외벽에 커다란 게딱지 붙어 있으니까 딱 보면 알아요."

여기서 잠시 말을 끊은 뒤 달이는 혼잣말 화법을 구사했다.

"이사까지 와 놓고선 도대체 흔전동에 대해 아는 게 뭐래? 머릿속에 최주아밖에 없는 거지."

그러고는 공직구가 대꾸할 틈도 주지 않고 전화를 끊었다.

승율이와 최주아의 집을 확인해야 했다. 골든빌라를 다녀간 뒤로 실험자들은 마을에 나타나지 않았다. 만약 저들이 홍세라 집에만 CCTV를 달았다면 홍세라의 숙주화가 남들보다 빠르게 진행되었다는 뜻이고, 승율이나 최주아의 집에서도 CCTV가 발견된다면 CCTV 설치가 실험자들이 정한 기준에 따른 단계별 조처이며, 저들이 흔전동을 이미 수차례 드나들었다는 뜻이 된다.

달이는 서둘러 언덕마루 아래 계단으로 내려갔다. 오늘은 달이에게도 중요한 임무가 있는 날이다. 승율이의 학교생활을 미행 관찰해야 했다. 데런 지국장이 작성한 초기 자료에서도 알 수 있듯이 승율이의 일상은 학교를 중심으로 돌아갔다. 그러므로 승율이의 신상 변화가 가장 잘 반영된 곳도 학교일 터였다.

감염자 4

한승율, 17세, 남.

흔전동 산 51번지 3호 거주. 은위고등학교 1학년 7반.

할머니 천해주(71세) 손에서 자람. 부모와는 연락이 끊긴 상태. 새싹비전 후원 대상자로 선정되어 생활비 지원을 받고 있음.

바이러스 감염 추정일(7월 28일) 이후 두드러기, 가려움, 구토 증세에 시달렸으나 병증으로 인한 조퇴나 결석은 없었던 것으로 확인.

학교에서는 그다지 눈에 띄는 편이 아니지만 매사 성실하다는 평. 학년 초 인바디 측정 결과는 키 166cm, 체지방 19%. 현재는 키가 조금 자랐으나 여전히 왜소한 편. 학교에 친한 친구는 없는 것으로 추정. 학교 보건 선생으로부터 공황장애 의심 진단받았으나 따로 병원 진료는 받지 않았음.

수업이 끝나면 갈현동 소재 주유소에서 아르바이트. 저녁 시간에는 주유소 인근 갈릴리교회 청소년복지관에서 자율학습을 하고 일주일에 두 차례 영어 수업을 들음.

휴대전화 010-91XX-XXXX.

승율이는 8시 20분쯤 달이의 옥탑 밑을 지나갔다. 럭키맨션 외부 층계에서 대기하던 달이는 배낭을 메고 잽싸게 승율이를 뒤따라갔다. 바람이 매서웠다. 어제 내린 비가 살얼음이 되어 골목 곳곳이 빙판이었다. 이 정도 수은주면 언덕마루 너머 쪽방촌은 수도관이 얼어 터진다. 그런데도 승율이는 어찌어찌 채비를 하고 등굣길에 나선 것이다. 달이는 승율이에게 말이라도 걸어 주고 싶었다. 하지만 지금 달이는 승율이의 친구가 아니라 MS미스터리협회 마블힐지국 서울출장소 요원으로서, 인체 실험 피해자 한승율의 뒤를 밟는 중이다.

그러나 달이의 미행 작전은 채 5분도 안 되어 막을 내리고 말았다. 승율이의 밭은 호흡에 신경을 집중하다가 살얼음을 디딘 것이었다. 달이는 두 팔로 머리를 감싸고 뒹굴었다. 비탈진 경사로에서 자란 흔전동 아이들이라면 누구나 체득하고 있는, 일종의 낙법이었다. 내리막길을 따라 구르던 달이는 누군가의 다리에 부딪치며 겨우 몸을 가눌 수 있게 되었다. 구깃구깃한 교복 바짓가랑이 저 위에서 승율이가 내려다보고 있었다.

"달아……. 학교 다시 가는 거야?"

이 어설픈 추적을 뭐라고 둘러대야 할지 난감하던 차에 승율이가 그리 물어 주어 고마울 따름이었다. 달이는 승율이가 내민 손을 잡고 얼른 일어섰다. 그러나 승율이는 생각보다 예리했다.

"그런데 교복은?"

달이는 야상 점퍼에 청바지 차림이었다. 순간 달이는 말문이 막혔다. 자퇴한 지 서너 달밖에 안 됐는데, 교복을 입던 시절이 까마득하게 느껴졌다. 언제부턴가 달이의 세상에선 수업, 교복, 수행평가, 수학여행 같은 어휘들이 사라졌다. 대신 활동비, 무급 인턴, 휴대폰 요금제, 외상값, 방세, 대패삼겹살 한정 세일, 투 플러스 원 등의 어휘가 최전방에 포진했다. 친구들은 그대로인데 혼자만 2배속으로 인생을 살아 버린 것 같았다. 달이는 억지웃음으로 씁쓸한 기분을 떨쳐 냈다. 승율이를 지키려면 학생 신분보다야 MS미스터리협회의 신입 요원인 게 더 나았다. 공직구, 데런 지국장, 협회를 설립했다는 어느 독지가까지, 신입 요원 달이에게는 힘을 보태 줄 사람들이 있었다.

달이는 야상 점퍼에 주먹을 꽂고서 앞장을 섰다. 내리막길을 벗어난 뒤에는 큰 찻길 옆 인도를 따라 걸었다. 저만치 세란약국이 보이자 달이는 저도 모르게 점퍼 주머니를 더듬었다. 왠지 립글로스라도 발라야 할 것 같았다. 하지만 두어 발짝 뒤처져서 따라오는 승율이의 기척에 집중해야 했다. 달이는 후드를 뒤집어썼다. 귀가 아닌 온몸으로 소리를 듣는다는 걸 자각한 뒤로도 달이는 습관적으로 귀를 가리곤 한다.

소리는 고스란히 들려왔다. 소리 채널을 꺼 버리기엔 재현이의 방이 너무 가까웠다. 재현이는 교복 바지를 털어 입고 있었다. 아침에 또 울었던 건 아니지? 밥은 먹었니? 망할…… 보고 싶어 죽겠다, 재현아. 달이는 입술을 꽉 깨물고는 잰걸음으로 세란약국을 지나쳤다. 달이 맘을 알 리 없는 승율이는 여전히 느릿느릿 따라오고 있었다.

"빨랑 좀 와! 이러다 지각한다, 너. 서둘러도 간당간당한 시간인데! 이래서야 어디 졸업장 따겠냐?"

괜히 승율이에게 한바탕 잔소리를 퍼부었다.

은혜점집을 지나자 버스 정류장이 나왔다. 달이는 정류장 끄트머리 플라스틱 의자를 물끄러미 보았다. 어릴 적 기억들이 소리풍경으로 치환되어 되살아났다.

사거리 고가도로 밑을 돌아오던 버스가 서서히 속도를 늦출 때면 괜스레 운동화 찍찍이를 떼었다 붙였다 하던 승율이, 정차하지 않고 흔전동을 지나쳐 가던 광역버스들과 승율이의 호주머니에서 짜그락거리던 유리구슬들…….

승율이가 이사 올 무렵, 흔전동에는 구슬치기가 대유행이었다. 언덕마루 공터는 깨진 구슬 조각들로 뒤덮였다. 왕구슬을 가진 아이들은 왕구슬을 따먹힐까 전전긍긍했고 왕구슬이 없는 애들은 또 그 애들대로 상실감에 시달렸다. 그런데 왕구슬도 없이 홀연히 등장해서 동네 아이들의 구슬을 다 털어 버린 아이가 있었다. 쪽방촌에 새로 이사 온 한승율이라는 아이였다.

녀석은 구슬치기의 달인이었다. 등장과 더불어 흔전동 아이들의 왕구슬을 싹쓸이해 버린, 무자비한 침입자였다. 한 사람이 일방적으로 구슬을 따게 되면 친구들에게 한두 개쯤 돌려주는 게 흔전동 구슬치기의 관례였다. 그 한두 개의 구슬은 어른들 세계로 치자면 종잣돈 같은 거였다. 구슬을 다 잃은 아이들은 하나 빌려서 두 개를 갚는 사채 구슬을 쓰는 수밖에 없었다. 그럼에도 이 침입자는 흔전동의 룰 따위는 깡그리 무시하고 구슬을 챙겨서 어디론가 내빼곤 해서 아이들의 원성을 샀다.

달이도 승율이에게 구슬을 따먹힌 아이들 중 하나였다. 다행히 구슬을 다 잃지는 않았지만 일반 유리구슬 다섯 개의 위력과 맞먹는 흑구슬을 승율이에게 빼앗겼다. 그건 몇 달 만에 집에 돌아온 아빠가 어린이날 선물 겸 생일 선물 겸, 아직 반년이나 남은 크리스마스 선물 겸 해서 사 준 구슬이었다. 달이는 흑구슬만큼은 꼭 돌려받고 싶었다. 그러나 아홉 살 승율이는 냉혹한 승부사였다. 야, 구슬 네 개 줄게. 내 흑구슬만 돌려줘! 달이가 소리치건 말건 승율이는 흔전동 내리막길을 따라 내달리기만 했다. 그날 승율이에게선 짜그락짜그락 구슬 소리가 났다. 그 소리는 흔전동 입구 상가 지역을 지나 버스 정류장에 이르러서도 그치지 않았다.

버스 정류장에 앉은 승율이는 호주머니에 손을 넣어 구슬을 만지작거렸다. 버스 문이 열리고 사람들이 내리기 시작하면 구슬 소리도 잠잠해졌다. 승율이는 구슬을 만지작거리는 대신 기대에 찬 눈으로 버스 문 쪽을 살폈다. 승율이는 호주머니 가득 전리품을 담고서 엄마나 아빠를 기다리는 중이었다. 이혼 후 승율이를 흔전동 할머니 집에 데려다 놓고 흩어진 두 사람은 1년에 한두 번쯤 흔전동을 찾아왔다. 어린이날이나 명절이 아닌, 아무 날에 느닷없이 왔기 때문에 승율이는 아무 일 없는 오늘도 그날일 수 있다는 희망에 시달렸다.

그때 흑구슬을 돌려받았는지 아닌지는 달이도 까먹어 버렸다. 다만 승율이 옆에서 구슬 소리를 듣고 있으면 날 선 기분이 절로 잦아들었던 것만 기억났다. 짜그락짜그락, 그 소리는 외로움과 기대와 불안이 부딪치는 기척이었다. 구슬은 누가 뭐래도 승율이 거였다. 승율이가 엄마 아빠를 기다리는 사이, 달이는 아빠를 기다렸다. 서로 할 말은 없었다. 승율이는 제 몫의 기다림에 충실했고, 달이는 모기 물린 다리를 긁거나 옷소매에 코를 닦아 가며 제 몫의 시간을 뭉갤 뿐이었다. 물론 짜그락짜그락 구슬 소리가 좋기도 했다.

계절이 여러 번 바뀌는 사이 흔전동 아이들은 구슬치기에 흥미를 잃었다. 승율이의 찍찍이 운동화도 끈 운동화로 바뀌었고,

승율이의 호주머니에는 구슬 대신 빈주먹만 들어차게 되었다.

어느덧 열일곱 살이 된 그 아이는 여전히 같은 버스 정류장에서 있다. 그때나 지금이나 달이는 바특한 데서 그 아이를 본다. 문득 달이는 승율이에게 무얼 감춘다는 게 비겁하게 느껴졌다. 서로의 아픈 구석을 곁눈질로나마 봐 주던 친구니까.

"나 학교 가는 거 아니야. 한승율 너 따라온 거야."

"왜?"

"그게…… 혹시 네가 아플까 봐. 몹쓸 바이러스가 네 몸에서 자라고 있을까 봐 걱정돼서."

승율이가 알아듣건 말건 다 떠들어 버렸다. 그만 울컥해진 달이는 눈물이 어룽해진 채 승율이에게 다가섰다. 승율이는 여전히 밭은 숨결로 주춤주춤 뒤로 물러섰다. 때마침 학교로 가는 버스가 도착했고, 귓불이며 목덜미까지 시뻘게진 승율이는 잽싸게 버스에 올랐다.

달이는 심호흡을 한 뒤 버스에 탔다. 8시 45분. 막바지 등교 시간과 출근 시간이 겹쳐 버스는 사람들로 빼곡했다. 폐쇄된 공간에서는 소리들이 공명하고, 여러 주파수의 소리들이 한데 뭉쳤다. 또 흘려도 좋을 소음과 유의미한 소리의 경계도 흐렸다. 온갖 주파수의 소리들을 해석하고 처리하느라 달이는 강한 두통에 시달렸다. 그러나 오늘은 견뎌야 한다. 감기 기운이 있는 것 같지도 않은데 오늘따라 유난히 밭은 승율이의 호흡도 맘에 걸렸고,

무엇보다 승율이의 학교생활에 이상은 없는지 확인해야 했다.

먼저 이어폰에서 새 나오는 음악, 손끝의 인체 전류와 스마트폰 화면의 전류가 부딪치는 소리, 버스 차체의 소음 같은 기계음을 걸러냈다. 그다음으로는 사람들의 점퍼와 외투가 스치는 소리, 구두 굽 소리 같은 우발적 소리들도 지웠다. 달이가 쫓는 건 버스 안에 가득한 생리적 소리들이었다. 숨소리, 아침 식사를 소화하느라 북적거리는 위, 발딱거리는 심장, 재채기 소리, 소곤거리는 말소리, 침 삼키는 소리, 엄마 품에 잠든 아기가 이따금 공갈젖꼭지를 빠는 소리…… 그 소음들 사이에서 승율이의 소리를 포착하기란 쉽지 않았다.

달이는 아예 사람들 틈을 비집고 들어가 승율이 가까이 섰다. 승율이의 호흡은 이제 막 단거리 전력 질주라도 마친 것처럼 거칠었고 침 삼키는 소리 또한 요란했다. 승율이가 곁눈질로 달이를 보다 말고 짧게 한숨을 내쉬었다. 뒤통수를 긁적이던 승율이는 버스 뒤쪽으로 달아나 버렸다.

승율이를 학교로 들여보낸 뒤 달이는 학교 담벼락을 따라 후문 쪽으로 갔다. 거기서 9시 10분까지 몸을 숨겼다. 이틀째 머리도 감지 않은 꾀죄죄한 몰골로 재현이와 마주치고 싶지 않던 것이다.

아이들의 등교가 얼추 마무리되자 달이는 다시 정문 앞 버스 정류장으로 돌아왔다. 담벼락으로 시야는 가로막혔지만 달이는 승율이의 이동 경로를 실시간으로 파악하고 있었다. 승율이의 숨소리에 주파수를 맞춰 둔 이상 승율이를 놓칠 이유가 없었다.

찻길 건너 문구점 앞에 크리스마스트리가 세워져 있었다. 크리스마스가 다가온다는 걸 모르고 살았다는 사실에 달이는 충격을 받았다. 크리스마스뿐 아니라 세상 모든 축제들이 달이 인생에서 소거되었는지도 모른다. 하지만 달이에겐 여전히 폭죽 하나가 남아 있다. 성냥팔이 아이의 성냥다발 같은 그 폭죽, 재현이는 지금 1학년 3반 어딘가에 있을 터였다. 헐거운 안경을 끼고, 덥수룩한 곱슬머리로 이마를 가려 버려서 그 작고 잘생긴 얼굴이 겨우 보일락 말락 하겠지. 1교시가 끝나기 무섭게 매점으로 달려가 과자나 햄버거를 집어 들겠지. 달이는 고개를 저었다. 재현이에게로 쏠리는 생각을 붙들기 위해 길 건너로 눈을 돌렸다. 크리스마스트리의 가지 끄트머리마다 금색 종이 매달려 있고 우듬지에는 하얀 천사가 서 있었다. 트리는 타인의 인생처럼 멀게 느껴졌지만…… 아름다웠다.

달이는 입김으로 곱은 손을 녹였다. 배낭에서 보온병을 꺼내 뜨거운 물을 마셔 보았지만 그때뿐이었고, 체온은 자꾸 떨어졌다. 그래도 입김 폴폴 나는 옥탑방에서 생존 매뉴얼만 노려보던 때보다는 덜 고달팠다. 게다가 이건 명분이 있는 고생이다.

대기도 건조하고 좋았다. 마른 대기는 소리를 빨아들이기 때문에 보통의 동물들이라면 먼 소리를 듣기 힘든 조건이었다. 그러나 달이는 이런 날일수록 소리를 선명하게 식별할 수 있었다. 습한 대기의 반향음은 소리를 크게 멀리 보내는 대신 여러 소리를 한데 뭉개 버린다. 승율이 소리는 깨끗하게 들렸다. 승율이 주변의 잡다한 소리들이 건조한 대기에 흡수돼 버려서 소리 간섭이 덜했기 때문이다. 승율이는 책을 펴고 덮고, 샤프로 뭔가를 쓰고, 발꿈치를 끌며 교실 뒤편 사물함에 다녀왔다.

1교시가 다 끝나도록 승율에게는 별다른 이상 징후가 없었다. 문제가 생긴 건 1교시 쉬는 시간이 끝날 무렵이었다. 불길한 기척의 진원지는 급식 엘리베이터가 있는 쪽 남자 화장실이었다.

"급식충, 너 이제 어쩌냐? 방학 내내 굶는 거 아니야?"

누군가의 말에 승율이가 짧은 신음을 토했다. 곧이어 묵직한 물체가 빠른 속도로 화장실을 왔다 갔다 하는 기척이 났다. 물체는 두 개의 몸이었다. 그중 하나는 승율이였고, 다른 하나는 이름 모를 남자애였다. 급식충 어쩌고 뇌까린 남자애와 승율이가 치고받는 모양이었다. 이어 다급하게 화장실을 뛰쳐나가는 발소리들. 화장실에 있던 다른 아이들이 급히 빠져나가는 기척이었다. 이제 화장실에는 승율이와 남자애 둘만 남았다.

그중 남자애의 기척이 수상했다. 팔다리만 퍼덕거릴 뿐 숨소리가 들리지 않았던 것이다. 스스로 숨을 멈췄을 리는 없었다. 그렇다면 누군가 남자애의 입과 코를 틀어막았다는 뜻이다. 달이는 제 머리를 감싸 쥐었다. 아까 승율이의 호흡이 유난히 밭다 싶었을 때 알아차렸어야 했다. 밭은 숨결과 맹수 같은 기이한 움직임은 홍세라의 증상과 일치하는 것이었다. CCTV를 설치하던 날 실험자들은 홍세라에게 마취 총을 쐈다. 그건 감염자들에게 통제 불능의 공격성이 나타난다는 걸 실험자들이 알고 있었다는 뜻이다.

안 돼! 승율아!

달이는 배낭도 팽개치고 내달렸다.

4장

두 개의 심장 소리

1

위험한 비밀을 털어놓는다는 것은 세상 어딘가에 독침 하나를 부려 놓는 일이다. 독침은 사람들 사이를 떠돌다가 누군가를 의도적으로 찌르고 때로는 불특정 다수를 무작위적으로 공격하다가 문득 방향을 틀어 비밀을 터놓은 사람에게 꽂히기도 한다. 독침의 독성이 약해지고 무뎌지려면 꽤 오랜 시간이 필요하다. 반면 위험한 비밀을 터놓지 않으면 독침은 비밀을 간직한 사람의 폐부에 박혀 있다. 강한 통증과 함께······.

달이는 비밀을 밝히지 않기로 했다. 남을 다치게 하지 않겠다는 이타적인 동기는 아니었다. 그 비밀을 빌미로 누군가 자기 인생을 엿보는 게 싫어서였다. 보호자 없이 방치된 아이, 언제 헐릴지 모를 흔전동 옥탑에 사는 아이, 철거 이후의 대비책이 없는 아이. 달이가 하루하루 이 악물고 버텨 온 인생이지만 남들 눈에는 그저 간당간당한 꼬락서니로밖에 보이지 않을지도 모른다.

달이가 길길이 날뛰는 학생주임 앞에서 말이 꼬여 버린 것도 그런 맥락이었다.

"그 새끼가, 아니 그 학생이 승율이한테 먼저 급식충이라고 했다고요! 그런 말로 도발하니까 승율이가 폭발한 거 아니에요!"

"급식충이라고 했다고? 직접 들은 거 확실해? 목격자들 말로는 두 놈이 한창 치고받고 있을 때 네가 나타났다던데? 어째 앞뒤가 안 맞는 것 같지 않니?"

"그게…… 그렇게 보이겠지만 진짜예요. 제가 똑똑히 들었어요. 그 학생이 승율이한테 급식충이라 그랬어요. 방학인데 굶는 거 아니냐고 비아냥거렸다고요."

"그때 화장실 근처에 있지도 않았으면서 어떻게 아니? 네가 무슨 소머즈라도 되냐?"

"소머즈요?"

"소머즈 몰라? 바이오닉 슈퍼 우먼! 우리 때 진짜 유명했는데. 원더우먼과 쌍벽을 이루는 초능력 여전사, 몰라?"

달이는 학주의 옛날 사람 티 나는 저 말투를 싫어했다. 이 학교 학생일 때도 싫었지만 외부인이 되고 보니 더 짜증스러웠다.

"그 학생한테 물어보면 될 거 아니에요?"

"어허, 이 녀석 봐라. 야 인마, 너 왜 이리 당당해? 너 지금 남의 학교 무단 침입한 거야."

학주가 손끝으로 달이의 이마를 툭툭 건드렸다.

승율이는 두어 발짝 떨어진 곳에 꿔다 놓은 보릿자루처럼 서 있었고, 화장실에서 승율이 손에 죽을 뻔한 윤창주는 보건실 침대에 뻗어 있었다. 창주의 외상은 그리 심하지 않았다. 아랫입술에 작은 상처가 난 게 전부였다. 그러나 달이가 제때 나타나지 않았으면 창주가 어찌 됐을지 장담할 수 없었다. 그나마 다행인 건, 목격자들 중에 오늘 몸싸움의 성격을 제대로 간파한 사람이 없다는 사실이다. 가해자로 이미 서너 차례 학교폭력위원회를 들락거린 창주의 전력이 도움이 되었다. 목격자들은 저렴한 어휘들로 오늘 사건에 대해 진술했다.

"승율이가 대드니까, 창주가 빡 돌아가지고요."

"급식충이라고 하긴 했죠, 창주가. 그런데 그건 샘들도 마찬가지잖아요. 샘들도 식비지원자! 미납! 이렇게 부르잖아요. 윗물이 맑아야 아랫물도 맑다고, 샘들이 맑아야 일진도 맑죠."

"원래 짜져 있던 놈들이 눈알 뒤집어지면 보이는 게 없어요. 오늘부로 한승율 남자 인정! 창주 존심에 스크래치 좀 났을 거예요."

"그래도 창주가 더 셌어요. 윤창주 클라스! 어디 안 가죠. 창주는 계속 발로 뻥뻥 찼고, 승율이는 일단 팔이 짧잖아요. 그래서 죽어라고 창주 얼굴만 밀어 댔어요."

"승율이가 게거품 물고 창주 얼굴을 떠미는데 우와, 짧은 시간이었지만 뭔가 좀 막상막하 그런 느낌도 들었어요."

목격자들의 진술 어디에도 승율이가 창주를 죽이려 들었다는 얘기는 없었다. 결국 승율이의 살의를 감지한 건 창주와 달이뿐이었다. 정황상 창주가 오늘 일을 정식으로 문제 삼을 가능성은 낮아 보였다. 평소 급식충이라 놀려 먹던 잉여한테 죽을 뻔했다는 이야기를 제 입으로 털어놓을 리 없었다.

이제 남은 문제는 달이였다. 제3자들이 보기에, 달이는 이번 사건과 무관한 존재였다. 학생주임 말처럼 '남의 학교' 담을 넘어와서 남자 화장실로 뛰어든 이유를 대야 했다. 그 일의 논리적 간극을 메우려면 불가해한 청음 능력에 대해 털어놓아야 한다. 그러나 달이는 비밀이라는 독침을 뽑아내 보일 자신이 없었다.

가장 먼저 달려와 준 사람은 은혜점집 보살 아줌마였다. 아줌마는 가슴골이 아슬아슬하게 드러나는 금색 브이넥 스웨터 위에 호피 코트를 걸치고 있었다.

"달아, 괜찮니?"

아줌마는 코트 자락을 펄럭이며 교원연구실을 가로질러 들어왔다. 인조털이 분명한 코트는 연한 갈색 바탕에 짙은 갈색 점들이 불규칙하게 찍혀 있어서, 전체적인 색감은 도다리와 비슷했다. 게다가 드라이를 한 다음 비닐을 씌운 채 오래 처박아 두었던지 코트의 인조털이 한쪽 방향으로 쏠려 있었다. 발목까지 닿는 코트 자락 아래로 언뜻언뜻 웨스턴부츠가 드러났다. 앞서 학생주임은 경찰을 부르는 대신 달이의 신변을 보호자에게 직접 넘기겠다며 부모님께 연락을 하라 했고, 달이는 아쉬운 대로 공직구, 박 집사, 보살 아줌마에게 문자를 보냈던 것이다. 그때만 해도 달이는 보살 아줌마가 느와르 영화의 주인공처럼 등장하리라곤 상상조차 못 했다.

은혜점집 문을 열고 들어서는 몸짓만 봐도 수능 과목별 등급을 알아차린다는 아줌마였다. 아줌마는 승율이, 학생주임, 달이를 차례로 일별하는 것으로 상황 파악을 끝냈다.

"자퇴생 신분으로 학교를 무단 침입한 건 잘못이지만 우리 애나름의 절박한 사정이 있었다잖아요."

아줌마는 웨스턴부츠로 학생주임에게 성큼 다가섰다.

"그 사정이란 게 얼토당토 안 하니까 보호자를 부른 거 아닙니까? 아니, 학교 밖에 있던 녀석이 학교 안에서, 그것도 남자 화장실에서 오간 대화를 들었다는 게 상식적으로 말이 돼야 말이지요."

"왜 안 됩니까? 우리 애가 한창 신기가 충만할 때라 그렇습니다. 아 참, 소개가 늦었네요. 선생님도 고민 있으면 한번 오세요."

보살 아줌마는 학생주임에게 은혜점집 명함을 건넸다.

"안 그래도 조만간 달이를 대구 팔공산 갓바위로 데려갈 참이었습니다. 신령님을 모시게 되었으니 갓바위에서 감사의 제사를 올리는 게 도리지요. 그렇지, 달아?"

달이는 잠시 눈알을 뙤록거리다가 고개를 끄덕였다.

"선생님이 못 믿으시는 눈치니까, 달이 네가 한번 보여 드려야겠다. 신령님을 갓 영접한 애기보살이 얼마나 영험한지. 그래, 교장실이 좋겠네. 지금 교장실에서 무슨 소리가 들리지?"

그러고는 주임 모르게 달이에게 눈을 찌긋거려 보였다. 일이 점점 커지고 있었다. 차라리 박 집사 아저씨나 공직구 아저씨가 왔어야 하는데……. 달이는 가슴을 땅땅 치고 싶은 걸 참고서 눈을 감았다. 교장실은 1층에 있었다. 달이는 학교 건물 구조를 가늠하며 교장실의 소리풍경을 더듬어 나갔다. 교장은 응접용 가죽 소파에 앉아 있었다. 교장실의 소리풍경 중에서 유의미한 소음은 교장의 목소리밖에 없었으므로, 달이는 교장의 말을 중계했다.

"뭐야? 프로필 사진 또 바꾼 거야? 한겨울에 웬 민소매? 어머, 이 삼두근, 어머, 이 전완근!"

그러자 보살 아줌마가 자지러지게 웃었다.

"어머나, 우리 교장 샘, 공사가 다망하신가 보네."

학생주임의 안색이 파리해졌다. 학교에 떠도는 소문에 의하면, 홀로 키우던 아들을 유학 보내고 적적해하던 교장이 최근 동네 피트니스센터 트레이너와 교제를 시작했다는 것이다. 교장의 사생활이야 어떻든, 문제는 수상쩍은 자퇴생의 입에서 민망한 소리가 쏟아져 나왔다는 사실이다. 물론 교장의 연애담은 달이가 학교를 그만두기 전부터 돌던 거였다. 더러 두 사람의 데이트 장면을 목격했다는 애들도 있었다. 남편과 사별한 교장이 연하의 트레이너를 만나는 게 이상할 것도 없고 그다지 흥밋거리도 아니어서, 아이들은 오래지 않아 교장의 사생활에 신경을 껐지만 교사들은 좀 달랐다. 달이는 학생주임의 눈빛이 떨리는 걸 놓치지 않았다. 쐐기를 박을 순간이 온 것이다. 달이는 일부러 눈꺼풀까지 파르르 떨며 중얼거렸다.

"으흥, 나 보라고 이러는 거 다 안다 뭐. 내가⋯⋯."

달이는 승율이, 보살 아줌마와 함께 교원연구실에서 쫓겨났다.

방학식이 있는 날이라 점심 급식은 없었다. 운동장은 학생들로 북적거렸고 달이는 승율이가 책가방을 챙겨 나오길 기다렸다가 같이 학교를 빠져나왔다.

"네 아버지 안 닮고 눈치가 빨라 다행이다."

보살 아줌마가 칭찬인지 아닌지 모를 말을 했다. 호피무늬 코트 안으로 언뜻언뜻 보이는 금색 스웨터 때문인지 오늘따라 보살 아줌마는 어딘가 눈부신 구석이 있었다. 구종대 씨, 잘하는 거라곤 없더니 그래도 여자 보는 눈은 있었네. 태양을 47km/s의 속도로 공전한다는 수성처럼, 아빠의 얼굴이 꺼뭇하고 볼품없이 떠올랐다가 휙 사라져 버렸다.

눈치가 빠른 게 아니라 정말로 교장의 소리를 들었다는 걸 알게 되면 아줌마는 놀라 자빠질 것이다. 어쩌면 점집을 찾는 고객들의 소리를 탐지하라는 식으로 동업 제안을 해 올지도 모른다. 내림굿 받은 지 10년쯤 지나고부터는 신통력이 바닥났다는 아줌마다. 그나마 촉이 좋고 눈치가 빨라서 근근이 밥벌이를 이어 가는 중이었다.

"방학식 날이 원래 대목인데. 아까운 학생들 다 놓치게 생겼네!"

아줌마는 걸음을 재촉했다.

달이는 제 폐부에 박아 놓은 비밀이 점점 무거워지는 느낌이었다. 아무리 중요하고 결정적인 소리를 들었다 한들 증거로서의 효력이 없었다. 내가 똑똑히 들었다고 떠들어 봐야 남들에게는 헛소리로 들릴 게 분명했다. 먼 소리가 들린다고, 가끔은 내 몸에서 솟아나는 공기 소리도 들을 수 있다고 말해 보았자 아무도 믿어 주지 않을 터였다. 차라리 아까처럼 신이 내렸다고 연기하는 편이 더 설득력 있을 것이다. 들어서 알게 된 것들이 소용없다면 실험자들이 승율이에게 한 짓을 어떻게 증명해야 할까?

달이의 막막한 생각들을 흩어 놓은 건 재현이의 이름이었다.

"이재현! 쟤 구달 아냐? 전에 너 좋다고 따라다니던 애."

달이는 목소리의 출처를 찾아 둘레둘레했다. 살면서 이토록 자신의 정체성을 명확하게 말해 준 사람도 없었다. 재현이 좋다고 따라다니던 애…….

정문 가까이 재현이와 남자애 하나가 서 있었다. 둘이서 누굴 기다리다가 달이를 본 모양이었다. 무방비 상태로 재현이와 눈이 마주친 달이는 1000피스짜리 퍼즐판을 통째로 엎어 버린 기분이었다. 모든 게 수습 불능 상태였다. 엊그제 거울 앞에서 색종이 가위로 대충 자른 앞머리에, 거의 한 달째 빨지 않은 야상 점퍼, 건조해서 쩍쩍 갈라지다 못해 피맛이 도는 입술……. 이게 다가 아니었다. 재현이 곁의 남자애가 달이를 아래위로 훑어보는 것이었다.

"혹시 아침에 남자 화장실에 뛰어들었다던 여자 변태, 쟤 아냐? 맞네! 키 작고 똥머리 한 변태랬잖아."

이 상황에서 달이가 할 수 있는 일은 어색한 인사가 전부였다.

"아…… 안녕?"

하지만 재현이는 심기가 불편한 얼굴로 달이의 시선을 피했다.

달이는 잠시 치켜들었던 손이 부끄러워져 얼른 점퍼 주머니에 넣었다. 꼼질꼼질, 손은 호주머니 속에서도 부끄러웠다. 재현이에게 보냈던 문자메시지가 떠올랐기 때문이다.

재현아, 나 달이야. 학교 잘 다니지? 오늘 한파라니까 옷 따뜻하게 입고 나가.

시골 할머니가 서울 손주에게 보낼 법한 문자였다. 저렇게 완강하게 딴 데만 쳐다보는 재현이처럼 그날 재현이에게선 아무 답도 오지 않았다. 재현이는 달이 인생의 마지막 폭죽이었다. 찬란하게 발화하길 고대하던 폭죽은…… 어쩌면 도화선이 뽑혀 버린 불량품일지도 모른다.

엄마와 쌍둥이 누나가 미국으로 떠난 뒤 일곱 살 재현이는 어린이집 탁자 밑에 숨어 울 때가 많았다. 그때마다 달이도 탁자 밑으로 기어 들어갔다. 처음에는 달이가 재현이를 위로했다. 이재현, 울지 마. 그러다가 달이도 울음이 터졌다. 달이야말로 인생이 복잡한 유치원생이었고, 울고도 남을 일이 한두 가지가 아니었다. 달이의 울음이 정점으로 치달을 즈음, 재현이는 눈물을 그쳤다. 재현이는 달이의 어깨에 팔을 두르며 달이를 달랬다.

"달아, 뚝!"

달이는 재현이의 '뚝!' 소리가 좋았다. 그 한 음절짜리 말에는 이제까지의 세상과 앞으로의 세상을 두 동강 내 주는 힘이 있었다. 구질구질함은 여기서 뚝 끝이 나고, 이제부터는 신나는 일들이 시작될 거라는 축문이었다. 어린 달이는 소매로 눈물 콧물을 닦고 재현이를 보았다. 재현이의 눈 속에는 달이가, 달이의 눈 속에는 재현이가 있었다. 둘은 마주 보다 배시시 웃고는 함께 탁자 밖으로 기어 나왔다.

재현이가 저리 외면해도 달이를 살게 하는 힘은 예나 지금이나 재현이의 '뚝!'이었다. 그래서 달이는 걸음이 떨어지지 않았다. 엎어진 퍼즐판의 테두리라도 맞추지 않으면 죽어 버릴 것 같았다.

그러나 학생들한테 떠밀리고 보살 아줌마 손에 이끌려 달이는 학교 밖으로 나오고 말았다.

"구달!"

"달아!"

거의 동시에 달이를 부른 건 공직구와 박 집사였다.

"어이구, 무슨 대단한 일이라고 동네 사람 다 불렀구먼. 그럼 나 먼저 간다."

보살 아줌마가 혀를 차며 멀어져 갔다.

박 집사는 언짢은 눈길로 보살 아줌마를 좇았다. 그러다 혼자 절레절레 고개를 젓는 것이었다.

"조은하 씨는 왜 불렀니? 내가 올 텐데. 저 사람과는 적당히 거리를 두도록 해."

은혜점집 고객들은 아줌마를 '은혜 보살님'이라 불렀다. 그러나 아줌마의 본명은 조은하였다.

"미신이나 믿는 점집 보살이라서요?"

달이는 일부러 툭 찔러 보았다.

"종대가, 아니 네 아빠가 교회에 뜸해진 게 저 여자 사귀면서부터다. 잘 나오던 성서읽기모임에도 빠지고 말이야. 저 보살만 아니었어도 네 아빠 정신 차렸다."

"그럼 하나님이 동네 보살한테 밀린 거네요."

달이는 픽 웃었다. 아빠와 보살 아줌마의 연애는 그만큼 떠들썩했다. 하지만 박 집사가 모르는 게 있었다. 아빠와 사귀기 전 아줌마의 점집 이름은 '연화보살'이었다. 당연히 고객들은 아줌마를 연화 보살님이라 불렀다. 그러나 아빠는 틈만 나면 아줌마한테 전도를 했다. 카페에서 커피 잔을 사이에 놓고, 점집 셔터를 내리다 말고, 흔전동 대게집 주차장에서 뽀뽀를 하다 말고, 하나님의 사랑과 자비, 은혜를 전한 것이다. 술을 먹고 기분이 좋아진 아빠가 술술 털어놓은 이야기들이었다. 아무튼 아빠의 전도는 나름 효과를 보았다. 하나님의 은혜에 감동을 받은 연화 보살이 얼마 후 점집 간판을 '은혜점집'으로 바꾸었으니까.

보살 아줌마가 빠져나간 자리를 승율이가 메우면서 달이는 세 남자에게 둘러싸이게 되었다. 머리에 까치집을 지은 직장 선배, 한 20년 전쯤 유행했을 것 같은 더블 금단추 재킷을 입고 넥타이까지 맨 동네 아저씨, 오늘 아침에 통제 불능의 폭력성을 드러낸 4번 감염자……. 공직구와 박 집사는 보살 아줌마가 일단락 짓고 간 문제를 새삼 떠들어 대기 시작했다. 달이는 아무 대꾸도 할 수가 없었다. 재현이가 친구 두 명과 함께 달이 곁을 스쳐 지나갔던 것이다.

"저 다양한 연령대의 남자들은 다 뭐냐? 구달 재 학교 때려치우더니 아주 막 사는 거 아니야?"

남자애 하나가 재현이에게 소곤거렸다. 그러자 재현이가 남자애의 어깨를 퍽 때렸다.

"닥쳐, 시발아!"

그러고는 잰걸음으로 앞서가는 것이었다.

달이는 입술만 꽉꽉 씹어 댔다. 어쩌다가 까치집과 왕단추, 한승율에게 에워싸이게 되었는지 재현이에게 설명을 좀 해야 할 것 같은데 입이 떨어지지 않았다. 달이는 두 손으로 제 귀를 감싸고 천천히 울었다. 몸이 굳어서 왈칵왈칵 울어지지도 않았다. 파도 소리가 듣고 싶었다. 세상의 잡소리들을 다 지워 버리고 어디 먼 바닷가에 혼자 있고 싶었다. 그러나 손바닥 안의 공명음도 소용없었다. 온몸의 세포들이 모조리 곤두서고 있었다.

"달아…… 너 괜찮아?"

코앞에 있는 승율이의 목소리가 멀리 들렸다.

그 순간 자잘한 구슬을 뿌리는 듯한 소리들이 들렸다가 이내 사라졌다. 물론 구슬을 뿌린다는 건 실제 들려온 소리를 달이의 상상력으로 묘사한 것이다. 그러므로 구슬로 만든 발을 건드리는 소리라고 해도 좋고, 딱딱한 바닥에 좁쌀을 흩뿌리는 소리라 해도 무방했다. 그건 애초에 음가로 변환되지 않는 소리였다. 확실한 건 그 기적이 달이의 날숨에 맞춰 들려온다는 사실이었다.

달이는 부러 크게 숨을 뱉었다. 차르르르. 숨결이 소리가 되어 흩어졌다. 그건 입김이다. 달이의 날숨으로 뿜어져 나온 물 분자들이 서로를 잡아당겨 작은 물방울이 되었다가 다시 허공으로 퍼져 나가는 소리였다. 차가운 대기에 물 분자들의 열운동 속도가

느려진 덕에 가능해진 일이었다. 달이는 연거푸 입김을 내뿜으며 그 소리를 확인했다.

살갗이 말도 못 하게 쓰라렸다. 몸살기는 아니었다. 소리로 인한 통증이었다. 분자 단위의 소리를 감지하느라 피부 세포들이 극도로 예민해진 것이다. 승율이, 공직구, 박 집사의 입김에서도 소리가 났다. 달이는 처음으로 자기 자신을 의심하기 시작했다. 어떻게 사람이 자기 입김이 생기는 소리까지 들을 수 있단 말인가. 나 역시 바이러스에게 장악당한 건지도 몰라. 승율이나 홍세라 할머니처럼 숙주화 단계를 거칠 것도 없이 순식간에, 그리고 완벽하게……. 구달, 넌 평범한 어른이 아닌 제3의 무엇으로 변해 가는지도 몰라. 너도 알지? 세상은 언제나 제3의 무엇을 괴물이라 부른다는 거.

"구달, 왜 그래? 어디 아파?"

공직구가 달이의 이마를 짚으며 물었다. 달이는 천천히 고개를 저었다. 비밀의 독침은 달이의 폐부를 더 깊이 파고 들어가고 있었다.

2

그놈의 사랑이 뭔지…….

요 며칠 달이의 칩거에 대해 다각도로 검토한 결과 공직구가 내린 결론은 그것이었다.

달이의 상사병 덕에 건진 소득도 있었다. 달이 일을 구실로 4번 감염자 한승율을 코앞에서 관찰할 기회가 생긴 것이다. 방학식 날 저녁, 공직구는 승율이를 따로 만났던 터다.

"이재현 그 새끼 완전 쓰레긴데. 여자애들 막 사귀고 다니고, 일방적으로 차 버리고, 그러다가 어른들이 뭐라 하면 또 거짓말로 막 둘러대요. 왜 샘들은 그 새끼 거짓말에 다 넘어가는지 모르겠어요. 달이는 그런 새끼가 뭐가 좋다고……. 그 새끼도 그래요. 달이 정도 되는 애가 저 같은 쓰레기한테 관심을 주면 고마워하는 시늉이라도 해야 되는 거 아니에요? 제까짓 게 뭔데 달이를 무시해? 그냥 키 좀 크고, 얼굴 좀 생기고, 옷 좀 입고, 공부좀 하고, 집 좀 산다는 거 말고는 시발, 개쓰레기 주제에!"

승율이는 세상 다 산 것 같은 표정으로 말을 마쳤다. 말끝마다 새끼, 새끼 그랬지만 암만해도 승율이는 재현이의 인기를 아는 눈치였다. 공직구는 웃음만 났다. 현미경을 들이댈 필요도 없었다. 혼전동 10대들의 러브라인이 한눈에 들어왔기 때문이다. 그러니까 승율이는 달이에게 마음이 있고, 달이는 재현이를 좋아하고, 재현이는 또 달이한테 무관심하다는 거지? 아이고, 다들 좋을 때다!

물론 한 가지 의문이 남긴 했다. 달이에게 승율이는 무엇인가? 저번에 달이는 남자들로 치면 불알친구 같은 거라고 자기와 승율이 사이를 정의했다. 하지만 둘 사이에는 그것만으로는 설명되지 않는 무언가가 있었다. 특히 달이 편에서 승율이에게 느끼는 애착이 좀 수상했다. 아무리 소꿉친구 일이라 해도 학교 담을 뛰어넘어 남자 화장실로 달려가는 건 평범한 일이 아니었다. 달이에게는 옛날 드라마의 주인공 같은 갑갑함이 있었다. 사실은 A에게 깊이 빠져 있는데 그걸 깨닫지 못하고 자신은 B를 좋아한다고 철석같이 믿는, 미련한 캐릭터.

공직구는 이 드라마의 결론이 궁금했다.

"나중에 너랑 구달 어른 되면 내가 돼지껍데기에 술 한잔 사 줄게. 내 평생 안주 메뉴까지 정해 놓고 술을 사 주고 싶은 사람은 너랑 구달이 처음이다."

공직구는 승율이와의 첫 면담을 그렇게 끝맺었다.

모종의 바이러스 실험체가 되긴 했어도 달이와 승율이는 지극히 평범한 열일곱 살짜리였다. 공직구는 두 아이의 평범함이 내년에도 내후년에도 지속되길 바랐다. 실험을 설계한 미군들과 보름내과 정만기, 캇팅철거 윤호식, 구청 공무원과 신원을 알 수 없는 남자까지 저마다 잇속에 매달리는 군상들에겐 10대들의 일상 따위는 안중에도 없다. 그들 중 혼전동 인체 실험을 두고 죄책감을 느끼거나 그 일로 일상에 타격을 입은 사람은 아무도 없을 터였다.

공직구는 문득 두려워졌다. 감정이 거세된 어른들만큼 유해한 존재도 없다. 저들로부터 달이와 승율이를 지켜 낼 수 있을까? MS미스터리협회 요원이라는 명함을 들고 다녔지만 공직구는 일개 조사원에 지나지 않았다. 학생, 군인, 취업준비생, 무급 인턴……. 지난 인생을 뒤적거려 보아도 이 일에 써먹을 만한 이력은 없었다. 그렇다고 포기할 수는 없다. 흔전동 감염자들은 실험자들의 실험 일지나 MS미스터리협회의 사건 자료에 기록되고 끝날 이름들이 아니었다. 그들은 제각각 인생과 사연을 지닌 존재들이다. 공직구가 모든 게 막막한 와중에도 체념이라는 악수(惡手)만큼은 두지 않으려는 이유도 그 때문이다.

크리스마스이브.

공직구에겐 20대의 마지막 크리스마스이브기도 했다. 공직구는 흔전동 쪽방촌 층계참에 앉아 있었다. 달이한테 배운 대로 부동산 팸플릿을 잔뜩 깔고 앉아 365마트에서 산 유자차를 마시는 중이었다. 크리스마스이브인데도 최주아는 집에 틀어박혀 있었다. 쪽방촌 초입에 딱 하나 있는 가로등이 최주아의 집 담벼락을 비추고 있었다. 담벼락에는 천사의 날개가 그려져 있었다. 달이 말로는 몇 달 전에 벽화 봉사 클럽 대학생들이 와서 쪽방촌 담벼락에 이런저런 그림들을 그려 놓았다 했다. 천사 날개, 딱따구리, 거북선, 벌거벗은 임금님, 등대, 코스모스 꽃밭 등 개연성 없는 벽화들이 쪽방촌 골목이 끝나도록 이어져 있었다. 승율이네 집에는 붉은 등대가 그려졌다.

공직구는 휴대폰을 만지작거렸다. 최주아의 전화번호는 진즉 저장해 둔 상태다. 별일은 없는지, 크리스마스인데 외롭진 않은지 문자라도 보내고 싶었다. 하지만 공직구는 자신이 MS미스터리협회의 요원이라는 사실을 잊지 않았다. 철저한 관찰자로 남을 것. 섣부른 호의나 접근은 금물이었다. 공직구는 데런 지국장의 말을 가슴에 새기고 있었다.

"MS미스터리협회의 정신은 인베스찌가 에트 에볼베! 조사하라 그리고 폭로하라! 가능한 한 진실에 다가갈 것. 그리고 거침없이 폭로할 것. 은폐 전문 사회에는 폭로 전문 단체가 필요한 법일세."

하얀 날개 한 쌍이 최주아의 셋방을 감싸고 있었다. 공직구는 전에 찍어 둔 최주아의 사진을 보았다. 머리를 숏컷으로 잘라 버려서 목덜미의 상처가 더 도드라져 보였다.

'주아 씨 인생도 쉽지 않았구나.'

하지만 공직구는 벽화 속 날개가 최주아와 어울린다고 생각했다. 나중에라도 기회가 된다면, 그런 날이 과연 올는지 모르지만, 최주아를 저 날개들 사이에 세워 두고 사진을 찍어 주고 싶었다. 날아오를 듯한 최주아를 상상하는 것만으로도 가슴팍이 뜨끈해지는 밤이었다. 작년 이맘때 공직구는 고시원 휴게실에서 나이가 들쑥날쑥한 아저씨 1, 2, 3, 4와 텔레비전을 보았다. 수

시로 성당이나 교회에 나가 있는 중계차를 연결하는 뉴스를 본 뒤에는 대사를 달달 욀 지경인 〈해리 포터〉 1편을 보았다. 그 휴게실로 돌아가느니 천사 날개가 보이는 이 층계참에서 얼어 죽는 편이 나았다.

학교 앞에서 헤어진 뒤로 달이는 옥탑방에 틀어박혀 지냈다. 그렇다고 MS미스터리협회 일을 그만두었냐 하면 그것도 아니었다. 도통 비결은 알 수 없지만 달이는 홍세라, 최주아, 한승율에 관한 정보들을 계속 보고했다. 오늘만 해도 스무 통 가까운 문자 메시지를 보내왔다.

감염자 셋 중에 바깥출입을 하는 사람은 한승율 하나였다. 홍세라에 이어 최주아도 칩거에 들어간 것이다. 그리고 홍세라의 집에는 CCTV가 설치되었고, 한승율의 집에는 CCTV가 없었다. 최주아의 집은 확인이 불가능했다. 이틀 전에 공직구가 최주아를 찾아갔지만 최주아는 끝내 문을 열어 주지 않았다. 관할 구청에서 나왔다는 말도 먹히지 않았던 것이다. 그러나 홍세라의 경우로 보아 최주아의 집에는 아직 CCTV가 설치되지 않았을 확률이 크다.

실험자들이 홍세라의 집에 CCTV를 설치한 것은 홍세라가 칩거에 들어간 지 한 달쯤 지난 시점이었다. 그건 곧 저들이 기대하는 신체 반응이 나타나기까지 그 정도 시간이 걸린다는 뜻이다. 최주아가 칩거에 들어간 건 비교적 최근의 일이므로 실험자들 입장에서는 아직 시간적 여유가 있을 터였다.

최주아 씨 자고 있어요. 그러니까 아저씨도 집에 가세요.

달이에게 또 문자가 왔다. 귀신이 곡할 노릇이었다. 아무리 흔
전동 지박령 같은 아이라지만 어떻게 옥탑방에 앉아서 최주아의
일까지 내다본단 말인가. 긴가민가하면서도 이상하게 달이의 말
에는 권위가 있었다. 공직구로서는 자리를 털고 일어날 도리밖
에 없었다. 공직구는 365마트에서 산 식료품들을 최주아 집 앞
에 놓아두고 자리를 떴다.
"주아 씨, 메리 크리스마스! 내가 지켜 줄게요."
"지켜 주긴 개뿔! 자기가 무슨 수로!"
달이는 이불을 확 뒤집어썼다.
승율이도 자고 최주아도 자고 홍세라도 잔다. 최주아네 집 앞
에서 헛소리를 지껄이던 공직구는 탈래탈래 고시텔로 내려가고
있다. 달이는 소리 채널들을 여남은 개 열어 둔 채 집에만 틀어
박혀 있었다. 입김이 만들어지는 소리가 들릴 정도로 예민해졌
던 청력은 잦아들었지만 마구 구겨져 버린 마음은 그대로였다.
끝내 곁눈질로도 봐 주지 않던 재현이를 떠올리면 살고 싶은 맘
도 없었다.
어린이집 탁자 밑에서 같이 울던 일을, 제 국에 김치를 씻어 주

던 일을 재현이는 다 까먹은 모양이었다. 달이에겐 그 기억들이 이 세상의 중심이었다. 누굴 만나고 어떤 경험을 하건 달이는 늘 그 중력장 안에 머물렀다. 하지만 재현이에겐 그 무렵의 일들이 별 의미가 없을지도 모른다. 원래 계획대로라면 달이는 흔전동 인체 실험 사건이 마무리되는 대로 재현이에게 달려갈 생각이었다. 가서 재현이의 눈을 들여다보며 말하고 싶었다. 어릴 때부터 너만 좋아했다고, 그래서 살 수 있었다고. 또 울지 말라고…….

재현이에게 고백하기. 그건 달이 손에 남은 마지막 폭죽이었다. 그 이후의 일은 생각하지 않았다. 남들은 전공도 고민하고, 20대에 하고 싶은 일, 가고 싶은 여행지도 정하지만 달이는 딱 고백까지만 생각했다. 그다음부터는 오프로드였다. 맘 놓고 따라갈 길 같은 건 있지도 않았다. 어쩌다 작은 길 하나를 찾는다 해도 '연결도로없음' 표지판으로 가로막힐 것이다. 그 막막한 불안을 견디게 한 힘도 그날에 대한 기대감이었다. 고백의 날, 최고의 피날레……. 그러나 재현이가 그 답을 미리 알려 줘 버렸다. 헛물 켜지 마라. 너 따위 잊은 지 오래야. 달이는 추리소설의 결말을 미리 봐 버린 것처럼 맥이 풀렸다.

다음 날 공직구가 옥탑방으로 달이를 찾아왔다. 2등신 산타와 루돌프가 요란하게 그려진 케이크 상자를 든 채였다.

"이거. 후배 요원한테 주는 크리스마스 선물이야."

그러나 공직구가 내민 것은 케이크 상자가 아니라 하얀색 솜

털 귀마개였다.

"케이크 사니까 사은품으로 주더라고. 너 가져."

"케이크는요?"

"이거? 이건 우리 주아 씨 선물."

"그럼 얼른 가 보세요. 아까까지 막 풀썩거리고 난리더니 좀 전에 다시 잠잠해졌어요. 그래도 또 발작할지 모르니까 케이크만 문 앞에 두고 오는 게 좋을 거예요."

"그런데 네가 그걸 어떻게 알아? 혹시 주아 씨 집에 도청 장치 같은 거 달았니?"

"그냥 소리가 들려요. 아저씨 그거 몰랐죠? 저 신령님을 모셔요. 내년 봄에 팔공산 갓바위 가서 내림굿 받을 거예요."

되는대로 지껄였다. 보살 아줌마가 즉흥적으로 지어낸 이야기가 이리 요긴하게 쓰일 줄이야. 물론 공직구는 달이의 이야기를 심각하게 받아들이지 않았다.

"에휴, 사랑이 뭔지……."

공직구는 달이가 삐딱하게 구는 이유가 재현이 때문이란 걸 알고 있었다. 그러나 달이에게 연애 상담을 해 줄 여유는 없었다. 오늘 공직구의 머릿속에는 최주아와 케이크밖에 없었다. 언덕마루로 달려가는 공직구를 보며 달이는 콧방귀를 뀌었다. 거절당하기 전엔 뭔 짓인들 못 하겠어? 쳇, 좋을 때다…….

달이는 솜털 귀마개를 하고 방에 드러누웠다.

사람과 사람 사이의 관계를 물리적 실체로 만들 수 있다면 얼마나 좋을까? 달이는 관계의 소리들이 궁금해졌다. 달이와 승율이 사이에선 짜그락거리던 유리구슬 소리가 났다. 강문이와 달이 사이에선 딸그락딸그락 이빨 모양 캔디함 흔드는 소리가 났고, 달이와 박 집사 사이에는 바스락바스락 성경책 낱장 소리가 났다.

그건 기다림의 소리였다. 박 집사는 달이에게 함부로 성경책을 내미는 법이 없었다. 그 안에 구원이 있다고 확신하면서도 달이 앞에서는 주저하는 것이었다. 하나님한테 부탁하면 아빠가 돌아오냐, 기도 열심히 하면 엄마도 있고 아빠도 있는 집의 딸로 짠! 하고 바뀔 수 있느냐, 달이가 빈정거려도 박 집사는 섣부른 충고를 늘어놓지 않았다. 기도하라 하지도 않았고 성경 어디를 읽으라고 하지도 않았다. 그저 가죽수선집 앞에 혼자 앉아 성경책을 바스락바스락 넘길 뿐이었다. 그 기다림 때문에 달이는 박 집사를 미워할 수 없었다. 달이가 아파할 때마다 박 집사는 멈칫했다. 달이가 괜찮아질 때까지 잠자코 기다려 주는 것이었다.

하지만 아무리 상상력을 동원해도 물리적 실체와 소리로 표현되지 않는 관계가 있었다. 구종대와 달이 사이에는 소리랄 게 없었다. 아빠가 달이에게 남긴 유산은 구달이라는 이름이 전부였다. 어린 핏덩이를 안고 흔전동에 들어온 그 밤에 아빠는 어느 옥탑 난간에 서 있었다 했다. 아기만 던져 주고 사라져 버린 여자를 욕하며 술을 마셨는데, 어느 틈엔가 하늘에 달이 떠 있었다 했다. 그래서 아기는 달이가 되었다. 그때 아빠 눈에 들어온 게 달이었기 망정이지 안 그랬으면 달이의 이름이 구난간, 구옥상, 구땅이 됐을지도 모른다. 즉흥적이고 무책임한 성정으로 보건대 구종대는 그러고도 남을 사람이었다.

달이가 시각 중심으로 세상을 인지할 때도 아빠는 그럴싸한 그림이 돼 주지 못했다. 있다가 없다가, 술에 절어 지내다가, 성경책을 끼고 온돌교회를 드나들다가, 도대체 종잡을 수가 없었다. 하나의 그림이 되지 못하던 아빠는 달이의 소리풍경 속에서도 제대로 된 소리가 되지 못했다. 그런데 그 망할 아빠가 오늘따라 보고 싶었다. 그려지지 않고 들리지 않는 아빠를 감각하고 싶어서 자꾸만 옥탑방 문을 쳐다보았다.

크리스마스여서 그런지도 모른다. 더구나 오늘은 흔전동의 마지막 크리스마스였다. 내년 이맘때면 흔전동은 사라지고 없다. 낡은 빌라들과 언덕마루 너머 쪽방촌이 통째로 사라지고, 새로운 길과 건물 들이 들어설 것이다. '연결도로없음' 표지판 따위로 가로막히지 않은, 반듯한 골목들이 갈래질 것이다. 혹시라도 맘을 고쳐먹은 구종대가 돌아온다 해도…… 달이는 여기 없을 것이다.

때맞춰 강문이가 부르지 않았다면 달이는 울어 버렸을지도 모른다.

"달이 누나! 누나! 이상한 형아가 있어. 무서워!"

달이는 벌떡 일어나 앉았다. 365마트에서 감지되는 숨결은 세 갈래였다. 할머니와 강문이, 그리고 정체를 알 수 없는 또 한 사람. 숨이 넘어갈 듯 밭은 숨소리가 마트 구석 쪽에서 잡혔다.

길이 미끄러웠다. 어제 장미맨션 철거할 때 살수차가 물을 뿌렸는데, 그게 그대로 살얼음이 된 것이다. 달이는 미끄러지지 않도록 보폭을 줄여 잔달음질 쳤다.

달이는 마트 할머니가 가게 밖에 내놓은 빈 소주병 하나를 그러쥐고서 유리문 손잡이를 잡았다. 입이 바짝 말랐다. 분자 단위 소리까지 듣는 괴물이어도 신체적 힘은 평범한 아이일 뿐이었다. 하지만 달이는 문을 열어젖힐 수밖에 없었다. 이유는 하나. 도와 달라는 강문이의 소리를 들었기 때문이다.

'시발, 어차피 럭키맨션 헐리면 얼어 죽을지도 모르는데 뭐. 오늘 죽으나 그때 죽으나!'

달이는 속으로 주문을 외우며 가게로 뛰어들었다.

강문이는 인형을 끌어안고 울고 있었고, 할머니는 커다란 가위를 치켜든 채 떨고 있었다. 침입자는 냉장고 문을 열고 치즈를 마구 꺼내고 있었다. 그러다 달이와 눈이 마주치자 냉장고 옆의 낮은 선반을 치받고서 통조림 선반 꼭대기로 뛰어올랐다. 스팸과 참치캔을 품속에 모두며 달이를 노려보는 침입자는 승율이였다. 그제야 달이는 어느 순간 승율이의 주파수를 놓치고 있었다는 걸 깨달았다. 아빠 생각에 집중력을 잃었던 모양이다.

"한승율! 무슨 짓이야? 너 돌았어?"

승율이는 미동도 없는 눈으로 달이를 보았다. 언제부터 눈을 깜빡이지 않았는지 승율이의 눈동자는 시뻘겠다. 겨울방학이 시작된 지 사흘째였지만 승율이는 여태 교복 차림이었다. 방학식 날 이미 보통 사람보다 밭았던 호흡은 더 빨라졌고, 심장박동마저 이상했다. 방학식 날 화장실에서와 비슷한 상태였다.

"여긴 알아서 할 테니까, 얼른 강문이 데리고 나가요."

할머니에게 다급히 이른 뒤 달이는 승율이에게 다가갔다. 여전히 소주병을 쥔 채였다. 만에 하나 승율이가 미쳐 날뛰면 병이라도 휘둘러야 할 것 같았다. 승율이는 달이를 노려보며 가슴팍을 들썩였다. 승율이의 지저분한 교복이 달이 눈에 들어왔다. 대체 여태 교복도 안 갈아입고 뭐 했어? 달이는 재현이 일로 옥탑방에 틀어박혀 있던 시간들이 후회스러웠다. 그 시간에 승율이에게 가 봤어야 했다. 소리만 들을 게 아니라 녀석의 집에 갔어야 했다.

"달아, 니 혼자 우짤 참이고? 괜찮겠나? 겡찰 부르까?"

달이만 두고 나가는 게 맘에 걸리는지 할머니가 주저했다.

"아니요. 제가 알아서 할게요."

"그라모 퍼뜩 가서 후라이판이라도 갖고 오까? 빈병 갖고 되겄나?"

"그냥 나가 계시라니까요. 강문아, 할머니 모시고 나가!"

강문이가 할머니 손을 끌고 나가자 달이는 얼른 가게 문을 잠갔다. 승율이는 스팸을 제 품 안에 욕심껏 주워 담았지만 반은 도로 떨어뜨렸다. 그러는 동안에도 눈길은 달이를 벗어나지 않았다. 통조림……. 실험자들이 홍세라에게 사다 준 것도 참치캔과 스팸 같은 통조림이었다. 우연일 리 없다. 숙주들의 입맛이나 기호의 문제는 아닐 것이다.

연어, 참치, 햄의 공통된 영양성분은 단백질과 지방이다. 감염자들은 정상인보다 더 많은 양의 단백질과 지방을 필요로 하는 게 분명했다. 일상적인 식사만으로는 그 필요량을 충족할 수 없어서 동물성 단백질 제품에 저토록 집착하는 것이리라. 실험자들은 이미 그 사실을 알고 있다. 공직구 말처럼 저들은 같은 실험을 이미 수차례 거듭했을 것이다. 결정적인 결과물을 얻지 못했을 뿐, 숙주들의 상태에 관한 데이터들은 이미 확보하고 있을 터였다.

"승율아…… 나야, 달이."

달이는 승율이와의 거리를 좁혔다. 서너 걸음 앞까지 다가선 달이는 갑자기 피부가 타는 듯한 통증을 느꼈다. 며칠 전 입김이 만들어지는 소리를 들었을 때보다 심한 통증이었다. 달이는 소주병을 떨어뜨리며 주저앉았다. 바늘이 박힌 관 속에 갇힌 기분이었다. 깊고 예리한 바늘 수만 개가 달이의 살갗을 파고드는 것 같았다. 달이는 자신이 고꾸라졌는지 앉아 있는지조차 알 수 없었다. 눈을 감지 않았는데도 시야가 닫혔다. 달이는 온전히 소리 풍경 속에 갇혔다.

기계적이고 우발적이고, 자연적인 소음들이 다 걸러지고, 오직 승율이만 남았다. 보이지 않는 거대한 소리 증폭기가 승율이의 생리적 소음만을 달이에게 전달해 주었다. 승율이의 이마와 콧잔등에서 물 분자가 솟는 기척이 났다. 그러나 달이가 찾는 소리는 따로 있었다. 밭은 숨소리 역시 그냥 지나쳤다. 달이는 무엇을 들어야 하는지 알고 있었다. 덜렁거리는 재킷 단추 너머, 승율이의 호흡에 맞춰 이리저리 쓰러지는 조끼의 보풀들 너머 승율이의 심장이 있는 곳. 달이의 감각은 그곳을 파고들었다.

이윽고 승율이의 심장박동 소리가 소리풍경을 가득 채웠다. 그 소리에 섞여 여린 엇박자로 뛰고 있는 또 하나의 심장 소리……. 승율이의 몸속에는 두 번째 심장이 자라나고 있었다.

가까스로 눈을 뜬 달이는 호주머니에서 휴대폰을 꺼냈다.

365 빨리.

3

"승율이는요?"

"일단 정신이 돌아온 것 같기에 집에 데려다 놨다."

"아저씨, 혹시 흔전동으로 왕진 와 줄 만한 의사 알아요? 승율이를 제대로 진찰해 줄 의사가 필요해요."

"아니."

크리스마스에 재개발지역으로 왕진을 나올 의사가 있는지도 의문이지만 일단 공직구의 인맥 중에는 의사라는 직업군 자체가 없었다. 군대 시절 알고 지낸 의무병 하나가 있긴 했다. 전화번호도 가지고 있었지만 문제는 흔전동 인체 실험 사건을 외부로 발설할 수 없다는 점이었다.

"이상해요, 아저씨. 왜 실험자들은 그 뒤로 한번 와 보지도 않을까요? 이렇게 어마어마한 일을 꾸며 놓고 내버려 두는 게 이상하잖아요."

꼬박 네 시간 만에 깨어난 달이는, 꿈속에서 질문지를 미리 준비한 것처럼 말들을 쏟아 냈다.

달이의 다급한 문자를 받고 365마트로 달려갔던 공직구는 달이가 안에서 잠가 버린 문을 여느라 10분 가까이 애를 먹었다. 그사이에 승율이의 발작 상태는 진정되었다. 공직구는 365마트 할머니가 일러 주는 대로 박 집사와 은혜점집 보살에게 연락을 했다. 오랫동안 노름꾼 아빠 대신 달이를 보살펴 준 이가 두 사람이라는 것이다. 은혜점집 보살은 성탄 대목이라 자리를 비울 수 없다 했다. 대신 박 집사가 와 주었다.

두 사람은 일단 승율이를 언덕마루 집까지 데려다주었다. 그런 다음 달이를 박 집사의 집으로 데려갔다. 박 집사가 달이의 상태를 묻자, 공직구는 영양결핍과 공황장애를 들먹이며 둘러댔다.

데런 지국장과는 연락이 닿지 않았고 박 집사는 부엌에서 전복죽을 끓이고 있었다.

"아저씨, 생각해 보니까 감염자들보다 실험자들이 더 이상해요. 보름내과 원장님이랑 캇팅철거 할아버지를 끌어들인 것도 그렇고요, 홍세라 씨 만나러 왔을 적에 365마트에 들른 것도 그래요. 비밀리에 인체 실험을 진행하는 사람들이 이렇게 어설프게, 남들 눈에 띄게 움직인다는 게 말이 돼요?"

달이는 답하기 어려운 것들만 물어 대고 있었다. 파리한 안색으로 누워 있는 달이의 모습 위로 한강 다리 난간에 매달려 있던 사내가 어른거리는 듯했다. 달이는 전에 없이 지쳐 보였다. 배가 고플 때도, 화가 났을 때도, 친구 일을 걱정할 때도 날이 서 있던 달이였다. 번번이 공직구를 주눅 들게 하던 달이의 생명력이 오늘따라 느껴지지 않았다.

"아저씨, 우리가 뭘 해야 돼요? 감염자들을 구할 수 있긴 해요?"

공직구는 제 머리통을 감싸 쥐고 한숨을 쉬었다. 조언을 구할 데가 없었다. 공직구 혼자 힘으로 달이를 난간 아래로 끌어 내려야 했다. 그러나 헛된 희망으로 달이를 속이고 싶지는 않았다.

언젠가 공직구는 달이에게 자신의 지난 세월을 고백한 적이 있다. 그날 달이가 한강 다리 난간에 매달린 이유를 물었던 것이다. 학창시절의 모범생이 가난한 대학생으로, 군인으로, 복학생으로, 취업준비생으로, 을 중의 을로 살아온 세월을 술회하며 공직구는 울컥해졌더랬다. 그러나 달이에게는 씨알도 먹히지 않았다.

"완전 온실 속 화초였구만. 그래도 먹을 게 있었으니까 돈벌이 없이도 지금껏 버텼지. 보통 사람 같으면 벌써 굶어 죽었을걸요. 아저씨가 을이면 나는 뭐…… 무쯤 되겠네요."

"무?"

"갑을병정무기경신임계, 몰라요? 세상에 갑과 을만 있는 줄 알았어요? 그 뒤로 병, 정, 무, 기, 경, 신, 임, 계 들이 눈 시퍼렇게 뜨고 있구만. 저는 뭐, 최악까진 아니니까 무쯤 될 거예요."

그날 이후로 공직구는 다시는 앓는 소리를 하지 않았다. 흔전동 무가 눈 시퍼렇게 뜨고 있는 한 그따위 푸념은 먹히지도 않을 터였다. 공직구는 갑을병정무를 읊조리던 그날의 달이를 믿기로 했다. 달이는 럭키맨션 난간 너머로 세상이 돌아가는 꼬락서니를 지켜보며 자란 아이였다. 어설픈 과장법이나 희망적인 포장지는 필요 없었다.

"비밀 실험을 감행한 자들이 왜 남들 눈에 띄게 처신하느냐고 물었지? 그건 말이야, 구달, 모든 상황이 그들에게 협조적이라는 뜻이야. 뒷일을 수습해 주고 비호해 주는 사람들이 있는데 뭣하러 눈치 보고 숨어 다니겠니? 실험자들은 자신들이 이 사건의 가해자라고 생각하지도 않을 거야. 그들에게는 일종의 업무니까. 누군가는 윗선에서 시킨 대로만 했을 뿐이고, 또 누군가는 늘 해 오던 대로 돈 되는 일을 했을 뿐이지. 엿 같은 얘기지만, 더러 고통과 가학의 질감이 뒤바뀌는 때가 있어. 일반적으로는 가학이 은밀히 자행되고 고통은 남들 눈에 띄기 마련인데, 가끔은 그 반대의 일이 벌어져. 가학이 일상적이고 고통이 남모르게 진행되지. 저들은 당당하고 뻔뻔하게 일을 벌였고, 감염자들은 숨어서 앓고 있어. 그게 흔전동 사건의 본질이야."

가만히 듣고 있던 달이의 눈이 붉어졌다. 그 맑은 눈물 앞에서 공직구도 할 말을 잃었다.

"아저씨, 의사가 필요해요."

도돌이표처럼 달이의 요구 사항은 원점으로 돌아왔다.

"간단한 응급처치 정도 해 줄 사람은 있어. 내 군대 동기 중에 의무병이었던 놈이 있거든. 의사는 아니지만 돌팔이 흉내 정도는 낼 수 있을 거야."

어떻게든 달이를 달래야겠기에 공직구는 이태 전에 연락이 끊긴 군대 동기를 들먹였다.

"꼭 의사여야 해요."

"왜?"

"홍세라, 한승율, 최주아의 증상을 남들 앞에 증명해 줄 사람이 필요해요. 그러려면 진짜 의사여야 해요."

"하지만 구달, 흔전동 사건이 외부에 알려지는 건 위험해. 그랬다간 저들이 사건을 아예 덮어 버릴지도 몰라. 그 과정에서 감염자들이 더 큰 위험에 처할 수도 있어. 그러니까 저들이 덮으려 해도 덮어지지 않을 만큼 충분히 조사한 다음에 폭로해야 돼. 그게 우리 협회의 정신이야."

"저도 알아요. 그래서 의사가 필요하다는 거예요. 우리끼리 조사해 봤자 남들 눈에는 만화 시나리오쯤으로 보일 거예요. 아저씨, 내가 결정적인 것들을 알아낼 수 있어요. 의사는 내 말이 사실이란 걸 증명해 주기만 하면 돼요."

"네가 알아낼 수 있다는 게 뭔데?"

"그건…… 말할 수 없어요. 아직은 아무한테도 말 안 할 거예요."

거기까지 말해 놓고 달이는 획 돌아누웠다.

마침 박 집사가 전복죽을 가지고 들어왔고 달이와 공직구의 대화는 끊기고 말았다.

박 집사는 달이에게 전복죽을 떠먹였다. 달이는 세상 고민 혼자 짊어진 얼굴을 하고서도 전복죽은 곧잘 받아먹었다. 저렇게 보살펴 주는 사람이 있으니 오늘만큼은 달이도 무는 아니었다. 공직구 눈에 오늘 달이는 병아리 정쯤 돼 보였다.

"내가 더 신경을 썼어야 하는데, 미안하다, 달아."

박 집사가 수건으로 달이의 이마를 닦아 주었다. 구종대에게 전도를 한 입장으로서, 박 집사는 달이에게 미안한 마음을 가지고 있었다. 구종대가 회개하기를 기도했지만 구종대는 다시 노름판으로 돌아갔고, 달이는 전보다 더 철저히 버림받았다.

하지만 그건 어디까지나 박 집사의 생각이었다. 달이는 박 집사를 원망하지 않았다. 달이에게 박 집사는 좋은 동네 친구였다. 달이가 보건대 박 집사는 '임'이었다. 최악인 '계'와는 겨우 한 끗 차. 아내를 일찍 떠나보냈고, 의지하던 교회는 문을 닫았고, 코리아가죽수선집은 요즘 들어 파리만 날리고 있었다. 그나마 박 집사가 '계'를 면한 건 든든한 딸 하영이가 있기 때문이었다. 지금 달이가 누워 있는 이 방의 주인.

흔전동 사건을 해결하기 위해 달이는 박 집사의 도움이 필요했다. 달이 입장에서 박 집사는 써먹을 데가 있는 '임'이었다. 왜 우리 아빠를 교회에 데려갔냐, 아빠가 달라진 게 있느냐, 쏘아붙이면 박 집사는 죄책감을 흠뻑 뒤집어쓴 몰골로 이리 되묻곤 했으니까. 그래, 내가 뭘 하면 되니?

날이 어둑어둑해질 무렵 달이는 박 집사 집을 나섰다. 박 집사는 몸이 나을 때까지 하영이 방에서 지내는 게 어떻겠냐고 했지만 달이는 돌아가겠다고 고집을 피웠다. 대신 공직구가 달이를 따라나섰다. 달이는 럭키맨션 골목을 그냥 지나쳐 곧장 언덕마루로 갔다.

"춥다, 구달. 오늘은 그냥 쉬는 게 어때?"

"시간이 없어요. 감염자들 몸속에서 뭔가가 벌어지고 있어요. 아저씨, 제발, 의사가 필요해요."

또 한 번의 도돌이표다.

"감염자들은 감염 초기에 병원에서 검사를 받았어. 그때 무슨 결과가 나왔는지 너도 알잖아. 감염자들의 몸속에 있는 건 현대 의학으로는 감지가 안 돼. 편의상 바이러스라 부르지만 우리가 흔히 말하는 바이러스와는 다른 무엇일지도 몰라. 그런데 의사를 불러서 뭐 해? 구달, 네가 아는 게 뭔지 말해 봐. 그럼 그게 외부인과 공유할 수 있는 정보인지 판단할게."

골든빌라가 올려다보였다. 달이는 눈을 감고 홍세라의 소리를 들었다. 다른 소리들을 지우고 홍세라의 생리적 소음들만 남겨 놓았다. 그중에서도 심장박동. 홍세라의 심장은 수축과 확장을 반복하며 피를 동맥으로 밀어내고, 정맥로부터 받아들이고 있었다. 그리고 또 하나의 심장이 뛰고 있었다. 낮에 승율이의 몸에서 또 다른 심장 소리를 들었던 터라 놀라진 않았다. 외려 학습 효과 덕에 이번에는 두 번째 심장의 위치도 가늠할 수 있었다. 원래 심장의 우측 아래로 약간 치우친 곳에 또 하나의 심장이 뛰고 있었다.

감염자들의 몸에 비정상적인 일이 벌어지고 있다는 결정적인 증거였다. 그러나 이 증거가 실험자들의 만행을 폭로하는 근거가 되려면 이 분야의 전문가가 필요했다. 이제 시간이 되었다. 달이의 폐부 깊은 곳에 박혀 있는 독침을 꺼내 보일 시간이…….

"아저씨, 저 비밀이 있어요. 아주 고약한 비밀이라서 이걸 꺼내 놓으면 사람들이 다칠지도 몰라요. 저도 다치고 다른 사람들도 다치게 할 거예요. 위험한 독침처럼요."

"독침? 글쎄, 독침인지 조그만 가시인지 어디 들어나 보자."

조그만 가시……. 달이는 공직구의 말을 입 속에서 여러 번 굴려 보았다. 가시라는 말을 되뇔수록 비밀이 만만해지는 기분이었다. 달이는 조심스레 청음 능력에 대해 털어놓았다. 언제부터 소리풍경을 이토록 선명하게 감각하게 되었는지, 승율이와 홍세라의 몸속에서 무슨 소리를 들었는지 다 이야기했다.

공직구는 혼란스러웠다. 달이의 말이 사실일 경우 명쾌하게 설명되는 것들이 한두 가지가 아니었다. 옥탑방에 틀어박혀서도 승율이와 최주아의 일을 훤히 알던 것이며, 방학식 날 달이가 학교 담을 넘어 들어간 일까지 죄다 해명되었다. 게다가 달이 말대로 두 번째 심장이란 게 존재한다면 그건 감염자들이 무언가의 숙주가 되었다는 결정적인 증거였다. 그럼에도 달이의 이야기는 선뜻 믿기 힘든 종류의 것이었다.

공직구가 한숨만 푹푹 내쉬며 말이 없자 달이가 휙 돌아서더니 구시렁거렸다. 늘 그렇듯 공직구 들으라고 하는 혼잣말이었다.

"믿어 줄 것도 아니면서 말하라고 바람은 왜 잡아? 내 말 믿어 주면 최주아 씨 이야기도 전해 줄라 그랬는데. 관둬라, 관둬

시발."

최주아란 말에 공직구는 귀가 번쩍 뜨였다.

"저기…… 구달, 얘기를 하다 말면 어떡해? 인체 실험도 벌어지는 마당에 불가능한 일이 어디 있겠니? 그러니까 아까 하던 얘기 마저 해 봐."

달이는 공직구의 속이 뻔히 들여다보였지만 한 수 양보하기로 했다. 어쨌거나 지금은 공직구를 설득하는 게 중요하니까.

"최주아 씨 말이에요. 아저씨 이름이 귀엽대요."

"뭐?"

"케이크 통에 카드 넣었죠? 늘 주아 씨가 부르면 닿을 거리에 있겠습니다. 힘을 내요, 주아 씨. 프람 공직구."

"네가 그걸 어떻게 알아?"

공직구는 다급히 안경을 추켜올렸다.

"어떻게 알긴요? 최주아 씨가 카드를 읽고 또 읽고 하는 걸 들었으니까 알지."

공직구는 잠시 말을 잃었다. 몹시 어려운 이야기를 앞둔 사람처럼 허리춤에 손을 짚고서 땅바닥만 노려보는 것이었다. 달이는 입술을 깨물었다. 달이가 미처 생각 못 한 게 있었다. 공직구가 달이의 청음 능력을 믿어 주기만 하면 될 줄 알았는데, 그게 다가 아니었다. 아저씨가 날 괴물로 보면 어떡하지? 고시텔로 돌아가자마자 데런 지국장한테 일러바치면?

그러나 공직구는 달의 어깨를 쥐고 소리쳤다.

"구달! 넌 정말 우리 협회 요원이 될 운명인가 보다. 인체 실험 부작용치고 너무 멋진 거 아니야? 정말 고맙다. 네가 주아 씨 얘길 듣고 말해 줘서. 하긴, 내 이름이 좀 귀엽긴 해. 동글동글한 공을 툭 던져 주는 느낌 나잖아."

달이로선 공감하기 힘든 이야기였다. 아무리 해도 그 이름에선 해외 직구, 아마존 직구밖에 떠오르는 게 없었다. 하지만 달이는 안도의 한숨을 내쉬며 배시시 웃었다.

"그런데 구달, 여자가 남자한테 이름이 귀엽다고 말하는 게 무슨 의미일까? 맘이 아예 없는 건 아니란 뜻이겠지?"

공직구는 콧구멍까지 벌름거리며 웃어 댔다.

봐, 구달, 그냥 가시야! 달이는 공직구의 얼뜨기 같은 웃음을 그리 해석했다. 조마조마한 심정으로 꺼내 보인 독침을 공직구가 손톱깎이 같은 걸로 톡 뽑아 버린 느낌이었다.

"의사가 필요해요, 아저씨. 홍세라와 승율이의 몸속에 든 게 뭔지 알아야 해요."

"하지만 우리 말을 믿어 줄 의사가 있을까? 인체 실험이 어쩌고 이야기했다간 미친놈 취급당하기 십상일걸?"

"있어요. 그 사람이 우리를 도와줄지는 모르지만 적어도 우리 말을 무시하지는 않을 거예요."

"누구?"

"보름내과 원장 정만기 씨요. 정만기한테 자기가 싼 똥을 치울
기회를 주자고요."

4

개들마다 좋아하는 냄새가 따로 있다. 전에 순댓국집 먹구는
근처 대게집 게 찌는 냄새에 환장을 했다. 그건 먹구의 냄새풍경
에서 먹구를 가장 설레게 하는 향이었다. 그래서 먹구의 목줄은
늘 대게집을 향해 팽팽하게 당겨져 있었다. 반면 선녀탕의 늙은
개 은식이는 썩은 나무판자를 찾아 온 동네를 싸돌아다녔다. 청
음 능력이 발달한 뒤로 달이는 개들의 심정을 이해하게 되었다.
달이의 소리풍경에도 달이를 기분 좋게 하는 소리가 있었기 때
문이다. 그건 언덕마루 너머 쪽방촌 어디선가 들려오는 바스락
거림이었다.
바스락거림은 간헐적으로 이어졌다. 두어 시간쯤 잠잠하다가
잊을 만하면 되살아나곤 했다. 그 소리를 들을 때마다 달이는 배
속이 간질간질했다. 바스락거림을 듣고 있으면 어떤 여자애가 좋
아하는 사람에게 고백하는 장면이 떠올랐다. 등 뒤에 감춘 선물
을 바스락거리면서 좋아한다는 말을 입 속에 굴리고만 있는 여
자애. 달이는 어쩐지 그 여자애가 자기 같고, 멀뚱한 얼굴로 마주
선 남자애가 재현이 같았다. 생각이 거기에 미치면 달이는 혼자

이불을 뒤집어쓰고 데굴데굴 구르곤 했다.

하지만 방학식 날 이후로 재현이에게 고백하겠다는 꿈은 조각 나 버렸고, 쪽방촌에서 바스락거리는 소리가 들려도 더는 가슴이 뛰지 않았다. 그리고 오늘 달이는 그 소리의 정체를 알게 되었다.

"왜 말 안 했어? 할머니는 언제부터 누워 계셨던 거야?"

달이는 승율이네 할머니 곁에 무릎을 꿇고 찔끔찔끔 울었다.

할머니가 스스로 움직일 수 있는 건 오른쪽 얼굴 근육과 오른손밖에 없었다. 그리고 할머니의 손이 닿는 곳에 물건이라곤 약봉지밖에 없었다. 달이를 설레게 하던 바스락거림은 할머니가 약봉지를 만지작거리는 소리였던 것이다. 할머니는 필사적으로 세상을 탐색하듯 손끝으로 약봉지를 더듬었다. 열일곱 살 손자를 혼자 두기엔 불안한 세상이어서 할머니의 손은 잠시도 쉬질 못했다.

달이는 할머니의 손을 쥐며 다가앉았다.

"할머니, 저 승율이 친구 달이예요."

할머니의 오른쪽 눈이 달이를 향했다. 할 말이 그득한 눈빛이었다.

"승율이 걱정은 마세요. 앞으로도 승율이랑 친하게 지낼게요."

입김이 생기는 소리까지 들을 수 있는 달이였다. 그러나 세상에는 청음 능력만으로는 파악되지 않는 것들이 있다. 소리 나는 곳의 문을 두드리고, 그 안으로 들어가야만 보이는 것들……. 달이는 소리 채널만 열어 두고 있었던 걸 후회했다.

할머니가 잠들자 승율이가 라면을 끓여 주었다.

할머니와 승율이 방 사이에는 나무로 된 간이 벽이 있었고, 승율이의 방 한쪽에 작은 싱크대가 있었다. 달이는 그간 승율이에게 소리 채널을 맞춰 두고서도 할머니의 기척을 듣지 못한 이유를 알 것 같았다. 쪽방촌 집들은 외벽이 이어져 있었다. 같은 바람벽 안에 나무 칸막이로 세대가 나뉘어 있는 구조여서, 어디서부터 어디까지가 승율이네 집인지 소리만으로는 구분이 쉽지 않았던 것이다.

덮개가 따로 없는 주방 선반에는 참치캔과 스팸이 잔뜩 쌓여 있었다. 365마트 사건 다음 날 공직구가 대형 마트에 가서 박스째 사다 나른 것이었다.

"넌 라면만 먹고는 안 되잖아. 햄 같은 거 먹고 싶으면 먹어. 치료받기 전까진 너도 어쩔 수 없을 테니까 일단 먹어."

달이가 젓가락으로 선반을 가리켰다.

"달아……."

"한승율, 넌 그냥 이상한 바이러스에 감염된 거야. 네가 통조림을 먹어 대는 건 네 몸속에 생긴 뭔가가 자라느라 단백질이나 지방을 필요로 하기 때문이야. 그러니까 의사한테 가자. 진찰받고 치료도 하고."

"치료 같은 거 안 받아. 내 몸에 있는 게 뭔지 모르지만, 녀석은 날 강하게 만들어 줘. 가끔 내 몸을 컨트롤 못 할 때가 있어. 나도 알아, 내가 무슨 짐승처럼 보이리란 거. 그런데 난 그때가 좋아. 남 눈치 안 보고, 굼뜨지도 않고, 겁나는 것도 없어."

승율이 몸속에서 또 다른 심장 하나가 발딱거리고 있었다. 며칠 전과는 비교도 되지 않을 만큼 세찬 박동이었다. 승율이의 두 번째 심장의 위치는 왼쪽 겨드랑이 근처였다.

"그래도 그건 네가 아니야. 네 몸속에서 뭔가가 널 조종하는 거야."

"상관없다니까!"

승율이의 목소리가 커졌다. 달이도 물러서지 않았다. 승율이의 발작을 두 번이나 목격한 달이었다.

"상관이 왜 없냐? 네가 크게 다칠지도 모르는데. 숙주가 뭔지 몰라? 기생체한테 영양분 뺏기고 기생체 시키는 대로 하다가 결국 죽는 게 숙주야. 너 졸업해야지. 고등학교 졸업장 딸 거라며! 졸업도 하기 전에 죽을래?"

"네가 뭔데? 왜 요즘 들어 나한테 이래라저래라야?"

그게 마음에 없는 소리란 걸 아는데도 달이는 울컥해지고 말았다.

승율이네 집을 박차고 나온 달이는 담벼락 등대 그림 밑에 쪼그리고 앉았다. 네가 뭔데? 승율이가 물었을 때 얼른 대답하지 못했다. 하지만 달이는 자신에게 승율이가 어떤 의미인지 알고 있었다. 조금은 성가시고, 그러면서도 챙겨 먹이고 싶고, 멀리하다가도 또 미안해져서 돌아보게 되는 존재. 이대로 모르는 척 버려두었다간 10년 20년 두고두고 맘에 걸릴 존재…….

"야! 이 짬타이거 같은 놈아!"

달이는 빽! 소리쳤다. 네가 건강하게 잘 살아야 내가 맘이 놓인단 말이야. 그뿐인데…….

달이는 승율이에게 메시지를 보냈다.

나야, 달이. 무슨 일 생기면 이 번호로 바로 전화해. 안 되면 내 이름이라도 불러. 꼭…….

공직구가 자리를 비운 흔전동.

달이는 그냥 집으로 돌아가려다가 최주아네 집 앞에서 걸음을 멈추었다. 오늘은 공직구 몫까지 뛰어야 하는 날이다. 공직구는 정만기를 만나러 전남 여수로 내려갔다.

종적을 감춘 정만기 원장을 찾아낸 건 은혜점집 보살 아줌마였다. 홍세라, 최주아, 한승율에게 무슨 일이 벌어지고 있는지, 실험자들에게 협조한 흔전동 주민이 누군지 전해 들은 보살 아줌마는 그 자리에서 점집 셔터를 내려 버렸다.

"안 그래도 동네 곳곳에 싸한 기운이 뭉쳐 있어서 내 밤마다 소금을 치고 다녔는데, 이거였구만!"

달이가 보살 아줌마에게 혼전동 사건을 털어놓은 건, 정만기를 찾기 위해서였다. 정만기의 딸 정보름과 아줌마가 동창이라는 사실을 기억하고 있었던 것이다. 달이는 정보름의 전화번호나 이메일 주소만 얻을 생각이었는데 뜻밖에도 보살 아줌마가 팔을 걷어붙이고 나선 것이다.

아줌마는 반나절 만에 정만기의 거처를 알아냈다. 점괘를 쓴 건 아니었다. 정보름의 SNS를 추적한 결과였다. 아줌마는 정보름이 지난달에 페이스북에 올린 갓김치 사진과 글에 주목했다.

귀촌한 울 아부지가 보내 주신 갓김치!
#아부지사랑해유 #여수돌산갓김치 #김장따위

그리고 지난주에 정보름은 정만기의 거주지를 짐작할 만한 또 하나의 포스팅을 올렸다. 그건 '용궁횟집' 앞에서 찍은 정보름의 사진이었다. 사진 밑에는 다음과 같은 태그가 붙어 있었다.

#돌산대교맛집 #폭풍스끼다시 #활어활어 #돌산대교야경

"정보름, 저 썩을 년, 팔자가 아주 늘어졌구만. 직구 씨, 나랑 같이 갑시다!"

사실 이맘때 은혜점집은 대목이었다. 연말을 앞두고 외로움에 지친 싱글들은 물론이고, 크리스마스 때 애인이랑 대판 싸운 뒤 찾아오는 고객들과 입시 상담차 부모를 앞세우고 오는 학생들까지, 그야말로 연말 특수를 단단히 누리는 시기였다. 그러나 아줌마는 미련없이 휴가 안내문을 내걸었다.

"정붙이고 살던 동네가 허물어지는 것도 서러운데, 여태 못 떠나고 남은 사람들한테 몹쓸 짓까지 하고. 그러고도 그것들이 사람이야?"

그리하여 공직구와 조은하, 여수 원정대가 꾸려진 것이다.

혼자 남은 달이는 최주아 집 문 앞에 섰다. 승율이는 감염자이기 이전에 달이의 오랜 친구였다. 달이에게 순순히 문을 열어 준 것도 그 때문이었다. 그러나 최주아가 어떻게 나올지는 달이로서도 예측하기 어려웠다. 달이는 일단 문자부터 보냈다.

안녕하세요, 저는 구달이라고 합니다. 최주아 씨 동네 이웃이고요, 열일곱 살이에요. 맨날 최주아 씨 집 앞에 통조림 두고 가는 아저씨랑 잘 아는 사이예요. 최주아 씨 지금 많이 아프죠? 최주아 씨의 몸 상태에 대해 할 이야기가 있어요. 실례가 안 된다면 문 좀 열어 주시겠어요?

문자를 2, 3분 간격으로 예닐곱 번 보낸 뒤에야 최주아가 반응을 보였다.

돌아가, 학생. 여긴 위험해.

최주아 씨와 비슷한 증상을 보이는 사람들이 더 있어요. 그래서 위험하다는 게 무슨 얘긴지 알아요. 그리고 저 학생 아니에요. 학교 관뒀어요.

잠시 후 최주아네 현관문이 열렸다.

최주아는 핏기 없는 얼굴에 키가 컸다. 공직구가 반했다는 숏컷 헤어는 마구 뻗쳐 있었고 목덜미에는 커다란 흉터가 있었다. 늘 소리로만 듣던 사람과 실제로 대면하자 달이는 무슨 말부터 꺼내야 할지 막막했다. 소리풍경 속 최주아는 늘 텔레비전 소음에 묻혀 있는 사람이었다. 최주아는 특히 해외축구전문 스포츠 채널을 좋아했다. 엄밀히 말하면 최주아는 승부가 나는 게임을 좋아했다. 어쩌다 축구가 무승부로 끝나면 달이가 듣도 보도 못한 욕들을 뇌까리며, 승부를 내라고 소리를 지르곤 했다.

최주아가 좋아하는 선수는 바이에른 뮌헨의 공격수 토마스 뮐러였다. 최주아 덕에 달이도 분데스리가, 세리에A, 프리메라리가, EPL 순위를 꿰게 되었고, 최근에는 즐라탄 이브라히모비치의 매력에 눈을 떴다. 달이는 즐라탄이 골도 잘 넣고 반칙도 잘해서 좋았다. 즐라탄은 꼭 리그 득점 순위에도 오르고 파울 순위에도 오르는 선수였다. 반면 웬만해선 어시스트는 기록하지 않는 선수기도 했다.

오늘도 최주아는 유럽리그 경기를 틀어 놓고 있었다.

"축구 좋아하시나 봐요."

달이가 조심스레 물었다.

"응. 이기고 지고가 확실한 게임 좋아하는데 그중에서도 축구가 가장 재미있더라고."

"승부가 안 날 때는요?"

달이는 그때마다 최주아가 어떤 반응을 보이는지 알면서도 일부러 물었다.

"당연히 열받아 죽지. 내가 축구를 좋아하는 건 반드시 승자가 존재하기 때문이야. 난 이긴 팀이 기뻐하는 모습이 좋아. 꼭 내가 이긴 것 같거든."

가만히 자기 목덜미의 흉터를 쓰다듬는 최주아에게서 오랜 패배의 흔적이 느껴졌다. 달이는 그런 최주아가 또다시 패자가 되는 게 싫었다. 몸속의 바이러스를 완전히 떨쳐 내지 못하면 실험자들에게 지는 것이었다.

"사실은 최주아 씨가 축구 좋아하는 거 알고 있었어요. 토마스 뮐러 좋아하는 것도요. 저는 즐라탄 팬."

"그걸 어떻게 알았니?"

"소리로요. 저도 최주아 씨랑 같은 바이러스에 감염됐어요."

달이는 최주아가 타 준 커피를 홀짝이며 말을 이었다. 흔전동 인체 실험과 2번, 3번, 4번 감염자의 증상, 1번 감염자인 달이의 예외적인 증상까지 차근차근 털어놓았다. 이야기를 풀어놓는 동안, 달이는 최주아의 심장 소리에 귀를 기울였다. 최주아의 몸속에서도 엇박자의 심장이 뛰고 있었다. 승율이나 홍세라의 것보다는 박동이 아직 약했다. 달이는 두 번째 심장 소리에 대해서도 아는 대로 말해 주었다.

"나한테 무슨 일이 생겼다는 거 알아. 그런데 두렵거나 싫지가 않아. 그냥 지금은…… 내 몸속의 그걸 키우는 데 집중해야겠다는 생각만 들어."

"몸속 그건 최주아 씨랑은 상관없는 거예요. 그냥 기생체예요. 빨리 없애지 않으면 최주아 씨가 크게 다칠지도 몰라요."

그 말에 최주아가 픽 웃었다. 이미 다칠 대로 다친 사람의 웃음이었다.

달이는 최주아가 말문을 닫아 버릴까 봐 얼른 화제를 돌렸다.

"공직구 아저씨는 저랑 같이 감염자들을 조사하는 일을 해요. 아저씨가 맨날 최주아 씨 집 앞에 앉아 있다 가는 거 몰랐죠?"

"그랬니? 추웠겠다. 이 동네 골바람 유명하잖아."

"아저씨는 최주아 씨 숏컷에 반했대요. 내 보기엔 숏컷이 어울리는 여자만 보면 일단 반하고 보는 유형 같아요. 그러니까 아주 진지하게 최주아 씨를 좋아한다는 증거는 없어요."

최주아가 웃었다. 이번에는 기분 좋은 웃음이었다.

"그런 거 귀엽잖아. 아무한테나 막 반하는 거 말이야. 아직 사람에게든 사랑에든 질린 적이 없다는 뜻이니까."

달이는 최주아의 침대에 걸터앉아 맨체스터 유나이티드와 헐시티의 후반전 경기를 보았다. 즐라탄을 좋아한다는 말에 최주아가 틀어 준 것이다. 달이는 최주아를 흘끔거리며 축구를 보았다. 최주아 목덜미의 흉터는 아주 오래돼 보이지 않았다. 흉터에 얽힌 사연은 최주아만의 비밀인지도 모른다. 독침 같은 비밀을 품고 사는 기분을 누구보다 잘 아는 터라, 달이는 아무것도 묻지 않았다.

즐라탄은 달이가 소리로 가늠하던 것과 사뭇 다른 모습이었다. 달이는 자신이 그간 얼굴보다 목이 두꺼운 사람을 좋아하고 있었다는 사실에 놀랐다. 하지만 동점 상황에서 터져 나온 즐라탄의 힐킥은 아름다웠다. 물론 공은 골대를 맞고 튕겨 나갔고 즐라탄은 손가락으로 자기 가슴팍을 푹푹 찌르며 뭐라뭐라 중얼거렸다. 아무래도 욕 같았다.

달이가 경기를 보는 사이 최주아는 연어캔을 두 개나 따서 먹고는 잠이 들었다. 달이는 최주아의 머리맡에 짤막한 메모를 남기고 집을 나섰다.

무슨 일 생기면 전화하세요. 구달:010-XXXX-XXXX.

제가 언니를 구할 거예요.

어느덧 밤 9시였다.

언덕마루에서 흔전동 일대를 굽어보던 달이는 휴대폰을 만지작거렸다. 이제 홍세라를 만날 차례였다.

5

홍세라는 전화를 받지 않았다. 문자도 열 통 넘게 보냈지만 답이 없었다. 홍세라는 감염자들 중에서 증상의 진행이 가장 빨랐다. 하지만 CCTV 때문에 곧장 홍세라를 찾아갈 수 없었다.

달이는 골든빌라 앞에서 한참을 바장이고 다녔다. 홍세라를 가까이서 본 적은 없었다. 소리풍경 속에서 더 선명하게 존재하던 사람이다. 홍세라는 죽은 남편이 눈앞에 있는 것처럼 구시렁구시렁 말을 걸 때가 많았다. 보고 싶다고 했고, 그때 백 마담이랑 왜 그랬냐고 따지기도 했고, 그년이 데리고 다니던 어린애가 당신 핏줄이냐고 캐묻기도 했고, 저승에서 잘 지내느냐 묻기도 했다. 달이는 홍세라의 소리들을 찬찬히 되짚어 보았다. 한참 후 달이는 마침내 홍세라 남편 이름이 뭐였는지 기억해 냈다. 여보, 송도열 씨! 홍세라는 가끔 남편을 그리 부르곤 했다. CCTV를 피하면서 홍세라를 만나려면 홍세라를 골든빌라 1층 현관으로 불러내는 수밖에 없다. 송도열이란 이름이 미끼가 돼 줄 터였다.

달이는 후드를 뒤집어쓴 다음 공동현관에서 3층 호출 벨을 눌렀다.

"홍세라 씨! 홍세라 씨, 안에 계세요? 송도열 씨 일로 드릴 말씀이 있습니다."

홍세라가 응답이 없자, 달이는 1층 현관문을 마구 두드렸다.

"홍세라 씨! 할머니! 잠깐만 나와 보세요! 송도열 씨 아시죠?"

그러나 홍세라는 대꾸가 없었다. 밭은 숨결이 한곳에 고여 있는 걸로 보아 홍세라는 바깥의 기척에 숨을 죽이고 있는 게 분명했다. 달이는 더 요란하게 현관문을 흔들어 댔다.

"할머니! 1분이면 돼요! 제발요! 현관문 안 열어 줘도 돼요. 그냥 잠깐 이야기만 해요!"

그래도 소용이 없자 달이는 최후의 카드를 꺼냈다. 그건 소리 풍경 속 홍세라가 집착하던 것들과, 동네 할머니들에게 인기가 많은 막장드라마의 대사를 결합한 카드였다.

"송도열 씨랑 백 마담이 나빴어요! 망할 년놈들!"

홍세라는 달이의 카드에 반응을 보였다. 3층 문을 열고 계단을 따라 천천히 내려오는 것이었다. 달이는 심장이 마구 뛰었다. 소리로 짐작하던 모습과 현실의 괴리는 이미 최주아와 즐라탄의 사례를 통해 경험한 바 있었다. 특히 홍세라는 2, 3, 4번 감염자들 가운데 발작이 가장 잦았다. 두 개의 심장은 이제 어느 것이 원래 홍세라의 것이었는지 가늠하기 어려울 정도로 비슷한 세기로 뛰고 있었다.

드디어 마지막 계단에서 내려선 홍세라가 비트적거리며 현관문 앞으로 다가왔다. 달이는 차라리 홍세라가 문을 열지 말았으면 했다. 함부로 잘려 나간 백발과 여기저기 검붉은 피멍으로 뒤덮인 얼굴, 핏물이 얼룩진 스웨터. 홍세라의 모습은 참혹하기 이를 데 없었다. 발작 상태에서 집 안 여기저기 부딪친 모양이었다. 현관의 비상등이 켜지더니 문이 왈칵 열렸다. 달이는 터져 나오려는 비명을 억누르며 가까스로 입을 열었다.

"럭키맨션에 사는 구달이에요. 몇 달 동안 할머니의 소리를……"

달이의 이야기가 본론으로 들어가기도 전에 홍세라가 달이의 목덜미를 낚아채고 말았다.

어둠 속에서 달이는 딱딱한 무언가에 뒤통수와 등을 부딪쳤다. 잠시 후 다시 비상등이 켜졌다. 그제야 달이는 자기가 1층 층계참의 폐가구 더미에 쓰러져 있다는 걸 깨달았다. 홍세라는 한 손으로 왼쪽 가슴을 그러쥔 채 저만치 구부정하게 서 있었다. 핏물이 가슴을 쥔 쪽 손목을 타고 흘러내렸다.

"할머니, 왜 그래요?"

"……쉿!"

홍세라는 가슴을 들썩이며 가까스로 말했다. 홍세라는 발작 상태였다. 그러나 짐승처럼 집을 뛰어다니던 평소와는 어딘가 달랐다. 두 개의 심장 소리도 아까와는 달랐다. 달이는 눈을 감고 소리풍경 속으로 뛰어들었다. 두 개의 심장, 그중 하나가 이상했다. 세찬 박동 사이에 질척한 파열음이 섞여 있었다. 살점이 뜯겨 나가는 소리였다. 달이는 눈을 뜨고 홍세라의 손을 보았다. 홍세라는 가슴을 쥐고만 있을 뿐인데 손가락 사이로 붉은 피가 계속 비어져 나오고 있었다. 그렇다면……

달이는 점퍼 주머니에 손을 넣어 휴대폰을 더듬었다. 공직구는 멀리 여수에 내려가고 없었다. 결국 달이는 단축번호 3번을 눌렀다. 그때 다시 비상등이 꺼졌고, 홍세라가 달이의 폰에서 새 나오는 불빛을 보고 말았다.

"……쉬잇!"

홍세라가 눈을 부라리며 다가섰다. 홍세라는 불청객의 방해를 받고 싶지 않은 눈치였다. 홍세라의 손목을 타고 핏물이 쉴 새 없이 떨어져 내렸다. 통증에 온몸을 떨면서도 홍세라는 무서우리만치 침착했다.

승율이가 전화를 받았다. 달이는 얼른 휴대폰에 대고 소리쳤다.

"승율아! 골든빌라! 119! 빨리 좀……."

홍세라가 달이의 손목을 그러쥐었다. 탁! 탁! 휴대폰 떨어지는 소리가 층계참에 울렸다.

"쉬잇! 아가…… 쉬잇!"

홍세라가 쇳소리를 내며 달이의 몸 위로 체중을 실었다. 홍세라는 달이를 해치려는 게 아니었다. 침묵을 원할 뿐이었다. 달이는 저항을 포기하고 홍세라 몸속 기척에 집중했다. 생살을 찢는 소리는 여전했다. 두 번째 심장이 스스로 홍세라 몸에서 분리되려 했다. 출혈 양으로 보아 홍세라의 가슴쪽 근육이 파열된 듯했다. 두 번째 심장의 정체가 무엇이든 이대로 두면 홍세라의 목숨이 위험했다.

비상등이 꺼졌다. 홍세라의 밭은 숨소리와 핏물 떨어지는 소리가 어둠에 싸인 층계참에 울렸다. 홍세라가 아예 다리로 달이의 상반신을 누르고 있었기 때문에 달이는 꼼짝할 수가 없었다. 언덕마루 아래 쪽방촌에서 승율이의 기척이 났다. 승율이는 공직구에게 전화를 걸며 뛰어오고 있었다. 공직구와 통화를 마친 승율이는 곧장 오르막 계단으로 접어들었다. 저 멍청이! 119에 전화하라니까! 상체를 뒤틀던 달이는 문득 종아리 쪽 피부세포가 곤두서는 걸 느꼈다. 바늘로 찌르는 듯한 통증이 서서히 온몸으로 번져 나갔다. 목덜미와 뺨, 두피까지 극한의 통증에 휩싸였다.

이윽고 달이가 감당할 수 없는 소리풍경이 펼쳐졌다. 두 번째 심장은 스스로 요동치며 홍세라의 몸에서 떨어지려 했다. 그때마다 피부 조직의 세포들이 튀었고 혈관들이 터졌다. 통증으로 달아오른 피부의 모공에서 공기들이 빠르게 솟구쳤고, 이를 악문 홍세라의 아래턱 치아에 금이 갔다. 혈관을 떠돌던 산소 원자들은 수소 이온을 낚아채어 물 분자가 되었다. 북적이는 장기와 혈관에서 음가로는 표현되지 않는 연금술이 펼쳐지고 있었다. 생명이란 이토록 요란하고 기이했다. 달이는 눈을 끔벅이며 어둠 속 홍세라의 안광을 더듬었다. 눈물인지 땀인지 핏물인지 모를 뜨뜻한 액체가 달이의 목덜미로 떨어졌다.

홍세라는 달이에게서 천천히 물러나 앉았다. 그 기척에 비상등이 다시 켜졌다. 달이는 땀으로 축축해진 몸을 가눌 수가 없었다. 어느덧 달이의 몸은 홍세라의 소리만 듣는 청음 기관으로 변해 있었다. 한 생명체를 '살아 있다'고 명명하기까지, 얼마나 많은 것들이 악을 쓰고 있는지. 홍세라의 몸속에서는 끝없이 물이 만들어지고 있었다. 살갗의 윤곽이 공중분해되지 않도록 세포들이 서로를 지탱하고 있었고, 모공마다 공기가 피어오르고 있었다. 그토록 북적거리며 홍세라는 살아 있다고 말하고 있었다. 늙고 외로워도 당신의 몸은 저리도 치열하게 살아 있어요. 그 기생체는 실패한 생명체예요. 그러니까…….

"그 기생체 말고 할머니가 살아야 해요. 제발요."

한 음절 한 음절 입 밖으로 내뱉을 때마다 달이는 날카로운 송곳들 위로 패대기쳐지는 듯한 통증을 느꼈다.

비상등이 다시 꺼졌다 켜졌다.

다급한 발소리들이 연달아 골든빌라로 들이닥쳤다. 승율이와 박 집사였다. 박 집사가 자기 외투로 홍세라를 덮어씌워 벽 쪽으로 떠미는 사이, 승율이는 달이의 몸을 일으켰다.

"달아!"

그러나 극한의 통증과 기묘한 일체감에 빠져든 달이는 승율이의 말을 흘려버렸다. 누군가 달이와 함께 있었다. 승율이나 박 집사를 말하는 게 아니었다. 이미 달이 안에 존재하고, 달이의 일부가 된 누군가. 그는 음가가 없는 소리들을 듣게 만든 이였고, 홍세라 몸속의 두 번째 심장을 실패한 생명체라 단정한 이였다.

달이는 옅게 웃었다. 언젠가 보살 아줌마가 들려준 이야기가 떠올랐기 때문이다.

"넌 혼자가 아니야. 특별한 존재가 네 옆에 있구나. 조상님은 아닌 것 같고, 정확히 누군지는 안 짚이는데, 분명 누가 너랑 같이 있다. 악의는 느껴지지 않아. 보살 생활 20년에 이런 경우는 또 처음이네. 깊은 일체감이랄까."

보살 아줌마, 엉터리 사기꾼인 줄만 알았더니 뭘 볼 줄 알긴 아네.

스카이베라 웰컴라운지와 천막 가게 사이로 구급차 한 대가 접어들고 있었다.

5장

내가 들어 줄게

1

달이는 운동화 끈을 꽉 조이고 옥탑방을 나섰다.

이건 남이 그린 밑그림이다. 일은 실험자들이 짜 놓은 콘티대로 진행되고 있었다. 아무리 인생의 막다른 골목에 다다른 사람들이라 해도 자기결정권, 존재의 고유성은 있는 법이다. 럭키맨션 철거 후의 삶에 대해 아무런 계획도 없는 달이지만, 그럼에도 철거의 그날까지는 자기가 원하는 대로 살고 싶었다. 그건 홍세라, 최주아, 한승율도 마찬가지일 터였다. 달이는 열일곱 인생 최후의 목표를 바꾸기로 했다. 재현이라는 폭죽은 내려놓기로 했다. 대신 실험자들의 그림을 찢어 버리기로 맘먹었다. 대체 당신들이 뭔데 남의 인생을 가지고 놀아!

홍세라의 응급실 이송 과정부터 뭔가 석연치 않다. 홍세라는 정밀 검사도 없이 상처 봉합 수술을 받았다. 그건 단순한 외상이 아니라 심장 부근의 조직이 파열된 사고였다. 그러나 박 집사가 알아본 바에 따르면 병원 측은 홍세라의 상처를 자해에 의한 피부 상해로 진단했다.

달이는 이 사건의 엄연한 목격자였다. 홍세라는 가슴을 부여잡고 있었을 뿐 자기 살을 뜯지 않았다. 홍세라의 두 번째 심장이 스스로 뜯어졌고 그 충격에 살갗이 찢어진 것이었다. 달이가 박 집사를 통해 자기가 본 것을 전했지만 구급대원들과 담당 의료진은 귀담아듣지 않았다. 그들은 이미 사건의 경위를 아는 것처럼 홍세라를 데리고 사라졌다. 수술이 끝난 뒤에도 또 하나의 심장에 대해서는 언급조차 없었다.

거기서 끝이 아니었다. 홍세라가 구급차로 이송되고 달이가 박집사 집에서 치료를 받는 사이 골든빌라에 불이 났다. 화재를 진압한 소방서 측은 발화점이 골든빌라 3층 홍세라네 주방이라고발표했다. 홍세라가 가스레인지에 국을 올려놓은 채로 집을 나서는 바람에 불이 났다는 것이다. 달이가 아는 한, 두 번째 심장 소리가 들리기 시작한 뒤로 홍세라는 요리를 하지 않았다. 대형 슈퍼에서 배달시킨 빵과 각종 통조림이 홍세라의 주식이었던 것이다. 가능성은 두 가지였다. 애초에 국 같은 건 없었거나 아니면다른 누군가가 그렇게 세팅을 해 두었거나.

결국 홍세라의 봉합 수술과 골든빌라 화재 모두 실험자들 뜻대로 마무리된 셈이다.

사건 다음 날 포털 사이트에는 홍세라 관련 기사가 떴다. 흔전
동 독거노인 홍 모 씨가 신변을 비관해 자해 소동을 벌였다는 내
용이 주였다. 경찰은 홍 모 씨 집에 일어난 화재 또한 홍 모 씨가
벌인 것으로 보고 조사 중이라 했다. 그리고 사건의 당사자인 홍
모 씨는 응급수술을 받고 회복 중이라 했다. 그마저 금세 다른 뉴
스에 밀려나고 말았다. 연말연시 연탄 배달, 성금 전달 등 연예인
들의 미담이 쏟아져 나왔고, 정치인의 섹스 스캔들이 터졌고, 정
부가 내놓은 미세먼지농도 대책이 여론의 뭇매를 맞았다.

달이는 시커멓게 그을린 골든빌라 외벽을 올려다보았다.

홍세라가 몇십 년간 살던 공간이 불과 하루 만에 사라졌다.
CCTV로 홍세라를 관찰하던 실험자들이 홍세라의 집을 태워 버
렸다는 것은 실험 공간이 더는 필요없거나, 아니면 그 공간의 무
언가를 지워야 했다는 뜻이다. 홍세라를 대상으로 한 실험이 종
료된 것이다. 달이는 실험자들이 도달한 결론이 무언지 알아내야
했다. 저들은 이번 실험에서 소기의 목적을 달성했는가, 아니면
실험을 실패라 규정하고 서둘러 증거를 인멸해 버린 건가.

그걸 밝혀낼 방법은 하나였다. 두 번째 심장의 행방을 찾는 것.
금세라도 몸 밖으로 튀어나올 듯 몸부림치던 심장은 어떻게 되
었을까?

달이는 캇팅철거 문을 열고 들어섰다. 아침 8시가 조금 지난

시각이었지만 캇팅철거 안은 이미 사람들로 북적였다. 사람들이 떠나고 점점 폐허로 변해 가는 흔전동이지만 철거업체들만큼은 나날이 활기를 더해 갔다. 시신을 먹어 치우기 위해 모여든 벌레들처럼 몹시 분주했다.

"네가 여기 웬일이냐?"

윤 씨가 장부를 뒤적이다 말고 달이를 보았다.

"골든빌라 홍세라 할머니 소식 들으셨죠? 할머니 죽을 뻔했어요. 어쩌면 이대로 돌아가실지도 몰라요."

"나도 들었다만, 그 얘길 왜 여기 와서 하는 거냐?"

윤 씨는 여전히 장부를 넘기고 있었지만 건성으로 듣는 것 같지는 않았다.

"말씀드려야 할 것 같아서요. 이 일에 할아버지도 얼마간 책임이 있다는 걸요."

"그게 무슨 소리야?"

"할아버지는 누군가의 부탁을 받고 흔전동에서 가장 인간관계의 폭이 좁은 사람들, 그러니까 어떻게 되건 말건 신경 써 줄 친지나 친구가 없는 사람들을 골랐어요. 그 사람들 중에 골든빌라 홍세라 씨와 쪽방촌 한승율, 최주아가 있었죠."

"어떤 놈한테 무슨 소릴 듣고 와서 이러는지 모르겠다만 나로선 금시초문이다."

"증거가 있어요. 세상 모든 일에는 흔적이 남기 마련이니까요."

그제야 윤 씨는 돋보기를 벗어 책상에 내려놓았다. 두툼하게 내려앉은 눈두덩 아래로 윤 씨의 안광이 번뜩였다.

"딱히 기억은 안 난다만 내가 이 동네 토박이다 보니 외지인들이 이런저런 걸 많이들 물어보는 편이다. 그런 차원에서였겠지. 그게 홍세라 씨 사고랑 무슨 상관인지는 나도 모르겠다. 참, 달이 너 럭키맨션 철거일 잡힌 건 알고 있지? 다음 주에 한번 오너라. 보증금 빼 줄 테니, 뭐, 밀린 월세랑 관리비 제하면 얼마 되지도 않더라만."

윤 씨가 내민 카드는 막강했다. 달이가 어릴 적 갖고 놀던 포켓몬 카드로 치자면 HP 300의 메가 EX 카드쯤 될 터였다. 그 카드를 만나면 1단계 진화 포켓몬 카드들은 죄다 죽어 나갔다. 철거 이후의 일들은 달이의 상상력조차 닿지 않는 암흑이었다. 그러나 흔전동 인체 실험 사건은 달이가 실컷 감각하고 머릿속에서 정리 가능한 영역이었다. 달이는 그 영역에 마지막 에너지를 쏟기로 맘먹은 터였고, 그래서 윤 씨가 내민 메가 EX 카드를 북북 찢어 버릴 수 있었다.

"이 사람들 기억하죠?"

달이가 윤 씨 앞에 사진을 꺼내 놓았다. 홍세라의 집에 CCTV를 달러 왔던 자들의 사진이었다. 달이가 휴대폰으로 찍어 보낸 걸 공직구가 프린터로 출력해 준 것이다. 윤 씨는 돋보기를 다시 끼고는 사진을 들여다보았다.

"셋 중 하나는 외국인이에요. 까먹기 쉽지 않은 조합이죠."

"내가 이 사람들을 만났다 치자. 그게 홍세라 씨랑 무슨 상관이지?"

"홍세라, 한승율, 최주아. 셋 다 인간관계가 고립된 사람들이죠. 이 사람들이 왜 이런 부류의 사람들을 찾았겠어요? 함부로 다뤄도 뒤탈이 없고, 만에 하나 일이 생기면 뒤처리가 쉽기 때문이에요. 실험실의 흰쥐처럼요."

"네놈의 허무맹랑한 소리나 듣고 있을 만큼 내가 한가해 보이냐? 그리고 홍세라 씨 일에 네가 왜 붉으락푸르락하는 거니? 제 앞가림도 못 하면서 무슨 오지랖이야?"

"저도…… 흰쥐들 중 하나였거든요. 할아버지가 4층 할머니한테 줬던 개업 떡, 제가 먹었거든요."

순간 윤 씨의 눈빛이 흔들렸다.

달이는 그 떨림의 의미를 알고 있었다. 일이 그렇게 되어 유감이구나. 그걸 너한테 먹일 생각은 없었다. 그래도 종대랑 알고 지낸 세월이 있는데, 종대 딸인 너를 해코지했겠니?

또한 달이는 그 떨림의 속성에 좌절했다. 공직구의 말대로 때로 가학은 일상적인 모습으로 진행된다. 악인이 꼭 명백히 사악한 의도를 가지고 나쁜 일을 꾸미는 건 아니었다. 거래처로부터 오더를 받아 업무를 처리하듯, 아무렇잖게 해치운 일이었다. 이 경우 가해자들의 양심에 호소하는 건 무의미하다. 필요한 건 사건을 재구성할 만한 철저한 검증과 증명이었다.

캇팅철거를 나선 달이는 휴대폰의 녹음 기능을 껐다. 흔전동 인체 실험을 증명할 결정적인 자백은 없었다. 그러나 윤 씨의 반응을 통해 달이는 인체 실험 사건의 기승전결에 제대로 다가가고 있다는 확신을 얻었다.

"말했다니까. 말해도 그쪽이 나를 미친놈 취급하는데 날더러 어쩌라고."

공직구는 볼멘소리가 절로 나왔다.

공직구가 흔전동을 비운 사이 많은 일이 있었고 달이는 공직구에게 그 뒷일을 맡겼다. 홍세라의 두 번째 심장을 찾아라! 하지만 말처럼 쉬운 일이 아니었다.

"무슨 간고등어도 아니고 심장이잖아. 당신 어머니 몸속에 두 번째 심장이 들어 있었다. 그걸 누가 빼 갔는지 아느냐? 너 같으면 이런 질문에 친절하게 응대하겠냐?"

"알았어요. 일단 끊어요."

공직구는 달이가 저리 퉁명스레 전화를 끊을 때마다 신경이 곤두섰다. 그다음엔 꼭 혼잣말이 이어졌기 때문이다. 아니나 다를까, 수화기 저편에서 달이가 중얼거렸다.

"대체 할 줄 아는 게 뭐래, 시발. 여수 가서는 회만 처먹고 오고."

두 음절짜리 욕에 성질이 솟구치려다가 여수라는 말에서 풀이

죽고 말았다. 입이 열 개라도 할 말이 없었다. 사실 여수 원정대는 여수에 도착하자마자 삐거덕거렸다. 정만기의 거처를 찾아내는 데 탁월한 재능을 보였던 조은하는 여수에 내려간 뒤로는 이렇다 할 활약을 보이지 못했다. 조은하는 여수 도심을 배경으로 사업 구상을 하느라 바빴던 것이다.

"직구 씨, 돈이 막 떠다니는 기운 안 느껴져? 터에서 돈 냄새가 나. 여수가 이런 덴 줄 알았으면 진작 내려오는 건데. 흔전동 갈아엎으면 나도 어차피 떠야 하는데, 여수에다 학생상담 전문 점집 열면 잘되겠어."

그런 조은하를 달래고 으르며 데리고 다니느라 진을 뺀 탓인지, 공직구는 정만기 원장을 만나서도 실력 발휘를 못 했다. 정만기는 여수 외곽에서 농막을 개조하여 혼자 살고 있었다. 무슨 불쏘시개마냥 마루 끝에 함부로 쌓여 있는 의학서적들만 아니면 그가 의사였다는 사실을 떠올리기조차 힘들었다. 안방 겸 거실로 쓰는 방은 외풍이 심해서 문을 닫고 있어도 코가 시렸다. 정만기의 모습은 영락없는 극빈층 독거노인이었다. 정보름의 SNS 속 정만기와는 아예 다른 사람 같았다. 공직구는 여수행을 앞두고 다졌던 결의가 흐물흐물해지는 걸 느꼈다. 그렇다고 노력을 안 한 건 아니었다. 흔전동 사람들의 딱한 처지를 생각해 보라고 감정에도 호소해 보았고, 흔전동에서 수십 년을 밥 벌어먹고 산 사람이 어떻게 이럴 수 있냐고 양심의 가책을 유도하기도 했다.

정만기는 공직구 입에서 흔전동이란 말이 나올 때마다 손으로 턱을 만졌다. 그러나 실험자들에게 받은 돈은 공중분해된 지 오래였다. 데런 지국장이 보내온 자료에 따르면 정만기는 아들의 사업 자금을 대느라 사채를 끌어다 썼고, 실험자들에게 받은 돈 대부분을 사채 상환에 썼다. 정만기로서는 받은 돈을 토해 낼 수가 없으니 지난 과오를 바로잡겠다고 나서기도 힘든 상황이었다.

정만기는 수전증이 있는 손으로 돋보기를 닦고 또 닦았다. 그러다 안경닦이 수건으로 짓무른 눈가를 훔치기도 했다. 그 헛헛한 손길에서 공직구는 탄식을 읽었다. 방법이 없다, 방법이……. 정만기가 그리 토로하는 것 같았다. 공직구도 더는 정만기 원장을 다그칠 수 없었다. 결국 공직구는 구달과 자기 전화번호를 남겨 두고 물러났다.

조은하는 정만기 원장과 직접 대면하지 않았다. 동창생의 아버지라는 사실이 껄끄러웠던 것이다. 대신 페이스북 메신저로 동창 정보름을 압박했다. 그러나 정보름은 짤막한 답글을 남기고 조은하를 차단해 버렸다.

↳ 곱게 미쳐라, 무당년아.

결국 여수 원정대는 아무 소득도 없이 귀경길에 올랐다. 그 하루 사이에 흔전동에서는 천지개벽할 일이 벌어진 것이다.

일이 이렇다 보니 공직구는 후배 요원인 달이 앞에서 주눅이 들었다. 거기에다 다른 감염자들도 홍세라와 똑같은 일을 겪을지 모른다는 자각이 더해져 공직구는 이래저래 죽을 맛이었다. 최주아의 심장이 터지고 누군가 최주아네 집에 불을 지른다면 공직구는 자신을 용서할 수 없을 것 같았다.

데런 지국장에게 보낼 보고서를 작성하고 있을 때였다. 달이에게 다시 전화가 왔다.

"사실 말해야 하나 말아야 하나 망설였던 건데, 뭐, 연말연시잖아요. 덕담 한마디 정도는 해 줘도 괜찮을 것 같아서요. 최주아 씨가 아저씨 같은 성격 귀엽대요."

그 말을 남기고 달이는 전화를 끊었다. 어떤 정황에서 나온 이야기냐, 그때 최주아의 표정은 어땠느냐, 혹 외모도 맘에 든다는 말은 않더냐 등등 묻고 싶은 게 태산이었다. 하지만 달이는 당근만 하나 툭 던져 놓고는 전화를 끊어 버렸고 공직구로서는 다시 전화할 엄두가 나지 않았다. 일에 이리 좀 집중하지, 시발. 달이가 그리 중얼거릴 것 같았기 때문이다.

내 성격이 귀엽다고? 지난번엔 이름이 귀엽다더니. 오늘따라 노트북 자판도 부드럽고 보고서도 군더더기 없이 정리되었다. 공직구는 데런 지국장에게 이메일을 전송한 뒤 고시텔을 나섰다. 구달 녀석, 생각할수록 대견하다니까. 어쩜 그 얘기를 잊지 않고 전할 생각을 했지? 공직구는 슬며시 웃음이 났다. 옛이야기의 교훈은 틀리는 법이 없었다. 은혜 갚은 까치, 은혜 갚은 호랑이, 은혜 갚은 짬타이거……. 공직구는 인생의 보람을 느끼며 홍세라가 입원한 병원으로 달려갔다.

최주아를 위해서라도 이 일을 이대로 덮어서는 안 되었다. 공직구는 최주아 옆에 있고 싶었다. 처음에는 그 감정이 보호 본능인 줄 알았다. 그러나 긴 머리를 자르고 목덜미의 흉터를 드러낸 최주아를 보면서 공직구는 자기 감정의 실체를 깨달았다. 그건 안정감이었다. 흉터를 굳이 감추지 않는 사람, 상처를 감추려고 은폐 작전을 쓰지 않는 사람, 공직구 눈에는 그런 최주아가 황무지의 바위 같았다. 걷다 지친 날 기대 쉬고 싶은, 믿음직한 바위.

달이 말대로 홍세라의 두 번째 심장은 이번 인체 실험을 증명할 결정적인 증거물이었다. 어떻게든 심장의 행방을 알아내야 했다. 이번에는 접근법을 달리하기로 했다. 홍세라 아들 내외는 홍세라에게 눈길이 쏠리는 것 자체를 꺼렸다. 독거노인의 자해 사건을 바라보는 대중의 시선에는 자식들을 향한 질타가 깔려 있었다. 그래서 공직구는 조사의 초점을 바꾸었다.

"혹시 이 사람들 본 적 있습니까?"

공직구는 홍세라의 아들 내외에게 사진을 내밀었다. 달이가 캇팅철거 윤 씨에게 내밀었던 것과 똑같은 사진이었다.

"이 사람들은 왜 찾는데요?"

홍세라의 아들은 이들이 누구냐고 하지 않고 왜 찾느냐고 되물었다. 그건 이 사람들을 본 적이 있다는 뜻이다.

"골든빌라 화재 사건의 책임자로 추정되는 자들입니다."

"네? 불은 주방에서 시작됐다고 뉴스에도 나지 않았습니까?"

"그걸 곧이곧대로 믿으세요? 홍세라 씨의 증상을 생각해 보세요. 선생님이 직접 보신 것과 뉴스가 일치하던가요?"

홍세라의 아들은 바지 주머니에 두 손을 꽂은 채 병원 복도 천장을 올려다보았다. 한참이나 말이 없던 그는 몹시 지친 얼굴로 누군가를 가리켰다.

"저 할머니한테 물어보세요."

휴게실 의자에 한쪽 무릎을 세우고 앉아 있는 노인이었다.

노인은 사진 속 사람들을 확실히 기억하고 있었다.

"우리 막냇손자가 요 앞에서 왔다 갔다 하다가 이 양반 다리에 걸려서 넘어진 적이 있지."

노인이 가리킨 사람은 미군으로 추정되는 외국인이었다.

"우리 애가 단박에 죄송합니다 그랬지. 우리 며느리가 참 애를 잘 가르치거든. 초등학교 선생님이라. 그리고 이 양반도 오케이 오케이 그러는데, 그래, 이년! 이년이 갑자기 우리 손자한테 성을 내더라고. 애를 요래 확 떠밀면서."

노인은 공직구의 가슴팍을 탁 치며 그날의 일을 재연했다.

"그래서 언성이 좀 높아졌지. 저기 뇌 수술 하고 누워 있는 우리 바깥양반이나 나나 어디 가서 시비 붙고 그런 사람들이 아닌

데, 그날은 꼭지가 확 돌더라고. 지나서 생각해 보니까 두 연놈이 불륜인가 싶기도 하고."

"그러니까 할머니는 이 두 사람은 정확히 기억하시는 거네요?"

"그럼! 이 송현득이 총기, 내 주변에는 모르는 사람이 없다. 그런 싸가지 없는 년은 동방예의지국에서 몰아내야지. 이년 복도 없게 생긴 관상, 내 똑똑히 기억하고 있다. 이 옆에 양놈도, 그때 그놈이 분명해."

양반과 양놈을 오가는 드라마틱한 증언이 끝났다. 공직구는 할머니의 이름과 주소를 확인한 뒤 녹취를 끝냈다. 예상대로 이 일의 배후에는 그 사람들이 있었다. 홍세라의 두 번째 심장을 빼돌린 것도 그들이 분명하다.

공직구는 병원 출입구 회전문 앞에 멈춰 섰다. 실험자들은 홍세라의 두 번째 심장을 챙겨 들고 유유히 병원을 빠져나갔을 것이다. 비로소 홍세라 사건의 전체적인 윤곽이 보이기 시작했다.

감염, 증상의 진행, 수거, 증거인멸!

그들은 처음부터 두 번째 심장이 목적이었다. 홍세라의 몸을 숙주 삼아 정체불명의 무언가를 배양하고 수거한 다음, 홍세라의 집을 불태워 버린 것이다.

다음은 한승율과 최주아 차례였다.

2

실험자들의 밑그림대로 일이 진행되고 있었다.

하지만 예외적인 상황이 딱 한 번 있었다. 달이가 홍세라를 찾아갔던 밤. 흔전동 주민이 홍세라의 발작을 목격하고 119에 신고한 건 저들의 계획에 없었던 일이다. 물론 실험자들이 파악한 목격자, 신고자는 박 집사 하나였다. 달이와 승율이는 그림 밖으로 제때 사라졌다.

홍세라의 수술이 끝난 지 이틀째 되는 날 구청 공무원 여자가 박 집사를 찾아왔다. 실험자들로서는 자신들의 계획에 차질이 생긴 건 아닌지 확인할 필요가 있었을 것이다. 박 집사는 탁월한 연기력으로 화답했다. 박 집사가 누군가. 그는 코리아가죽수선집의 사장이자, 가죽 수선 업계에선 손꼽히는 장인이었다. 박 집사의 사업 원칙은 딱 하나, '모든 고객의 가죽 제품은 다 똑같다'였다. 고객이 합성피혁, 속칭 레자 가방을 꿰매러 와도, 짝퉁 명품백을 들고 와도 무안을 주거나 수선을 거절하는 법이 없었다. 명품 가방을 맡기는 고객이라 해서 더 친절하게 대하지도 않았다. 그 원칙이 구청 공무원 앞에서도 빛을 발한 것이다.

박 집사는 시종 포커페이스로 일관했고, 구청 공무원으로선 그 속내를 들여다볼 방법이 없었다. 결국 일은 박 집사가 우연히 골든빌라 앞을 지나가다가 홍세라의 비명을 들었던 것으로 정리되었다. 대화 중에 박 집사가 가장 신경 쓴 부분은 달이와 승율이의 존재를 숨기는 것이었다. 처음 달이에게 인체 실험 어쩌고 하는 이야기를 들었을 때만 해도 반신반의했던 박 집사였다. 그러나 승율이의 발작과 홍세라 사건을 겪으면서 박 집사는 달이의 이야기를 믿게 되었고, 구청 공무원이 찾아왔을 때는 그 어느 때보다 적극적으로 대응했다.

달이는 구청 공무원이 박 집사를 찾아왔다는 사실에서 중요한 힌트를 얻었다. 남이 짜 놓은 콘티를 흔드는 가장 효과적인 방법은 예상 못 한 캐릭터의 등장이란 사실! 다행히 달이는 저들의 콘티에서 일찌감치 배제된 존재였다. 홍세라의 두 번째 심장을 가져간 자들은 승율이와 최주아의 두 번째 심장도 수거하려 할 것이다. 달이는 기꺼이 그 콘티 속으로 뛰어들기로 했다. 단, 홍세라 때와 마찬가지로 몰래 치고 빠질 것.

승율이와 최주아를 설득하는 게 우선이었다. 승율이는 순순히 달이 뜻에 따라 주었다. 문제는 최주아였다. 최주아는 언제부턴가 텔레비전도 켜지 않았고, 달이가 바이러스라는 말만 꺼내도 불같이 화를 냈다. 기생체가 최주아의 생각을 조종하는 듯했다. 최주아는 그 존재에 대한 지독한 보호 본능을 드러냈다. 달이는 바로 그 점을 이용하기로 했다.

최주아는 침대에 걸터앉아 있었다. 오랫동안 누워만 있어서인지 얼굴이 부숭부숭했다. 달이는 연어캔과 물을 침대로 가져다주었다. 최주아는 굶주린 사람처럼 허겁지겁 연어를 먹어 치웠다.

"실험자들이 언니의 기생체를 수거하러 올 거예요."

"기생체 아니야. 내 몸이고 내 일부야. 누구한테도 안 뺏길 거야."

"기생체가 스스로 언니 몸에서 떨어져 나올 거예요. 분리 과정에서 언니는 심각한 부상을 입을 거고요. 언니보다 먼저 그 일을 겪은 홍세라 씨는 의식불명 상태예요. 기생체는 실험자들이 빼돌렸고요."

최주아는 손으로 가슴팍을 싸쥐고서 고개를 돌렸다. 그러자 점토판에 깊이 새겨진 표의문자 같은 흉터가 드러났다. 달이는 그 문자의 뜻을 해독했다. 최주아는 모종의 폭력에서 살아남았으며, 앞으로도 그러하리라.

"기생체와 언니가 안전하게 분리되어야 해요. 싫겠지만 이렇게 생각하면 어때요? 엄마가 아기를 낳듯이, 언니는 그 기생체를 무사히 키워서 내보내는 거예요. 서로 다치지 않게. 분리 수술을 맡아 줄 의사와 병원은 우리가 알아볼게요. 그리고 언니가 해 줄 일이 하나 더 있어요. 머잖아 실험자들이 언니 집에 CCTV를 달러 올 거예요. 인체 실험의 마지막 단계에 접어든 언니를 실시간으로 관찰하려고요. 그때를 대비해 이걸……."

달이는 반구형 기계를 내밀었다.

"반려동물용 CCTV예요. 우리가 역으로 실험자들을 찍는 거예요. 이거 공직구 아저씨가 어렵게 구해 온 거예요. 현관 출입구가 잘 보이는 쪽에 숨겨 두면 돼요."

최주아는 반구형 CCTV를 만지작거리며 쓴웃음을 지었다.

"이런 방법밖에 없어서 미안해요, 언니. 하지만 우리가 언니를 지킬 수 있게 조금만 도와주세요."

"왜 날 돕는 거니?"

최주아가 물었다.

"언니는 공직구 아저씨가 짝사랑하는 사람이고 또…… 제 동네 친구잖아요."

최주아가 달이의 앞머리를 툭 건드리며 웃었다.

"그 사람들이 언니한테 마취 총을 쏠지도 몰라요. 위험한 자들이에요. 그 사람들이 찾아오면 싸우려 들지 말고 그냥 내 이름을 불러요. 구달! 이렇게요. 내가 들을게요. 꼭 들어 줄게요."

승율이와 최주아의 집에 반구형 CCTV를 숨긴 다음 날 아침이었다. 달이의 휴대폰에 낯선 번호가 떴다. 달이는 받을까 말까 망설이다가 통화 버튼을 눌렀다.

"이거 구달 학생 번호 맞습니까?"

웬 노인이었다.

"그런데요?"

"기억할지 모르겠지만, 아니 기억하고 있다고 들었다. 나 보름내과 선생님이야."

"원장님!"

울컥한 외침이 튀어나왔다.

아기였을 때부터 달이는 보름내과를 드나들며 자랐다. 동네에 하나뿐인 병원인 데다, 아빠가 없을 때면 외상으로 진료를 해 주었기 때문이다. 아빠 오면 갚으시라고 해라. 달이는 그 목소리를 기억하고 있었다. 공직구를 여수로 보낸 건 그 때문이었다. 정만기 원장이 인체 실험에 가담했다는 이야기를 듣고도 마지막 끈 하나는 쥐고 있었던 이유다.

"그래. 나다. 아빠는 어떠시니?"

이 또한 익숙한 물음이다. 정만기는 어쩌다 길에서 달이와 마주치면 꼭 그리 묻곤 했다.

"원장님, 왜…… 왜 그랬어요?"

달이는 기어이 울음이 터지고야 말았다.

흔전동 내리막길이 이토록 길게 느껴지긴 처음이었다. 달이는 정만기를 마중하러 가는 길이었다. 정만기는 차마 흔전동에 들어올 수 없어서 한 정거장 먼저 내렸다 했다. 달이는 혹시라도 정만기가 마음이 바뀌어 떠나 버릴까 봐 외투도 걸치지 못한 채 튀어나왔다. 써니헤어를 지나고 천막 가게를 돌아서, 큰 찻길 옆 인도로 나왔다.

그때였다. 재현이가 세란약국 문을 밀고 나왔다. 친구들과 조조 영화라도 보러 가는지 백팩 없이 깔끔한 반코트 차림이었다. 달이와 재현이의 눈길이 부딪쳤다. 달이는 저도 모르게 걸음을 늦추고 말았다. '달아, 뚝!' 하고 마법을 걸어 주던 아이, 흔전동의 철거 소음과 먼지 속에서도 늘 반짝거리던 아이, 아침에 침대에 엎드려 우는 아이, 한때 달이 인생의 피날레였던 아이. 하지만 이제는 흔전동의 북적이는 소리풍경 속에 그냥 묻어 두어야 할 아이…….

달이는 잠시 늦추었던 걸음을 다시 재촉하며 재현이를 지나쳐 갔다. 언뜻 재현이의 눈길이 따라붙는 것도 같았지만 달이는 힘껏 내달렸다. 차츰 멀어지는 소리풍경 속에서 재현이는 꿈쩍도 않고 서 있었다. 코트 주머니 속에서 울리는 휴대폰도 내버려 둔 채. 오늘 아침에 울진 않았는지 눈을 좀 살펴볼 걸 그랬지? 아니야, 절대 뒤돌아보지 마. 재현이와 내 이야기는 어린이집 탁자 밑에서 끝난 거야. 갈래진 생각을 떨치려고 깊이 숨을 내쉬었다. 정만기 원장! 지금은 정만기를 만나는 게 중요했다.

굵은 금테 안경과 왼쪽 눈썹 위의 사마귀가 아니었다면 달이는 정만기를 못 알아볼 뻔했다. 못 본 사이 정만기는 등이 구부정한 노인으로 변해 있었다. 어쩌면 원래 구부정했는지도 모른다. 보름내과 시절에는 가운 차림으로 진료실에 앉아 있었기 때문에 정만기의 나이를 가늠할 일이 없었다.

"왔구나."

정만기가 정류장 의자에서 엉거주춤 일어나며 달이를 맞았다.

"선생님……."

"그래, 아픈 데는 없고?"

누가 의사 아니랄까 봐 정만기는 그리 물었다. MS미스터리협회 자료 덕에 달이는 정만기를 마지막으로 만난 날을 정확히 알고 있었다. 7월 28일, 혼전동 모든 감염자들의 감염 추정일.

"미안하다, 면목 없다 그런 말 들을 시간 없어요, 선생님."

달이는 그간의 일들을 순차적으로 설명했다. 지난번 공직구가 여수에 내려가 설명한 것에다 홍세라의 최근 근황까지 덧붙였다. 잠자코 듣던 정만기의 표정이 서서히 변해 갔다. 미안함과 후회가 어려 있던 눈매에 차차 날카로운 빛이 감돌았다. 달이가 말을 마쳤을 무렵 정만기는 보름내과 시절의 정만기로 돌아와 있었다. 환자가 증상이나 통증을 설명할 때 정만기는 꼭 저런 얼굴로 진지하게 들어 주곤 했다. 달이는 정만기의 얼굴에서 희망의 조짐을 느꼈다.

"꼭 심장처럼 발딱거려요. 세 사람 다 심장 부근에서 자라긴 하는데 정확한 위치는 조금씩 달라요."

"제대로 진찰을 받은 적이 없다 들었는데, 그건 어떻게 알아냈니?"

"그게…… 계속 밀착 관찰하다가 알게 됐어요."

달이는 대충 얼버무렸다. 정만기에게 청음 능력을 고백하면 일이 복잡해질 터였다. 승율이와 최주아의 몸이 정상인과 다른 상태라는 것, 두 사람 안에 기생체가 자라고 있다는 사실을 의학적으로 증명하고, 가능하다면 믿을 만한 의료진을 구성하는 게 정만기의 일이었다.

"7월 28일에 선생님이 링거 수액에 무언가를 섞으면서 시작된 일이에요. 그때 일을 바로잡아 주세요. 선생님은 원래 흔전동 사람들을 치료하던 분이잖아요."

정만기는 생각할 시간을 달라며 버스 정류장에 다시 앉았다.

달이는 근처 편의점으로 뛰어가서 따뜻한 커피를 사 왔다. 크림이 들지 않은 커피를 골랐다. 달이는 보름내과 정만기 원장의 책상에 있던 커피 잔을 기억하고 있었다. 검은 색의 커피가 든 잔이었다.

"네가 무슨 돈이 있다고……."

두 손으로 캔커피를 감싸 쥔 정만기의 목소리가 떨렸다.

"공직구 아저씨가 말 안 했어요? 저 이제 돈 벌어요. 학교 때려치우고 취직했어요."

"학교를 왜 관둬? 아빠는? 아빠 또 어디 가셨니?"

금테 안경 너머에 걱정 그득한 눈빛이 고여 있었다. 보름내과 시절에도 늘 그리 물어 주던 원장님이었다. 아빠 아직 안 오셨지? 진료비는 아빠 오면 받을게. 약국에도 전화해 놓을 테니 염려 말고.

달이는 정만기 원장에게 책임을 물으려는 게 아니었다. 정만기를 본래의 자리로 돌려놓고 싶었던 것이다. 그래서 더더욱 이 일을 정만기에게 맡겨야 했다.

돌아서는 걸음이 무겁지 않았다. 원장님을 믿어도 될 것 같았다. 이로써 실험자들의 콘티를 흔들어 놓을 또 한 명의 인물이 등장했다. 실험 초기에 잠깐 등장했다가 영구 퇴장한 인물이 모두의 예상을 깨고 컴백 초읽기에 들어간 것이다.

세란약국 앞으로 돌아왔다. 혹시나 했지만 재현이는 보이지 않았다. 재현이가 없는데도, 그 애가 서 있던 곳을 지날 뿐인데도 가슴이 뛰었다. 반쯤은 설레고 반쯤은 무언가가 무너져 내리는 기분이었다. 달이는 잠시 주저하다 휴대폰을 꺼내 들었다. 재현이가 미친 애라 욕해도 어쩔 수 없었다. 재현이라는 폭죽을 내려놓으려면 이 방법밖에 없었다. 달이는 마지막 메시지를 써 내려갔다.

넌 아마 잊었을 거야. 어릴 때 내가 울면 네가 뚝! 하고 말해 줬던 거. 난 아직 그 목소리를 기억해. 난 '달아 뚝!' 그 세 글자의 힘으로 살아왔거든. 마법의 주문처럼, 그 말만 떠올리면 서러움도 엄살도 다 사라지더라고. 하지만 그건 내 기억 내 감정일 뿐이었어. 진작 알았어야 했는데. 앞으론 너 귀찮게 안 할게. 그리고 재현아, 아침마다 울지 마. 네가 울면…… 그 소리가 들려. 그럼 나도 울고 싶어져. 그러니까 너도 그만 뚝! 왜 우는지 모르지만 힘껏 떨쳐 내고 살았으면 좋겠어. 안녕.

"안녕…… 재현아."

달이는 전송 버튼을 눌렀다.

3

죽음이란 한 인간 안팎의 소리들이 사라져 가는 일이다.

심장은 박동을 멈추고, 위 근육의 수축과 이완도 잦아든다. 몸 속에서 격정적으로 떨리던 물 분자들도 길고 화려했던 춤사위를 끝낸다. 물 분자의 춤이 그치면 따뜻하고 말캉말캉하던 세포 덩어리들도 식어 가고 굳어진다. 몸은 차차 정적에 잠긴다.

달이는 주먹을 옥죄며 속으로 뇌었다.

감염자 2 홍세라, 78세, 여. 흔전동 골든빌라 3층 거주, 골든빌라 소유주. 2남 1녀의 자녀는 결혼 후 분가하여 서울, 교토에…….

어느덧 홍세라라는 이름 석 자만 떠올려도 저절로 재생되는 정보였다.

홍세라가 위독하다는 공직구의 연락을 받고 한달음에 병원으로 달려온 터였다. 달이는 온몸의 살갗이 화끈거렸고 머리가 터질 듯 아팠다. 생명이 꺼져 가는 소리, 홍세라의 몸이 들려주는 레퀴엠이 달이의 소리풍경을 가득 채우고 있었다. 달이는 금방이라도 병원 복도에 쓰러질 것 같았다. 미시적 영역의 소리를 감각하고 인식하는 주체는 달이가 아니었다. 이제는 달이도 그 사실을 선명하게 자각할 수 있었다. 달이 안의 무엇, 달이의 몸과 정신에 녹아들었지만 엄연히 타자인 무엇이 그 미세한 기척을 더듬고 있었다. 지금 달이가 할 수 있는 일은 그 존재가 감각하고 인식한 결과를 공직구에게 전하는 것뿐이었다.

"홍세라 씨 죽었어요."

"뭐?"

달이의 말을 증명하듯 홍세라의 병실에서 곡성이 울렸다. 공직구는 벽 쪽으로 돌아서서 어깨를 떨기 시작했다.

"홍세라 씨, 제가⋯⋯."

울음이 말을 뭉개 버렸지만 달이는 공직구가 하려는 말을 알아들었다. 살리지 못했다는 자책과 미안함. 승율이와 최주아의 안위도 장담할 수 없을지 모른다는 두려움. 달이도 툭 눈물이 터졌다. 이건 진짜 죽음이다. 인체 감염 사건을 조사하면서 최악의 경우도 염두에 두었다. 하지만, 머리로 예상했던 것과 실제로 목도한 죽음은 전혀 다른 차원이었다.

달이는 병원 복도에 주저앉았다. 울음까지 터진 터라 목덜미의 살갗이 금방이라도 찢어질 것 같았다. 숨이 가빴지만 달이는 제 숨소리보다 병실 안의 소리를 더 선명하게 듣고 있었다. 그동안 달이는 어떻게 먼 소리를 가까운 소리보다 더 크게 들을 수 있는지 이해하지 못했다. 하지만 오늘 그 의문도 풀렸다. 달이 안에 기생하는 존재에게는 소리의 원근을 제어하는 능력이 있었다. 평소에는 자신의 존재를 숨기고 있지만 소리를 들어야 할 때면 스스로 청음의 주체가 되어 달이의 몸을 지배하는 것이다. 그러나 소리를 포착하는 일 어디까지가 달이의 뜻이고 어디까지가 기생체의 뜻인지, 그 경계는 여전히 불명확했다.

병실에선 울음이 그치지 않았다. 생전에 노모와 관계가 소원했던 자식들이어도 죽음 앞에서마저 냉담하진 못했다. 달이는 그 울음들이 진심이란 걸 알았다. 그건 목으로 우는 울음이 아니라 온몸이 떨리며 솟구치는 울음이었다. 그중에서도 여자아이의 목소리, 교토에 산다던 열한 살 손녀인 모양이었다. 홍세라가 가장 사랑하던 외손녀였고, 달이가 아는 한 홍세라와 마지막 통화를 한 사람도 이 아이였다. 아이의 울음소리는 그리 크지 않았다. 하지만 달이는 그 소리가 가장 슬펐다. 아이는 어려서 곡을 할 줄 몰랐다. 엄마에 대한 기억을, 시어머니에 대한 기억을 곡성에 담아 부려 놓는 어른들과 달리, 아이는 그저 숨이 가쁠 따름이었다.

통곡 소리로만 치자면 공직구도 뒤지지 않았다. 공직구는 벽에 머리를 박은 자세로 소리까지 지르며 울어 댔고, 간호사들은 유가족이려니 하는 눈빛으로 지나쳐 갔다. 달이는 울음을 그쳤으나 계속되는 통증으로 온몸이 땀범벅이었다. 이전 같았으면 이쯤에서 까무러쳤을 것이다. 하지만 오늘은 목덜미와 이마의 땀을 훔치며 견디고 있었다.

"승율이랑 최주아 씨의 수술을 서둘러야 해요. 정만기 원장님은 어쩌고 있어요?"

공직구도 눈물 콧물을 훔치며 정신을 가다듬었다.

"데런 지국장님이 믿을 만한 병원을 섭외해 줬어."

"데런 지국장님이 직접 나서 준 거예요? 아니 그 얘길 왜 이제 해요?"

달이는 화가 났다. MS미스터리협회 마블힐지국 서울출장소의 요원이라 해 봤자 둘뿐인데, 여전히 정보 공유 체계에 문제가 있었다.

"경황이 없었어. 아까 데런 지국장님이 전화로 두 가지 소식을 한꺼번에 일러 줬거든. 수술 병원을 구했다는 거랑 홍세라 씨가 위독하다는 거. 그래서 일단 너한테 병원으로 오라고 연락부터 한 거야."

"수술 병원은 어딘데요?"

"왕십리에 있는 응급수술전문병원인데 거기 원장님이 데런 지국장님이랑 연신내에서 같이 자란 친구래. 진찰은 정만기 원장과 그곳 원장님, 정만기 원장이 초빙한 믿을 만한 심장전문의 한 분, 이렇게 세 분이 함께 진행하고, 수술은 정만기 원장을 제외한 진찰팀 두 분과 거기 병원 마취과 전문의와 간호사들이 맡아 주기로 했어."

데런 지국장이 움직여 주었다는 사실에 달이는 조금 마음이 놓였다. 단순히 감염자들의 상태를 관찰하고 기록할 단계는 진즉 지났다. 홍세라가 죽었고, 승율이와 최주아도 어찌 될지 모른다. '조사하라 그리고 폭로하라.'가 MS미스터리협회의 모토라지만 눈앞에서 감염자가 죽어 가는 걸 보고만 있어야 한다면 조사와 폭로가 무슨 소용이란 말인가. 그래서 지금껏 달이는 협회에 보내는 보고서 끄트머리마다 한 줄씩 개인적인 생각을 적어 보냈다. 일개 계약직 직원의 의견을 얼마나 들어줄지는 모르지만 달이로서는 협회의 적극적인 개입을 요청할 방법이 그것밖에 없었다.

방관자랑 가해자는 한 끗 차.

홍세라가 죽었으니 많이 늦은 감이 있었지만 이제라도 데런 지국장이 나서 주어 다행이었다.

홍세라의 유족들이 병실 밖으로 나왔다. 장례 절차를 밟아야 하는 것이다. 공직구와 달이가 병원으로 달려온 것도 그 때문이었다. 두 요원은 장례 절차에 대해 유족에게 전할 말이 있었다. 만일의 경우를 대비해 화장만은 하지 말아 달라고 부탁해야 했다. 홍세라의 시신을 부검해야 할지도 모른다. 달이는 벽을 짚고 일어섰다. 통증이 심해서 유족들을 따라갈 수 없었다. 대신 달이는 공직구의 등을 떼밀었다.

"얼른 좀 움직여요!"

공직구가 유족들을 만나러 간 사이 달이는 교토에서 온 아이를 만나러 갔다.

홍세라의 소리풍경 속에 이따금 등장하던 아이였다. 홍세라는 손녀의 이름을 부르며 나직이 웃곤 했다. 통제 불가능한 기생체의 숙주로 변해 가는 중에도 홍세라는 아이를 사랑하고 그리워했다.

"안녕? 지애 맞지?"

아이는 빨개진 눈으로 달이를 올려다보았다. 아이의 눈에서 바람 소리가 났다. 날이 선 긁개로 살갗을 긁어 대는 듯한 통증이 다시 달이를 휘감았다. 달이가 몸을 휘청거리는 사이 기생체는 바람 소리를 듣고 있었다. 소녀의 투명하고 얇은 각막의 세포들이 공기 중의 산소를 빨아들이는 소리였다. 달이는 인간이 눈으로도 호흡을 한다는 걸 처음 알았다. '듣다'와 '이해하다'의 경계가 무너지고 있었다. 달이 안의 기생체는 소리를 들었고 소리의 정체를 이해했다. 생명이란 그치지 않는 소리이기에. 달이는 이토록 시끌시끌하게 야무지게 살아 있는 열한 살짜리 생명체를 내려다보며 가슴이 뭉클해졌다.

"할머니는 네가 있어서 행복해 보였어. 네 이름을 부를 때마다 이렇게 웃으셨거든."

달이는 자기 얼굴에다 큰 스마일을 그려 보이고는 자리를 떴다.

발작 상태에서 난동을 부리던 승율이를 진정시킨 건 할머니의 오른손이었다. 약봉지를 만지작거리는 일 말고는 아무것도할 수 없던 그 손이 승율이에게 약이 된 것이다. 탁, 탁, 탁! 할머니는 방바닥을 두드렸다. 달이는 그 소리의 뜻이 뭔지 알 것 같았다. 내 새끼 승율아, 진정해라. 아가, 그만 날뛰어. 어서 병원에 가야지.

승율이는 가슴을 움켜쥔 채 할머니 곁으로 기어갔다. 박 집사는 이따금 '주여!'를 외쳤고 보살 아줌마는 두 손을 비비며 연거푸 고개를 숙였다. 하지만 두 사람은 현관에 선 채 승율이에게 다가설 엄두를 못 내고 있었다. 무릎걸음으로나마 승율이에게 다가간 건 달이였다.

"어차피 그건 네 몸 밖으로 나오게 돼 있어. 하지만 그게 스스로 튀어나오면 네가 위험해져. 죽을지도 모른다고. 그래서 우리가 수술로 꺼내 주려는 거야. 너 죽으면 안 되잖아. 할머니 돌봐드려야지. 그러니까 병원 가자, 승율아."

하지만 승율이는 누운 할머니 옆으로 더 다가앉을 뿐이었다. 승율이의 두 번째 심장은 꽤 안정적으로 뛰고 있었다. 그건 기생체의 성장이 거의 완료되었으며, 승율이의 몸에서 분리될 시기가 임박했다는 뜻이었다.

"승율아, 우리 동네 내리막길에서 내가 가장 좋아하는 소리가 뭔지 알아?"

"……."

"8시 15분쯤 들리는 네 발소리, 네가 학교 가는 소리 말이야. 그 소리만 들으면 불안하고 조마조마한 마음이 누그러졌어. 네 미련한 발소리가 정말 좋았단 말이야. 그러니까 얼른 나아서 또 학교 다녀야지. 네가 어디로 이사를 가든 내가 네 발소리 들어 줄 거야."

"달아……."

"정말이야. 너 졸업할 때까지 내가 들어 줄 거야. 그러니까 수술받자. 할머니는 은혜점집 보살 아줌마네 집으로 모셔 갈게. 너 다 회복할 때까지 아줌마가 할머니를 돌봐 주실 거야."

승율이는 눈물이 어룽한 눈으로 할머니를 내려다보았다.

달이는 왕십리의 수술전문병원까지 승율이를 따라갔다. 환자복으로 갈아입은 승율이는 가뜩이나 좁은 어깨가 더 좁아 보였다. 승율이를 보고 있는 건 달이만이 아니었다. 달이 안의 기생체도 승율이를 예의 주시하고 있었다.

달이는 날카로운 통증이 종아리를 타고 올라오는 걸 느꼈다. 달이는 눈을 감고서 통증이 전신을 휘감도록 내버려 두었다. 통증은 달이 안의 기생체가 미시적 영역의 소리를 포착하려 할 때 나타나는 반응이었고, 지금은 달이 역시 승율이의 소리들이 궁금했다. 횡격막이 오르내리고, 몸속에서 물 분자가 만들어지고,

축축한 노폐물이 날숨과 땀으로 몸에서 빠져나오고 있었다. 두 개의 심장박동은 어느덧 비슷한 세기로 뛰고 있었다. 박동의 세 기만으로는 어느 것이 승율이의 심장인지 구분하기 어려웠다. 하지만 달이는 기생체의 박동을 감지할 수 있었다. 두 번째 심장이 더 많은 양의 피를 받아들이고 있었기 때문이다. 기생체가 승율이의 몸을 떠나 스스로 살아갈 채비를 하는 것이었다.

다시 눈을 뜬 달이는 승율이의 안경을 벗겨 냈다. 여전히 폐교 유리창 같은 렌즈를 제 티셔츠로 꼼꼼히 닦은 다음 씌워 주었다.

정만기가 달이의 어깨를 쥐며 고개를 끄덕였다.

"잘 부탁드려요, 선생님."

마지막으로 달이는 승율이를 안아 주었다. 어릴 적엔 구슬 짜 그락거리는 소리로, 커서는 8시 15분경의 발소리로 승율이는 달이의 인생에 들어와 주었다. 달이는 그 소리들이 더 이어지길 바랐다. 기생체를 떼어 내고도 힘차게 뛰는 심장 소리로, 가끔은 웃는 소리로, 또 학교에 가는 발소리로…….

"달아, 이거……."

포옹을 푼 승율이가 달이 손에 무언가를 쥐여 주었다. 흑구슬이었다.

"이건?"

"응. 원래 네 거잖아."

흑구슬을 돌려받으려고 따라오던 여자애가 있었다. 버스 정류장까지 집요하게 따라붙기에 싸움이라도 걸어올 줄 알았는데 그 애는 정류장 의자에 가만 앉아 있을 뿐이었다. 아홉 살의 승율이는 흑구슬을 돌려줘야 하나 말아야 하나 고민했다. 맘을 정하지 못하는 사이 버스들이 멈췄다가 떠났다. 엄마도 아빠도 오지 않았다. 그 일로 심술이 났고, 아이에게 흑구슬을 돌려주기 싫어졌다.

아이는 다음 날도 그다음 날도 버스 정류장까지 승율이를 따라왔다. 엄마, 아빠는 오지 않았다. 당연히 심통이 났다. 그렇지만 아이에게 흑구슬을 돌려주지 않은 건 다른 이유에서였다. 흑구슬이 있어야 아이가 계속 자기를 쫓아올 것 같았기 때문이다. 승율이는 아이가 저만치 앉아 있는 게 좋았다. 그 애의 이름은 달이였다.

지난번 발작에서 깨어났을 때 승율이는 책상 서랍을 뒤져 어릴 적 그 구슬을 찾아냈다. 너무 늦었지만 이젠 주인에게 돌려줘야 할 것 같았다. 혹시라도 수술에서 깨어나지 못하면 영영 돌려줄 기회가 없을 것이다. 흑구슬을 여태 간직해 온 이유가 무언지는 말하지 않을 작정이었다. 아까 환자복을 챙겨 주던 간호사가 물었다. 같이 온 애, 네 여자친구니? 그 말에 승율이는 쑥스러운 웃음만 지었던 터다.

승율이는 몸속의 기생체를 좋아했다. 그게 무엇이든, 녀석의 맹수 같은 에너지에 의존하고 싶었다. 하지만 달이 말처럼 시기를 놓치면 승율이 자신의 목숨이 위험해진다. 승율이는 수술에서 깨어날 수 있을지 확신이 서지 않았다. 같은 증상을 앓던 골든빌라 할머니는 결국 죽었으니까. 하지만 승율이는 그 힘겨운 터널에서 한 아이를 기억할 생각이었다. 길고 어두운 터널의 반대편에서 승율이를 기다리고 있을 아이, 흑구슬의 본래 주인인 아이.

달이는 병원을 나섰다. 공직구는 실험자들이 홍세라의 유족들에게 접근하는지 감시해야 했기에 장례식장에 있었고, 두 시간 전에 입국한 데런 지국장은 왕십리 병원으로 달려오는 중이었다. 달이는 흔전동을 지키러 돌아가야 했다.

흔전동으로 가는 버스 안에서 달이는 문자를 받았다. 오늘처럼 어수선하고 불안한 날과는 조금도 어울리지 않는 문자였다.

구달, 집이야? 잠깐만 내려올래? 웰컴라운지 앞에서 기다릴게.

발신자는 재현이였다.

4

버스에서 내려 뛰었다.

저만치 재현이가 있었다. 앞머리를 매만지며 오르막 골목을 마주하고 있었다. 달이가 옥탑방 쪽에서 내려올 줄 아는 모양이었다. 재현이가 왜 보자고 했는지, 무슨 말을 하려는지 감이 오질 않았다. 머릿속에 톱밥만 가득 찬 것처럼 생각들이 풀풀 날리고 가슴만 요란하게 뛰었다.

재현이까지의 거리 10미터, 8미터, 5미터……. 멀고 가까운 소리들이 지워졌다. 막 큰 찻길을 지나가는 덤프트럭의 기척도, 선녀탕 골목의 철거 소음도 훅 증발해 버렸다. 달이가 감지할 수 있는 건 마구 두근거리는 제 심장 소리뿐이었다. 재현이는 여전히 오르막 골목 쪽을 살피고 있었다. 손을 뻗으면 닿을 만큼 거리가 좁혀지고서야 재현이가 달이를 보았다. 재현이는 한 손을 들어 보이며 어색하게 웃었다.

"안녕? 그쪽에서 왔네."

재현이의 목소리와 더불어 흔전동의 소리들이 되살아났다. 아울러 흔전동 주요 지점과 맞춰 둔 소리 채널들도 부활했다. 그러자 최주아의 다급한 목소리가 들렸다.

"구달, 그 사람들이야!"

달이는 최주아의 소리에 집중했다. 최주아의 집에서 세 갈래 숨결이 감지되었다.

"구달, CCTV가 발각됐어."

달이는 재현이를 보았다. 곱슬머리에 반쯤 가려진 동그란 이마, 차가운 눈매에 어울리지 않는 긴 속눈썹. 재현이에겐 아직 어릴 적 모습이 남아 있었다. 둘이 마주 보고 있으니 어린이집 탁자 밑에 함께 쪼그리고 있던 일이 생각났다. 그때처럼 재현이의 눈 속에 달이가 있었다. 하지만 달이는 짧은 눈맞춤을 끝내고 오르막길로 뛰어올랐다.

불 꺼진 써니헤어 앞을 지났다. 써니헤어 원장도 엊그제 마지막 영업을 하고 혼전동을 떠난 터였다. 달이는 휴대폰으로 공직구와 박 집사, 보살 아줌마에게 문자를 보냈다.

최주아, 위험. 그 사람들!

달이는 최주아의 소리에 집중했다. 최주아는 침실 문을 걸어 잠갔다. 그 앞으로 분주히 오가는 발소리 두 쌍. 그중 하나가 최주아의 주방에서 뭔가를 달그락거렸다. 이어서 가스 불 켜는 소리가 들렸다. 달이는 저들이 무슨 일을 꾸미는지 알 것 같았다.

달이는 휴대폰으로 다시 문자를 보냈다.

불! 신고 부탁!

언덕마루에 올랐을 즈음 달이는 숨이 턱 끝까지 차오른 상태였다. 쪽방촌으로 난 층계로 내려서던 달이는 다리에 힘이 풀려 계단을 헛디디고 말았다. 크게 다치진 않았지만 벗겨진 신발을 찾아 신고 몸을 추스르는 사이, 침입자들이 최주아의 방문을 열었다. 최주아가 하악! 소리를 내며 달려드는 기척이 났고, 곧이어 둔탁한 바람 소리와 함께 최주아가 쓰러졌다. 마취 총이 분명했다.

달이가 절뚝거리며 쪽방촌 골목으로 접어들 무렵 골목 저쪽에서 연기가 피어올랐다. 붉은 등대 벽화가 있는 쪽……. 거긴 승율이네 집이었다. 책가방과 교과서, 체육복, 교복, 승율이의 것들로 채워진 보금자리였다.

"안 돼!"

달이는 벽화 골목으로 뛰어들었다. 달이는 일의 우선순위를 잘 파악하는 아이였다. 그러나 지금은 머릿속이 뒤죽박죽이었다. 이런 상황을 대비한 매뉴얼도 없었다. 실험자들이 있는 최주아의 집으로 뛰어들어야 할지, 승율이 집의 CCTV와 짐들부터 꺼내야 할지, 짙어지는 연기와 불길 속에서 달이도 일의 갈피를 잡지 못했다.

그런 달이에게 일의 순서를 알려 준 건 옹알이 소리였다. 벌거벗은 임금님 벽화 쪽에서 나는 아기의 기척이었다. 아기는 동네에 불이 난 줄도 모르고 찰랑찰랑 젖병을 흔들며 옹알이를 했다. 아기와 동네 사람들을 집밖으로 불러내는 게 급선무였다.

"불이야! 불이야! 불이야!"

달이는 쪽방촌 문들을 두드리며 소리쳤다.

"어서 피해요! 불이야!"

잠시 후 젊은 여자가 아기를 안고 튀어나왔다. 아기 엄마는 맨발이었다. 그러나 그 짧은 순간에도 아기는 도톰한 담요에 감싸인 채였다. 아기의 손에는 여전히 젖병이 들려 있었다. 아기 엄마가 함께 소리쳐 주었다.

"불이야! 불이야!"

불길이 붉은 등대 집 좌우로 번지고 있었고 사람들이 골목으로 쏟아져 나왔다.

달이는 최주아네 현관문을 열고 뛰어들었다. 그러나 문을 나서던 누군가와 부딪쳐 나동그라지고 말았다. 갈색 야구 모자를 눌러쓴 사내와 외국인 남자. 그들이었다. 달이는 얼른 사내들을 따라잡은 뒤 그 앞을 가로막았다.

"못 가요!"

저들을 보내 줄 순 없었다. 야구 모자의 등에 최주아가 업혀 있었던 것이다. 마취 약 때문인지 최주아는 축 늘어져 있었다. 하지만 가늘게나마 눈을 뜬 채였다.

"그 언니 내려놔요!"

"비켜!"

야구 모자가 눈을 부라렸다. 그때였다. 달이를 훑어보던 외국인이 야구 모자에게 귀엣말을 했다. 저들이 달이를 기억해 낸 것이다. 하지만 달이는 물러서지 않았다.

"당신들 짓이죠? 여기 불도 당신들이 지른 거죠?"

하지만 달이는 야구 모자의 발길질에 나가떨어지고 말았다. 도움 청할 사람도 없었고, 도움을 청할 상황도 아니었다. 화염과 절망만이 골목에 가득했다. 불은 맹렬한 기세로 쪽방촌 단칸방들을 차례차례 집어삼키기 시작했다. 변변한 찻길도 없는 동네였다. 소방헬기가 지금 당장 날아오지 않는 한 가망이 없었다. 골바람이 불길에 힘을 실어 주었다. 집들이 죄다 붙어 있어서 불길은 쉬어 갈 틈이 없었고, 거의 지붕에 닿을 만큼 축축 늘어져 있던 전선에도 불이 옮겨 붙었다. 달이는 배를 움켜쥐며 가까스로 일어나 다시 달렸다.

실험자들은 층계참을 오르고 있었다.

"최주아 씨! 일어나요! 주아 언니! 정신 차려요! 잡혀가면 안 돼요. 승부가 나는 게임을 좋아한다 그랬죠? 이대로 잠들면 지는 거예요. 지지 말아요, 언니. 제발요!"

하지만 최주아는 미동조차 없었고 사내들은 언덕마루로 올라가 버렸다.

달이는 분해서 눈물이 나려 했다. 이토록 무기력하게 당할 줄은 몰랐다.

불길과 연기가 골목을 삼키고 있었다. 달이는 청바지 주머니에 꽂아 두었던 휴대폰을 꺼내 실험자들과 최주아의 모습을 찍었다. 하지만 사진만으로는 저들이 최주아를 구조하는 중인지 납치하는 중인지 증명할 길이 없었다. 다른 증거가 필요했다. 승율이네 집은 이미 불길이 휩쓸고 간 상태였고, 최주아 집에 달이가 갖다 놓은 CCTV는 실험자들이 가져가 버렸을 터였다. 남은 희망은 저들이 최주아 집에 흘렸을지도 모르는 증거를 찾는 것뿐이었다. 쪽방촌 초입의 최주아 집에도 불길이 번지기 시작했다. 달이는 눈물을 터뜨렸다. 달이가 바라던 피날레는 이런 게 아니었다.

마지막일지 모르는 메시지를 보내고픈 사람은 역시나 재현이였다.

내가 틀렸어, 재현아. 울어도 돼. 울고 싶을 땐 참지 말고 실컷 울어.

전송 버튼을 누른 달이는 휴대폰을 층계참 옆 풀밭에 던졌다.

불이 붙은 전신주가 채찍처럼 골목을 내리쳤다. 사람들은 흔전동 언덕마루로 피신했다. 짙은 연기가 골목의 골바람을 타고 밀어닥쳤다. 달이는 천사 날개가 그려진 집으로 뛰어들었다. 뭐라도 찾아야 했다. 하지만 최주아의 집에도 연기가 들어차기 시작했고 설상가상 최주아의 주방에서도 불이 일어났다. 달이는 면행주를 물에 적셔 입과 코를 가렸다. 불타는 소리가 달이의 소리 풍경을 꽉 채우긴 처음이었다.

달이는 현관문을 보았다. 연기를 막으려고 달이가 꽉 닫아 두었지만 낡은 경첩 틈새로 연기가 새 들어오고 있었다. 문 너머에

는 더 짙은 연기가 도사리고 있을 것이다. 퇴로는 사라졌다. 달이
는 최주아의 침실로 다가갔다. 한 평 남짓 주방 겸 거실과 최주
아의 침실을 가르는 건 나무판자로 된 가벽이었다. 이 허술한 가
벽 너머에서 최주아는 마지막까지 버텼던 것이다. 부엌에서 시
작된 불이 금세 가벽으로 옮겨붙었다. 달이는 몸을 숙인 채 바닥
을 살피고 다녔다.

   침대 앞에 수면양말 한 짝이 떨어져 있었고 그 옆에 주삿바늘
이 있었다. 바늘은 달이의 검지 정도 길이였다. 최주아를 잠재운
마취 주사가 틀림없었다. 달이는 수면양말로 주삿바늘을 감싼
다음 점퍼 주머니에 넣었다. 최주아의 집을 가득 채운 열기에, 달
이가 쥐고 다니던 행주마저 뜨끈해졌다.

   기침이 멈추질 않았다. 달이는 무릎을 세우고 앉았다. 할 수
있는 건 다 했다. 아니 할 수 있는 데까지 다 했다. 냉골에 별 세
간도 없던 옥탑방이 그리웠다. 불에 덴 듯한 통증이 종아리를 타
고 올라왔고, 기생체가 소리를 탐하기 시작했다. 언덕마루 너머,
365마트 근처, 웅성거리는 사람들 틈에서 누군가 서럽게 울고 있
었다. 하지만 달이가 기생체를 막았다. 꿈을 꾸듯 먼 소리풍경
을 더듬고 있기엔 달이에게 남은 시간이 모자랐다. 부탁이야, 마
지막은 내 두 귀로 듣고 싶어. 내가 살던 세상이잖아. 제발…….

   잠시 후 피부의 통증이 가라앉기 시작했고, 달이는 최주아 집
의 열기와 소리풍경 속으로 돌아왔다. 기생체가 달이의 부탁을

들어준 것이다.

달이는 모로 누웠다. 기침을 하던 달이는 여태 입을 가리고 있던 행주를 내려놓았다. 그때였다. 누군가 달이의 이름을 부르며 현관문을 걷어찼다. 달이는 제 귀로 제 이름을 들어서 좋았다. 이름을 부른 사람이 달이에게 다가오기 전에 숨 막히는 잠이 달이를 먼저 데려갔다.

소방차들은 365마트 앞에 정차했다. 차가 접근할 수 있는 마지막 지점이 거기였다. 소방관들은 급히 호스를 풀었고, 구조대가 벽화 골목으로 달려갔다. 공직구는 하늘로 치솟는 연기를 보다가 주저앉았다.

"구달! 주아 씨!"

박 집사와 보살 아줌마도 달이의 이름을 불렀다. 경찰들은 언덕마루에서 일반인의 접근을 통제하고 있었다.

"달아! 달아! 아저씨, 제 친구가 저기 있어요."

남자애 하나가 울부짖으며 경찰에게 달려들었다. 연거푸 진입을 시도하던 남자애는 경찰에게 떼밀리고 말았다. 결국 남자애는 경찰 발치에 앉아 휴대폰을 만지작거렸다.

내가 틀렸어, 재현아. 울어도 돼. 울고 싶을 땐 참지 말고 실컷 울어.

달이의 마지막 메시지 위로 툭! 눈물이 떨어졌다.

공직구는 그 애가 누군지 알 것 같았다. 흔전동 삼각관계의 주
인공 이재현. 까무러칠 듯 울어 대는 재현이는 풍문 속 이미지와
사뭇 달랐다. 천하의 바람둥이에다 달이를 매몰차게 거절했다
던 남자애치고는 우는 모습이 어린애 같았다. 공직구는 재현이에
게 다가갔다. 지금 이 순간 달이를 위해 해 줄 수 있는 일은 재현
이를 달래 주는 것뿐이었다. 공직구는 재현이의 등을 두드렸다.

"기다려 보자. 구달은 벌써 빠져나갔을지도 몰라."

재현이는 눈물을 닦고 공직구를 보았다.

"달이를 아세요?"

"응. 달이의 직장 선배야. 이런 상황에서 통성명을 하게 되어
그렇다만, 난 공직구다. 넌 재현이 맞지? 달이가 코흘리개 적부
터 좋아했다던 애."

재현이는 제 이마를 짚으며 다시 울음을 터뜨렸다.

"야! 세상 비극 혼자 때려 맞은 것처럼 굴지 마. 재수 없게 울지
말고, 달이랑 주아 씨가 무사하길 빌기나 하자."

공직구가 재현이를 달래는 사이 누군가 경찰 저지선을 넘어 골
목 안으로 뛰어 들어갔다. 군데군데 핏물이 튀어 있는 분홍색 스
웨터 차림의 여자였다. 눈앞에서 여자를 놓쳐 버린 경찰들은 다
급한 무전을 주고받았다. 여자는 소방 구조대보다 더 깊은 연기
속으로 들어갔다.

5

상처가 낫기 전에 기생체가 미시적 영역의 소리를 듣겠다고 나서면 죽을 맞이겠군.

달이가 오른쪽 종아리의 화상 자국을 확인하고 맨 먼저 든 생각은 그것이었다. 미시적 소음을 감지하느라 화상 부위 세포들이 곤두서면 정말 끔찍할 터였다. 하지만 지금 달이의 세상은 고요했다. 보통 사람들이 듣는 정도의 소리들만 들릴 뿐이었고, 남들처럼 시각풍경의 일부로 존재했다. 이곳은 어느 병원 1인실이었고, 달이는 환자복 한쪽 가랑이를 무릎 위로 걷어 올린 채 누워 있었다.

그날 불길 속에서 달이는 청음 능력을 통제하는 방법을 터득했다. 사실 방법이랄 것도 없었다. 다른 사람에게 하듯, 기생체에게 부탁하면 되었다. 달이는 기생체가 무섭게 똑똑하다는 걸 이미 알고 있었다. 기생체는 입김이 만들어지는 소리든, 몸속에서 물 분자가 만들어지는 소리든 듣는 순간 바로 이해했다. 하지만 기생체에게 인격이 있다는 건 그날 불길 속에서 처음 깨달았다.

이제 달이에게 귀로 듣는 것과 온몸으로 듣는 것의 차이는, 가수가 가성을 쓸 것이냐 진성을 쓸 것이냐를 선택하는 일과 비슷했다. 하지만 가공할 청음 능력은 원래 달이 것이 아니기 때문에, 그 능력을 끄집어내거나 반대로 잠재우려면 기생체를 설득해야 했다. 다행히도 기생체는 달이의 뜻을 존중해 주었다. 그는 소리를 듣는 일 말고는 욕심이 없는 듯했다. 달이 안에서 새로운 장기를 만들지도 않았고, 달이의 생각을 조종하지도 않았다. 다만 그가 누군지, 어디서 왔는지, 달이와 공존하는 방식이 무언지는 달이도 모른다.

달이는 몸을 일으켰다. 침대 옆 콘솔 위에 작은 꽃다발이 꽂힌 꽃병이 있었다. 자잘한 연보라색 잔꽃들과 진홍색의 연등처럼 생긴 꽃, 얄팍한 껍질 안으로 동글동글한 열매가 만져지는 꽃, 달이의 주먹보다 큰 데다 전체적으로 불꽃처럼 생긴 흰 꽃 등, 달이가 처음 보거나, 본 적은 있어도 이름은 모르는 꽃들이었다.

달이가 꽃다발을 만지작거리는데 50대쯤으로 보이는 여자가 병실로 들어왔다.

"누가 가져다준 건지 아니? 참고로 난 아니다."

여자가 물었다. 꽃다발도 낯설고 여자도 낯설고 이런 질문 또한 생소했다. 하지만 여자가 약간 개구쟁이 같은 표정을 짓고 있어서 달이는 그 문제를 풀어 보고 싶었다.

맨 먼저 짚이는 인물은 공직구였다. 달이는 얼른 고개를 저었다. 공직구일 리 없었다. 스카이베라 웰컴라운지 앞에서 건네주던 유자차가 그랬고, 크리스마스 날 선물이라며 건네주던 빵집 사은품 귀마개가 그랬듯, 공직구의 선물에선 공직구 특유의 냄새가 났다. 할아버지들이 지하철에서 처음 만난 아기에게 꺼내 주는 커피사탕처럼 뭔가 아귀가 안 맞고 초라하지만 또 정겨운 구석이 있었다. 하지만 꽃다발은 도도하고 예쁘기만 했다.

그다음으로 떠올린 사람은 박 집사였다. 그러나 달이는 1초 만에 그 답을 철회했다. 박 집사 주변은 온통 무채색이었다. 집 안의 벽지와 가구들, 평소 옷차림까지 박 집사의 세계는 하양에서 회색을 거쳐 검정으로 가는, 색상과 채도 따위는 애초에 존재하지 않고 오직 명도 차이만 있는 세상이었다. 연노랑 커튼으로 방을 꾸미고 붉은색 야구 점퍼를 즐겨 입는 하영이가 아니었다면, 박 집사네 집은 그야말로 흑백텔레비전 속 같았을 터다.

색깔로만 보자면야 보살 아줌마가 꽃다발과 가장 잘 어울렸다. 하지만 아줌마는 십 원짜리 하나 허투루 낭비하지 않는 사람이었다. 전 남자친구 딸이 입원했다 해서 선뜻 꽃다발을 샀을 것 같진 않았다. 은혜점집 신당 앞에조차 생화를 두지 않는 아줌마였다.

달이가 마지막으로 떠올린 사람은 데런 지국장이었다. 왠지 꽃다발은 뉴욕 맨해튼 마블힐에서 온 지국장과 잘 어울리는 듯했다. 하지만 달이는 누군지도 모르는 여자에게 데런 지국장의 이름을 말할 수는 없었다.

"제 직상 상사 중 한 분 같아요."

"그리 생각하는 이유는?"

여자가 흥미롭다는 표정으로 되물었다.

"딱 봐도 비싼 꽃다발 같은데, 제 주변에는 저런 거 쉽게 살 만한 사람이 없거든요."

"그럼 그 직장 상사는 그 정도 경제력을 갖췄다는 뜻?"

"공금으로 샀겠죠, 뭐."

달이는 무심한 눈길로 꽃다발을 보았다. 데런 지국장이라 결론짓고 보니 꽃다발이 그저 그런 병문안 소품으로 보였다. 박카스 상자나 롤케이크 상자로 바꿔도 무방한.

여자는 꽃병의 방향을 돌려놓으며 웃었다.

"이건 꽃다발이야, 구달. 이런 문제는 논리적으로만 접근하면 답을 찾기 힘들어. 이럴 땐 네 마음을 들여다봐야지. 꽃다발을 누구에게 받고 싶었는지, 꽃다발과 가장 잘 어울릴 듯한 사람이 누군지 말이야. 네 논리에선 배제되었지만 처음부터 끝까지 네 생각과 기대 속에 존재하는 그 애."

달이는 허리를 곧추세우고 앉았다.

"아줌마 누구세요?"

"네 마음속 그 애가 누군지 말해 주면 나도 내가 누군지 알려 줄게."

달이는 병실 창문 너머를 살폈다. 순간 실험자들이 자신을 이상한 병원에 가둔 게 아닌가 의심이 들었기 때문이다. 다행히 맞은편 건물 뒤로 익숙한 산자락이 보였다. 달이는 흔전동에서 멀지 않은 대학병원에 있었다. 그 사실에 용기가 났다. 달이는 여자와 거래할 마음이 생겼다. 원하는 정보를 하나씩 주고받기.

"말해도 아줌마는 모를걸요?"

"일단 말해 봐."

"있어요, 재현이라고. 어릴 적 친구예요."

"빙고!"

"네?"

"이재현 맞아. 이 꽃다발 두고 간 사람."

"그럴 리가 없잖아요."

"둘이 비슷하네. 재현 군은 달이가 이 꽃다발을 받아 줄지 모르겠다 그러더니, 구달 요원은 또 재현이가 꽃다발을 줄 리 없다 그러고 말이야."

여자가 꽃병에서 꽃다발을 뽑아 달이 품에 안겨 주었다. 불길 속에서 잠에 빠져들 때 달이는 그게 죽음인 줄 알았다. 하지만 달이는 이토록 바스락거리고 앙증맞은 꽃다발이 존재하는 세계에서 다시 눈을 떴다. 달이는 두 세계의 간극이 혼란스러웠다. 하지만 재현이라면 이런 마법을 부릴지도 몰랐다. 달아 뚝! 세 음절로 달이의 세상을 바꿔 놓던 아이니까.

한참이나 꽃다발에 얼굴을 묻고 있던 달이는 다시 여자를 보았다. 이제 여자의 답을 들을 차례였다.

"방금 구달 요원이라 그랬죠? 아줌마 누구예요?"

"정식으로 내 소개를 할 수 있어 기쁘다, 구달 요원. 난 MS미스터리협회 설립자 겸 후원자, 오명숙이야. 지금은 뉴욕 맨해튼에서 한국식 디포리육수 쌀국숫집을 하고 있어. 구달 요원을 꼭 만나 보고 싶었다."

오명숙……. 지금까지 한 번도 거론된 적 없는 이름이었다. 공직구뿐 아니라 데런 지국장조차 오명숙을 언급한 적 없다. 게다가 미스터리협회와 쌀국숫집의 부조화는 또 뭐란 말인가. 협회를 후원하는 독지가가 있다는 건 달이도 알고 있었다. 그때마다 달이는 미스터리에 관심이 많은 미국인 중견 사업가가 있나 보다 했다. 하지만 오명숙! 이름의 알파벳 첫글자를 따면 MS였다.

"그럼 MS가 명숙의 약자였어요? 난 무슨 마이크로소프트 같은 건 줄 알았는데."

오명숙은 웃으며 명함을 주었다. 쌀국숫집 매니저 M.S. OH의 명함이었다.

"다음에 뉴욕으로 초청할 테니까 쌀국수 먹으러 꼭 와."

꽃다발부터 오명숙의 명함까지, 온통 어리둥절했다. 하지만 구달은 언제나 구달이었다. 혼란스러움과 설렘이 갈마드는 와중에도 맘에 걸리는 부분은 절대 두루뭉수리 넘어가지 않았다.

"그런데 우리 재현이가 정말 그런 말을 했다고요? 재현이는 아무한테나 그런 얘기 하는 애가 아닌데."

"물론 재현 군은 아무 말 안 했다. 그냥 내가 읽은 거지. 꽃다발을 들고 병실 앞을 서성이는 재현 군에게서."

오명숙은 손끝으로 자기 이마를 톡톡 건드리고는 말을 이었다.

"재현 군은 화재 사건 때, 우리 달이만 살려 주면 뭐든 하겠다고 기도한 전력이 있더군. 몹시 자책하고 있었어. 은혜점집 아줌마가 달이 마음 좀 받아 주라고 했을 때 받아 줄걸, 아침마다 그 추운 데서 내 방을 올려다보고 있을 때 말이라도 걸어 줄걸, 학교에서 마주쳤을 때 반갑게 대해 줄걸, 학교 관두고 어떻게 지내는지 한번 찾아가 볼걸……. 하지만 재현 군 인생도 그리 순탄하거나 한가하지만은 않았더구나. 3년 전에 미국에 살던 쌍둥이 누나가 사고로 죽었더라고."

재현이가 아침마다 왜 그리 울었는지, 열일곱 살 남자애의 울음이 왜 그리 구슬펐는지, 달이도 오늘에서야 알게 되었다.

달이는 꽃다발을 끌어안고 침대에 누웠다. 소리를 듣는다는 건 아무것도 아닐지 모른다. 지난 3년간 재현이는 얼마나 아프고 막막했을까. 재현이는 아무도 없는 탁자 밑에서 그때처럼 쪼그리고 울었던 거야. 미안해, 재현아. 너 혼자 울게 돼서.

"후회는 그만. 이제 재현 군이랑 마주 보고 해결하도록 해."

오명숙이 달이의 생각을 읽었다. 달이는 오명숙을 빤히 보았다.

"정말로 생각을 읽는군요. 대체 어떻게 한 거예요?"

"구달 요원이 소리를 듣는 거랑 비슷해. 실은 나도 인체 실험 사건의 피해자야. 구달 요원과 공직구 요원이 데런 지국장에게 보낸 보고서를 보고 추측했어. 구달 요원도 나와 비슷한 케이스일지도 모른다고. 기생체가 별다른 신체적 징후 없이 인간 안에 완벽하게 뿌리내린 케이스. 이 경우 인간은 기생체의 능력을 공유하게 돼. 그래서 구달 요원을 유심히 지켜봤어. 흔전동 사건 막바지에 구달 요원이 혼자 동분서주한 흔적들을 보며 확신하게 됐지. 숙주화 반응이 나타나지 않아서 실험 초기에 배제되었지만 구달 요원도 내 경우처럼 온전히 감염됐고, 기생체의 힘으로 특별한 청음 능력을 갖게 됐다고 말이야."

달이는 이불을 어깨까지 끄집어 올렸다. 이미 알던 바지만, 다른 사람의 입을 통해 듣는 건 또 다른 충격이었다. 오명숙은 간이 의자에 앉아 달이를 보았다.

"인체 실험을 진행한 자들은 홍세라, 한승율, 최주아의 몸속에 자라난 기생체에 몰두하고 있어. 그 기생체는 인간의 인체 조직과는 조금 다른 신경다발이야. 인간의 몸에서 분리되면 30분 내에 박동을 멈추고 괴사되지. 그런데도 신경다발이 왜 인간의 몸을 찢고 나오는지는 아직 밝혀지지 않았어. 실험자들은 신경다발에서 채취한 바이러스를 냉동 보관하다가 새로운 지역, 다른 연령대의 피실험자에게 주입해. 이 과정에서 바이러스는 진화하고 있어. 신경다발이 형성되기까지 기간이 단축되고 있거든. 그건 인간의 면역을 무력화시키는 능력이 발전했다는 뜻이야. 실험자들은 이 진화의 끝을 보고 싶은 거야. 바이러스가 어떻게 인간을 장악하는지, 그 과정에서 인간은 어떻게 반응하는

지 연구하려는 거지. 하지만 저들의 궁극적인 목표는 기생체를 통제하여 지금껏 지구에 존재하지 않았던 생물학무기를 개발하려는 거야."

"바이러스의 정체는 뭐예요? 이렇게 위험한 걸 누가 발견한 거예요?"

"이걸 가지고 노는 주체는 미군 내 생물학무기 개발팀이야. 하지만 바이러스는 전혀 다른 곳에서 온 거야. 편의상 바이러스라 부르긴 하지만 보통의 바이러스와는 좀 달라. 엄밀히 말하면 정체불명의 수소화합물이야. 지금까지 밝혀진 바로는 아르헨티나 차코 지역에 떨어진 운석에서 최초로 발견됐지. 그 뒤로 대여섯 군데서 같은 수소화합물이 발견됐어. 역시나 운석에서."

"그럼 지구 밖에서 날아온 거란 말이에요?"

"그럴 확률이 커. 내 생각엔 말이다. 우리처럼 이 바이러스에 완벽하게 감염된 사람들은 이 바이러스를 보낸 자들의 눈 구실을 하는 것 같아."

"눈이요?"

"그래. 누군가 이 문명의 속살을 들여다보고 싶은 거야. 표면적인 관찰로는 알 수 없는 것들. 이 세계가 어떤 소리들로 이루어져 있는지, 이 세계를 지배하는 지성체들의 사고방식은 어떤지 보려는 거지. 어쩌면 너랑 나 말고도 완벽한 감염체들이 더 있을지도 몰라."

달이는 저도 모르게 몸을 떨었다. 상상조차 해 본 적 없던 이야기였다.

"너무 겁내지 마. 우린 완벽한 감염체야. 기생체랑 숙주가 온전히 하나가 된 거지. 그러니 기생체가 널 해코지하진 않아. 오래 겪어 보니 우리 브라이언도 괜찮은 친구더구나."

"브라이언요?"

"내 기생체 이름이야. 살다 보니 호칭이 있어야겠더라고."

이름이 있으면 편할 것도 같았다. 가끔씩 조곤조곤 설득해야 할 때, 기생체의 이름을 부르면 대화가 원활할 것 같았다. 하지만 선뜻 떠오르는 이름이 없었다.

"브라이언이라는 이름은 어떻게 지은 거예요?"

"우리 가게 손님 이름에서 딴 거야. 외상값 안 갚고 튄 한국계 진상 뉴요커. 열흘간 단체 손님 치른 비용을 떼먹고 달아나서, 한동안 그 자식 이름을 입에 달고 살았지. 종업원들 말로는 내가 졸다가도 브라이언을 찾더래. 처음엔 기생체도 내 몸을 공짜로 쓰려는 진상 손님 같았거든."

그러자 달이도 떠오르는 이름이 있었다. 괘씸하고 미운데, 또 가끔은 그리워서 언제나 달이의 혀끝에 맴도는 이름 구종대.

달이는 기생체를 종대라 부르기로 했다. 아빠를 통해 세상을 보고 들었으면 좋았을 텐데……. 이젠 아빠 대신 종대가 그 일을 해 줄 거야. 난 아빠를 용서하지 않을 거야. 하지만 종대의 이름을 부를 때마다 아빠를 기억하고 생각할게. 아빠가 달을 보면서 날 떠올리듯이 말이야……

엘리베이터 안에서 공직구는 안경을 벗고 선글라스를 꼈다.

"이해하네. 나도 처음엔 그랬으니까. 그렇다고 너무 긴장하진 말고."

데런 지국장이 공직구의 어깨를 툭 쳤다.

공직구는 자기 인생에 독심술사가 등장하리라곤 생각지도 못 했던 터다. MS미스터리협회의 설립자이자 후원자인 오명숙은 독 심술의 대가였다. 어제 처음 만나자마자 오명숙은 공직구에게 귀 엣말을 했다.

"짧은 머리 여자를 좋아하게 된 계기가 인상적이네요. 내 여 자의 바리깡."

당연히 공직구는 소스라쳤다. 〈내 여자의 바리깡〉은 치렁치렁 한 생머리의 여주인공이 남자친구의 원수를 갚는 영화였다. 여 자는 어설픈 바리깡질로 머리를 짧게 깎은 뒤 남자친구를 죽인 놈들을 족치러 갔다. 청소년 관람 불가 등급으로 가해자 놈들을 괴롭힌 뒤, 바리깡으로 녀석들 몸의 털이란 털은 죄다 밀어 버리 던 마지막 장면은 지금 생각해도 명장면이었다. 하지만 하늘에 맹세코 숏컷 취향과 〈내 여자의 바리깡〉의 상관관계를 딴 사람 에게 누설한 적은 없다. 입이 떡 벌어진 공직구에게 오명숙이 다 시 속삭였다.

"데런 지국장과 처음 만났다는 마포대교. 사실 거기서 데런 지국장의 막냇동생이 투신을 했어요. 사수생이었던 막냇동생이 수능 며칠 전에 극단적인 선택을 한 거죠. 그날 데런 지국장은 동생을 만나러 거기 간 거예요. 그리고 그 난간에 들러붙어 있는 공직구 요원을 본 거죠. 데런 지국장은…… 공직구 요원을 진심으로 아끼고 있어요. 막냇동생 대신이라 여길 만큼."

오명숙은 그런 사람이었다. 비밀 따위를 허락하지 않는 사람. 그 비밀로 사람을 감동받게도 하고 두려움에 떨게도 하는 사람.

저만치 달이의 병실이 보일 즈음, 데런 지국장이 나직이 말했다.

"실은 말이네, 나도 협회장님이 좀 부담스러워. 현재의 생각이건 과거의 이야기건 죄다 읽어 버리니까. 내가 협회장님네 국숫집 말고 근처 엽기떡볶이에서 끼니를 해결하는 이유도 그걸세. 밥이라도 편히 먹자 싶어서."

데런 지국장은 씩 웃으며 병실로 들어갔다.

공직구는 아직 할 일들이 첩첩이었다. 우선 언론에 보낼 자료들을 정리해야 했고 또 오명숙의 뜻에 따라 승율이의 새집도 알아보아야 했다. 하지만 데런 지국장과 오명숙과 달이가 두런두런 이야기 나누는 모습은 그 자체로 감동적인 클라이맥스였다. 짬타이거 달이는 종아리에 화상을 입긴 했지만 다시 명랑해진 듯했고, 오명숙과 데런 지국장은 MS미스터리협회가 웬만해서는 망하지 않으리라는 확신을 주었다. 손님들의 기호를 귀신같이 읽어 내는 독심술가가 있는 한 국숫집은 잘 돌아갈 것이고, 협회도 지속될 터였다.

그 사람도 우리 가까이 있다면 좋았을 텐데. 공직구는 문득 그런 생각이 들었다. 최주아의 이름을 부르면 종일 얼음을 물고 있었던 것처럼 이가 시렸다. 공직구에겐 이번 겨울이 유난히 추웠다. 최주아는 실험자들이 쏜 마취 총을 맞고 납치되었다. 그러나 중간에 마취에서 깨어났고, 실험자 두 사람에게 중상을 입혔다. 발작 상태에서 괴력을 발휘한 것이다. 금발머리 외국인은 옆구리가 찢어져 탈장이 되었고, 국가정보국 직원으로 밝혀진 사내는 그 자리에서 사지가 골절되었다. 실험자들을 공격한 최주아는 다시 쪽방촌으로 돌아가 달이를 구했다. 목격자들의 증언에 따르면 최주아는 달이를 흔전동 언덕마루에 뉘어 놓고 불길 속으로 되돌아갔다 했다.

시신은 발견되지 않았고 경찰은 최주아를 실종자로 분류했다. 하지만 공직구는 포기하지 않았다. 그날 최주아가 연기 자욱한 쪽방촌 골목을 관통하여, 어디론가 달아났으리라 믿었다. 공직구는 달이의 휴대폰에 있던 사진과, 달이가 최주아네 집에서 찾아낸 주삿바늘을 잘 간직하고 있었다. 그건 실험자들이 최주아를 납치했다는 증거였다. 혹시라도 실험자들에게 중상을 입힌 혐의로 최주아가 체포되면 공직구는 그날의 상황이 납치에서 비롯

되었음을 증명해 보일 작정이었다.

6

정규직이 되자마자 달이는 가불부터 받았다. 돈이 꼭 필요한
일이 있었다.

원래 달이는 흔전동 사건을 조사하기 위해 채용된 계약직 요원
이었으나 정만기를 설득하고, 한승율을 구조한 공로를 인정받아
정규직 요원이 되었다. 계약서는 수정되었다. '10년간 MS미스터
리협회의 보호를 받는다'는 구절을 '10년간 MS미스터리협회의
요원으로 일한다. 단, 본인이 퇴직을 원하면 위약조건 없이 계약
을 해지할 수 있다'로 바꾼 것이다.

정규직 요원이 되어선지 가불을 받는 마음이 전보다 편했다.
일단 의식주는 해결된 상태였다. 오명숙 협회장이 출국 전에 갈
현동에 방을 얻어 주었던 것이다. 전세비의 일부는 흔전동 옥탑
방 보증금을 뺀 것이었고 나머지는 협회에서 지원해 주었다. 반
지하긴 하지만 낮에는 볕이 들었고, 근처에 싸고 맛있는 분식집
도 있어서 달이 맘에 꼭 들었다. 게다가 승율이와 재현이가 다니
는 고등학교도 그리 멀지 않았다.

달이는 집들이를 겸한 라면파티를 계획하고 있었다. 병원에서
호흡기와 화상 치료를 받던 달이는 문득 자신이 열여덟 살이라

는 걸 깨달았다. 깜깜한 절벽 너머 허공일 줄만 알았던 그 나이를 저도 모르게 살아가고 있었던 것이다. 그리고 열여덟 살에는 재현이의 꽃다발이 있었고, 몇 번의 고비를 넘기고 건강을 회복해 가는 친구 승율이가 있었고, 비밀 룸메이트가 있었다.

거실 한쪽에는 텔레비전이 있었다. 달이가 월급을 가불받아 산 것이었다. 원래 달이는 텔레비전을 거의 보지 않았다. 텔레비전 같은 거 없어도 신경만 곤두세우면 이 동네 사람들이 시청하는 프로그램을 다 들을 수 있었다. 그럼에도 달이가 텔레비전을 장만한 건 룸메이트를 위해서였다.

라면에 넣을 가래떡을 불려 놓은 다음, 달이는 손바닥을 싹싹 비볐다.

"휴! 다 된 것 같네."

달이는 기분 좋게 현관문을 열어 두고서 기생체 종대의 힘을 빌렸다. 손님들이 어디만큼 왔는지 궁금했던 것이다. 좀비처럼 비트적거리는 발소리가 멀리 과일가게 앞에서 멈췄다. 공직구가 과일을 사려는 모양이었다. 실기둥이 헐거워져 단추가 덜렁거리는 정장을 입고 막 동네 어귀로 접어든 건 박 집사였고, 음식물이 찰랑거리는 반찬통을 품에 안고 걸어오는 사람은 보살 아줌마였다. 그리고 달이네 집 바로 앞에서 이어폰을 빼고 심호흡을 하는 건 재현이었다.

반쯤 열린 현관문 틈으로 재현이가 들어왔다.

"안녕?"

달이가 어색한 미소로 재현이를 맞았다. 역시나 쑥스러운 듯 재현이는 거실을 휘휘 둘러보았다. 재현이의 눈길이 벽면에 걸린 꽃다발을 스쳤다. 재현이가 달이의 병실에 두고 간 그 꽃다발이었다. 하지만 재현이는 그게 그 꽃다발이란 걸 모르는 눈치였다. 의미를 두지 않고 생김새만 본다면 말린 꽃다발은 추레했다. 달이는 시듦도 꽃의 일부라 생각했다. 생명이 있는 것들은 언제나 변하고 쇠락하고 늙고 바래고 시들어 간다. 달이가 지킬 수 있는 건 그 안에 담긴 가치뿐이었다. 화사한 빛과 생기를 잃었어도 그 꽃다발은 여전히 재현이의 선물이었다. 학교 앞에서 달이를 외면할 때도 재현이는 늘 달아, 뚝! 하고 말해 주던 그 아이였던 것처럼.

달이의 빤한 시선에 재현이는 허둥지둥 가방을 뒤적였다.

"너 머리 자주 아프다며? 전에 병원에서 그 통통한 아줌마한테 들었어. 이거 우리 아버지가 단골들한테 강력 추천하는 약이야."

재현이는 세란약국에서 집어 온 두통약을 꺼내 놓았다. 하지만 두통약을 사이에 두고 둘은 다시 어색해지고 말았다.

결국 두 사람은 함께 라면을 끓이기로 했다. 달이가 냄비에 물을 받는 사이 재현이도 외투를 벗고 스웨터 소매를 걷었다. 하지만 냄비의 물이 끓을 생각을 안 했다. 다섯 명이 먹을 라면을 한꺼번에 끓이려다 보니 물이 끓는 데도 시간이 걸렸다. 그래도 둘은 굳이 라면 냄비 앞에 나란히 있었다. 라면 봉지를 다 뜯어 놓고 또 할 일이 없어지자 이번에는 빈 밥그릇에 수프를 부어 담았다. 마지막 수프 봉지를 뜯던 달이가 실수로 수프 가루를 공중에 흩뿌리고 말았다. 재현이가 조심스레 달이의 머리카락과 이마에 묻은 수프를 털어 주었다. 재현이의 심장박동이 갑자기 빨라지기 시작했다.

달이는 어느새 재현이의 심장박동을 배경음으로 한 소리풍경에 있었다. 종아리가 찌릿찌릿하고 온몸의 살갗들이 쓰라리기 시작했다. 재현이의 폐로 들어간 산소가 음식물에서 분리된 수소 분자를 낚아채어 물이 되었고, 물 분자들은 재현이의 몸 구석구석에서 요동치며 재현이를 살아 있게 했다. 모든 살아 있는 것들이 그러하듯 재현이도 소리로 이루어진 아이였다. 달이는 저도 모르게 눈을 감고 재현이라는 아이를 듣고 있었다. 재현이의 숨결이 가까워지고 재현이의 입김과 달이의 입김이 부딪쳐 작은 물방울을 이루었고…… 재현이의 입술이 달이의 입술에 닿았다. 놀란 듯 떨어졌다 또 닿았다. 간간이 입술이 떨어질 때면 둘은 마주 보았다. 어린이집의 탁자 아래서처럼 달이의 눈 속에는 재현이가, 재현이의 눈 속에는 달이가 있었다. 그때처럼 달이가 싱긋 웃으면 재현이의 입술이 다시 달이의 입술에 닿았다.

"엄마야!"

촌스런 비명의 주인공은 공직구였다.

황급히 떨어진 달이와 재현이는 현관 앞에 얼어 있는 공직구를 보았다. 공직구 발치에는 제주 한라봉들이 굴러다니고 있었다.

우여곡절 끝에 공직구가 자리를 잡고 앉았고, 곧이어 박 집사와 보살 아줌마가 나란히 들어섰다. 둘은 요즘 이야기를 많이 나누는 사이가 되었다. 달이가 치료를 받는 사이, 둘은 날마다 달이의 병실에서 종교적 간극을 초월한 대화의 시간을 가졌던 것이다.

"하나님의 은총이 달이의 새집에 함께 하기를."

박 집사가 달이네 집을 둘러보며 말했다. 그러자 보살 아줌마는 두 손을 비비며 동서남북을 향해 절을 했다.

"신령님네, 부디 우리 달이에게 건강과 재운과 인덕을 허락해 주시오."

범종교적인 덕담들이 오가고 라면이 끓기 시작했다. 보살 아줌마는 집에서 싸 들고 온 동치미를 꺼내 놓았다. 사람들이 작은 상두 개에 나누어 둘러앉았다.

달이는 라면 먹는 소리들이 좋았다. 멀리 병원에서는 승율이가 밥을 먹고 있었다. 사그락사그락 책장 넘기는 소리가 났다. 승율이가 책을 읽으며 밥을 먹는 모양이었다. 어쩌면 승율이는 8시 15분의 발소리로 복귀할 날을 준비하는 건지도 모른다.

승율이의 몸에서 떼어 낸 신경다발은 여섯 조각으로 나뉘어 대학 연구소 네 곳과 국립과학수사연구소로 보내졌다. 또 실험자들이 사건을 은폐할 것을 대비해 마지막 한 조각은 데런 지국장만 아는 장소에 냉동 보관되었다.

앞서 공직구와 데런은 흔전동 인체 실험 사건 조사 보고서를 공중파 언론과 종편, 인터넷뉴스 매체에 돌렸다. 처음부터 이 사건에 진지하게 접근한 언론사는 인터넷뉴스사인 타블라 하나뿐이었다. 하지만 충청남도 증평군에서 비슷한 사례가 보고되면서 인기 프로그램인 JTFC 뉴스라운지에서 심층 취재에 들어갔다. 달이와 공직구가 영어가 짧아서 못 해낸 일들을 뉴스라운지 기자들이 해내고 있었다. 미군과 직접 인터뷰를 시도한 것이다. 핵심 제보자인 공직구도 이미 뉴스라운지 측과 블라인드 인터뷰를 마친 상태다. 물론 이름은 가명으로 소개되었다. 이 일을 계속하기 위해 달이와 공직구는 익명의 제보자로 존재해야 했다. 한편 데런 지국장의 활약으로 뉴욕의 한 타블로이드 신문에 인체 실험 사건이 실리게 되었다. 그리고 어제는 잡지 『빅이슈』 측에서 흔전동 인체 실험 사건에 대해 인터뷰 요청을 해 왔다.

달이는 흔전동 쪽방촌 화재 사건이 단순 화재가 아님을 증명하는 데 주력하고 있었다. 그때 맨발로 뛰쳐나오던 아기 엄마는 어디로 갔을까. 그 생각을 하면 달이는 마음이 무거웠다. 실험자들을 사방에서 압박할 증거자료를 더 모아야 하고, 다음 주에는 충청남도 증평에 내려가야 한다. 증평에서 축산양돈업을 하던

50대 남성이 가슴팍이 터져 죽었다는 제보가 들어온 것이다. 이미 뉴스 매체들이 증평 사건을 취재하고 있지만 그들만 바라보고 있을 수는 없었다. 사망 원인을 밝혀 줄 증거가 있는지, 취재원들에게 모종의 압력이 가해지지는 않았는지 달이는 직접 가서 들어 볼 참이었다.

한참 골똘하던 눈길을 거두고 달이는 다시 라면 국물을 떠먹기 시작했다. 재현이는 말린 꽃다발을 등지고 앉아 국물에 식은 밥을 말고 있었다. 박 집사와 보살 아줌마는 동치미에 관한 심도 깊은 대화를 주고받고 있었다. 양파망과 북어대가리, 말린 홍고추로 화제가 이어지는 사이, 두 사람은 간간이 눈을 맞추며 웃었다.

키가 큰 여자가 걷고 있었다. 야구 모자에 얼굴이 거지반 가려졌어도 공직구는 그게 누군지 알아보았다. 단발머리를 붉게 염색한 최주아였다. 최주아는 이따금 흔전동 주변을 찾아와 달이를 보고 간다 했다. 말을 거는 법은 없었고 달이가 잘 지내는지 살핀 다음 또 조용히 사라진다는 것이다.

공직구는 그런 최주아를 마침내 찾아냈다. 내내 미안하고 궁금했던 사람이 저기 있었다.

달이 말로는 최주아도 몸속의 기생체를 통제할 수 있게 되었다 했다. 기생체 덕에 최주아는 빠르고 강해졌다. 인체 실험 배후자들의 추격을 따돌리며 지금껏 도피 생활을 이어 가는 것도 남다른 신체 능력 덕이었다.

"주아 씨, 공직구입니다."

공직구는 동네 칼국숫집 처마 밑에서 최주아를 따라잡았다. 최주아는 고개만 조금 틀었을 뿐 뒤돌아보지 않았다.

"달이는 늘 주아 씨를 기다리고 있어요. 주아 씨가 자기 룸메이트래요. 주아 씨가 유럽리그 축구 경기 보는 걸 좋아한다면서 텔레비전까지 샀어요. 알고 있어요?"

최주아는 고개만 끄덕했다.

"우리 협회에서는 최주아 씨를 요원으로 스카우트하고 싶어 해요. 그것도 아시죠?"

이번에도 최주아는 고개를 끄덕였다.

"그리고 이 동네 당구장 1층에 돼지껍데기집 생겼어요. 저는 저녁을 거기서 주로 먹어요. 혹시 주아 씨도 돼지껍데기에 소주 한잔 생각나면 그리로 오세요."

최주아는 대답 대신 모자를 고쳐 쓰고는 잰걸음으로 멀어져 갔다. 봄이 오려면 아직 한참 멀었는데, 한겨울 추위는 이제 시작인데, 최주아의 옷이 얄팍했다. 공직구는 최주아를 쫓아갔다. 최주아가 걸음을 멈추었다. 여차하면 주먹이나 발차기를 날릴 분위기였다. 하지만 공직구는 이대로 최주아를 보낼 수가 없었다.

"이거라도 두르면 좀 나을 거예요."

공직구는 제 목도리를 풀어 최주아의 어깨에 걸쳐 주고는 돌아셨다.

상가 골목을 돌아 나올 즈음 달이에게서 문자가 왔다.

방금 그거 고백 맞죠? 주아 언니한테 목도리 주면서 고백한 거 맞죠? 그 용기가 가상해서 제가 뭐 하나 알려 드릴게요. 주아 언니는…… 가끔 아저씨 주변도 맴돌아요. 그러니까 계속 용기를 내 봐요.

"이 짬타이거 녀석! 그걸 왜 이제야 말해 주는데?"

공직구는 휴대폰을 거머쥐고 골목을 되밟아 뛰었다. 그새 최주아는 사라지고 없었다. 공직구는 한참이나 골바람을 맞고 서 있었다. 한파라고 뉴스에서 떠들어 댔지만 아주 못 견딜 만큼 추운 날은 또 아니었다.

네 소리를 듣다, 너에게 가다

'듣다'라는 말이 오랫동안 목에 걸려 있었다.

아픈 이들의 절규와 2014년 봄 서해바다의 기억이 외면당하는 시절을 보내느라 그랬을 것이다. 듣지 않으려는 자들, 외려 감추고 서슬 퍼렇게 입단속을 시키는 자들, 권력은 그들에게 있었다. 그 권력에 동조하는 이들은 알아서들 귀를 틀어막았다.

저토록 아파하는데, 대체 왜 듣지 않는가?

이 분노 섞인 물음은 내 안에서 이야기가 되었다.

처음에 스케치한 것은 슈퍼히어로 서사였다. 세상이 들어야 할 소리들을 감추려는 자들, 진실을 가리는 자들, 아픈 사람들의 절규를 조롱하고 모욕하는 자들, 그들을 악인으로 설정했다. 슈퍼히어로는 은폐되고 묻힌 소리들을 세상에 끄집어내고, 악인들을 모조리 극지방 동토에 파묻어 버렸다.

하지만 늘 그렇듯 이야기는 초기 발상과는 무관하게 흘러갔다. 자료 조사 단계에서 나는 '듣다'라는 동사의 무게에 압도당하고 말았다. 결국 나는 '왜 듣지 않는가?'라는 물음 대신 '듣는다는 게 무엇인가?'를 고민하게 되었다.

듣는다는 건 무엇을 뜻하는가?

나는 이 동사의 물리적 의미, 은유적 의미, 듣는다는 행위의 주체를 차례로 톺아 보았다. 관심은 자연스레 '듣다'의 목적어인 '소리'로 이어졌다. 세상은 어떤 소리들로 채워져 있는가, 인간이 감지할 수 있는 소리 영역은 어디까지인가, 소리를 감지했을 때 청자는 어떤 반응을 보이는가…….

글의 이론적 배경을 얼추 정리했을 무렵, 내 공책엔 슈퍼히어로 대신 달이, 재현이, 승율이, 세 아이의 이름이 적혀 있었다. 흔전동 오르막 골목에서 서로의 이야기를 들어 주고, 칼바람을 함께 견뎌 낼 친구들이었다.

장편소설은 여전히 내게 벅차다. 문장이 맘에 안 들어서, 서사에 힘이 빠져서, 논리가 꼬여서…… 이런저런 이유로 수차례 멈칫거렸다. 그때마다 다시 글을 이어 간 동력은 달이, 재현이, 승율이였다. 끝까지 들어 주겠다는 약속을 지키고 싶었고, 그 마음을 꾹꾹 눌러 담아 써 내려갔다. 이 작품에서 내가 믿는 구석은 그거 하나밖에 없다.

주인공 달이는 현실의 내가 가지 못하는 길을 갔다. 어디선가 들려오는 소리를 듣고, 소리의 발원지로 눈길을 돌리고, 거기로 갔다. 결국 누군가의 사연과 기척을 듣는다는 건, 그 존재에 눈 길을 주고 그 곁으로 가는 일이며 존재론적 응답임을 달이에게 서 배웠다.

장르적으로는 SF의 얕은 물에서 첨벙거렸다.

늘 외계생명체에 관심이 많았다. 책장에는 외계생물학 책도 여 러 권 있다. 어려워서 읽다가 포기한 게 태반이지만, 생각의 폭을 넓혀 가는 과정이 즐거우니 언젠가는 다 읽어 내지 싶다.

『구달』 속 외계생명체는 지구 문명의 속살에 관심이 많다. 지 구인보다 뛰어난 지성체인 그들에게는 '듣다'라는 말이 '이해하 다'와 같은 뜻이다. 나는 ET 같은 인간형 외계인보다 작고 은밀 한 방문자들을 더 좋아한다. 별똥돌에 잠입하여 지구로 날아든 다음 지구 문명의 속사정을 관찰하는 손님들, 거시세계와 미시 세계를 오가는 능력자들. 내 상상 속 그네들을 서울 흔전동 아이 들 곁으로 초대했다.

그 설정만으로 이 작품을 SF라 할 수 있느냐고 되묻고 비판할 독자님들께는 미리 미안함을 전한다. 복숭아뼈 정도는 잠길 줄 알았는데, 발가락 몇 개밖에 적시지 못했다면 전적으로 내 역량 이 부족해서다.

'소리'에 관한 이론은 『자연의 노래를 들어라』(버니 크라우스, 에 이도스), 『소리가 보이는 사람들』(제이미 워드, 흐름출판)을 주 텍스트로 삼았다. 그리고 3장 "소리풍경의 절대적인 지배자는 장대비다"라는 구절은 『비숲』(김산하, 사이언스북스)에서 착안한 것이다. "비의 장막"(144쪽), "하늘의 무자비한 두들김"(251쪽) 등으로, 열대우림의 장엄한 빗소리를 전해 준 김산하 박사님께 고마운 마음을 전한다.

어릴 적 내 책장의 가장 핫한 SF 작가였던 고(故) 한낙원 선생님께 감사드린다. SF 작가의 길을 열어 주신 박상준 선생님, 김이구 선생님 고맙습니다. 그리고 초고를 읽어 준 허윤 언니, 김민정, 김지원에게 감사의 마음을 전합니다. 글이 안 풀릴 때마다 위로가 되어 준 인피니트, 방탄소년단 고마워요. 오래 기다려 주고 인내심 가지고 읽어 준 문학동네 편집부 식구들 최고예요.

지구에서 나를 가장 사랑해 주고, 나를 작가로 키워 준 우리 큰언니 최경애 님, 사랑합니다.

좁고 어둑한 골목 어디선가 열여덟 살을 맞이할, 이 땅의 모든 달이, 승율이, 재현이에게 이 책을 바칩니다. 너희의 이야기를 들을게. 너희를 바라볼게. 그리고 너희에게 갈게.

세월호 선체 인양이 시작된 날,
고양시 어느 카페 구석에서
최영희

구달

ⓒ 2017 최영희

1판 1쇄 2017년 9월 18일 | 1판 7쇄 2023년 4월 20일
글쓴이 최영희 | 책임편집 엄희정 | 편집 원선화 이복희 | 디자인 이지인
마케팅 정민호 김도윤 한민아 이민경 안남영 김수현 왕지경 황승현 김혜원 김하연
브랜딩 함유지 함근아 박민재 김희숙 고보미 정승민 배진성 | 저작권 박지영 형소진 오서영
제작 강신은 김동욱 임현식 | 제작처 한영문화사
펴낸곳 (주)문학동네 | 펴낸이 김소영
출판등록 1993년 10월 22일 제2003-000045호
주소 10881 경기도 파주시 회동길 210
전자우편 kids@munhak.com | 홈페이지 www.munhak.com
카페 cafe.naver.com/mhdn | 인스타그램 @kidsmunhak
트위터 @kidsmunhak | 북클럽 bookclubmunhak.com
대표전화 (031)955-8888 팩스 (031)955-8855
문의전화 (031)955-3576(마케팅) (02)3144-3236(편집)

ISBN 978-89-546-4714-4 03810

잘못된 책은 구입하신 서점에서 교환해 드립니다. 기타 교환 문의: (031)955-2661, 3580